陳映真全集

11

1988

1989

人間

目次

《人間》雜誌三十六期・發行人的話

早在一九六四年，日本富山縣發生了波及萬人的鎘中毒事件，一種叫做「痛痛病」的鎘毒疾患，使人佝僂、骨骼鬆動，動輒全身痛苦針戟。重金屬鎘的公害，早已被列為世界級最重大的公害之一。

今天，米中含鎘量比糧中自然安全鎘高出三十—五十倍的「鎘米」，經不良米商攙和一般米流落市面，近半月來喧騰在媒體上。米中含鎘量的驚人高度，來自稻田周邊生產含鎘化學物的化工工廠的廢水。這些鎘汙染的工業廢水經田水和土壤吸收到米中，也經地下水遼闊地浸透到四處，由人畜飲用。

鎘米事件和風波，立刻暴露了下面這些嚴重問題：

・某些地區鎘汙染已曠日持久，即環保單位也迭有研究調查，但卻遲遲不肯公布。這種做問題調查又不向社會公布的奇怪而可惡的事例，在台灣行政史上至為普遍。由台電出資所做熱排水及其他輻射研究，對台灣山地社會經濟現況的研究，都以機密處理，束諸高閣。原因？怕引起社會不安（！），怕引起消費者恐慌、打擊了產業，怕「被有心人」……這是為政者的顢頇瀆職，是唯安全論的愚昧，是汙染資源的喪心病狂。

・法令不備，至今還沒有一套「土壤汙染防治辦法」，使汙染工業、汙染取締、檢驗單位、政府有關部門，有一個互相推諉、互相挾私勾結的隙縫，使台灣的土壤日深一日地毒化下去。迷信成長、迷信經濟發展的績效權力，至今仍敵視和忽視人民的環境權一至於斯，令人浩嘆。

・在台灣政治中本位官僚主義的盛行，已經到了可以草菅人命、不惜以台灣的廢墟化和全面毒化為代價以自保利祿的地步。鎘米風波發生後，環保單位說，他們只研究土壤汙染！農委會說，他們只能為糧食的調節、調配負責，不能為米中所含毒物的成分負責！衛生署說，他們只管研究重金屬毒性的各種標準的制訂。於是沒有一個可以為長期以來有毒化工業的土壤、水汙染、為米中含鎘、為鎘米的擴散而負責。

而高銀化工依舊在生產。此外，還有數十家規模不一的鎘化學物工廠，散在全省各地，日以繼夜，隆隆地將鎘毒浸透到土地中，滲流到地下水系統中，然後經由稻米和果蔬，攝入人體。以桃園觀音高銀化學工廠周邊的土地為例，長期來曾公開的資料顯示，土壤含鎘量，已經多於自然、安全鎘量標準高達十—一千四百倍！

然而，台灣的土壤的重金屬汙染，還不只鎘之一端。砷、鉻、汞、鎳、鉛、鋅的汙染，在不同的地區，依傍著幾十年來伸向台灣農村的、輸入的、別人禁止生產的汙染工業，向台灣土地上吐棄需要千百年才能稍微自淨的毒物。

以非正式部門中小工業為主要產業構成的台灣經濟，由於資本小，無法支付防汙染投資，包括土壤汙染在內的公害成為台灣環境的宿命。

中大型汙染工業，挾其勢力，從地方——至於中央權力，在公害法規不備的藉口下，節省防汙投資，以擴大其利用。

外國禁止生產的毒害工業，以霸權工業、國家安全、環境要求上的雙重標準，利用落後國法令不備，以及國際政治上的主從關係，肆意向包括台灣在內的後進國家傾倒。

近乎於絕對性地盲從崇拜成長、國民所得、富裕以為政績成就指標的政府財經官員，在從不下鄉村一察民間生活的行政風格下，對民眾草根性的抗議、陳情，採取敵視、猜忌，甚至不屑態度，而至今整個決策層對於瀕於全面崩解的台灣空氣、水和土壤品質，不知道、不關心，而且不論在核電政策、五輕、六輕建廠上，堅定而有耐心地採取必須擴充核電、建設輕油裂解產業的政策。

瞭望大陸，河川、土壤也在幾乎無政府的、全民逐利的「改革」政策下，遭到令人心悸的汙染和破壞。看來，中國怕還要花很久的時間，才能理解到「成長」是多麼不值得花費幾代人都無從補贖的自然的破壞、人的破壞和精神的荒廢為代價去換取的。而有朝一日，悔之已晚，空留下瘡痍滿目的廢墟。

這個「資本主義現代文明」所支配的世界，不論在它的那一個角落，金碧輝煌的成長，沒有不是以人類中龐大的弱者為悲慘之犧牲所帶來的。鎘汙染地區的小自耕農，鎘化學工廠中的工人，核發電廠中為數龐大的轉包臨時工人，汙染河海周邊地漁民和農民，中小地下工廠中的工人，瑟縮在大都會貧民窟的城市貧民，在奴隸船似的原住民漁業工人，在高熱、高意外事故率的礦坑中，在酒池肉林中的流落賣笑的婦女……支撐著一頂歪戴著「亞洲四龍」的冠冕的「富足」的社會。

親愛的讀者，我們是不是該好好的想一想，然後清醒地下決心：這是我們和兒孫們的土地。我們再也不容許任何人這樣繼續糟蹋她。

初刊一九八八年十月《人間》第三十六期

《人間》雜誌三十七期・發行人的話

這回為《人間》雜誌三週年，推出了一個大規模的特別企畫：「讓歷史指引未來：溯走四十年來台灣民眾艱辛而偉大的腳蹤」。這個企畫，其實從去年就開始提出來了。但是因為涉及的範圍大，要研究蒐集的資料多，就一直沒排上編輯桌上的日程表上。

今年三月號吧，有一家著名的財經雜誌，為了紀念蔣氏父子政府（administration）的結束，製作了一個叫作「走過從前，回到未來」的特輯。這個特輯給編輯部的衝擊不小，因為我們具體而深刻地感覺到，我們對台灣四十年來社會發展的歷史，竟而與那一家雜誌有完全南轅北轍的讀法和詮釋法。後來，我們又在電視上看到這一家雜誌社把這個特輯視覺化，拍成連續的錄影集，連日播出。這幾年來，國民黨的文化工作，有長足的進步。編得出《光華》雜誌、《我們的》雜誌的國民黨，或者能拍出和「走過從前，回到未來」一樣好、甚至更好的肯定四十年來台灣工業化歷史的版本。然而，「走過從前，回到未來」的製作之所以尤具意義，在於它是一本組織上和國民黨完全無關的、代表了台灣當前中產階級的民間雜誌所自動策畫和製作的這一點。因為從這一本雜誌(它在編輯上的專業、敬業和認真，以及在管理上的合理化、制度化，堪稱台灣雜誌界所僅見)的這一個特輯，具體而微地看見一九四九年流亡來台的國民黨，經過將近四十年的社會變遷，已經儼然有它的社會底、階級底基礎，從而與這個社會的中流階級共同分享相同的意識形態，包括對於「台灣四十年來工業發展史」的解釋方式和敘述的方式。對於四十年來「戒嚴成長」中廣泛受惠的個人、集團和階級而言，國民黨已經不再是「外來政權」了。

我們開始從檔案中找出往日的企畫案。連日的討論，我們對這四十年來台灣社會發展過程的解釋，逐漸明晰。那是一種和「走過從前，回到未來」截然不同的解釋、不同的讀法和不同的敘述方式。而其中原因，在於《人間》三年來，一貫都站在勤勞民眾的立場去看人、歷史、社會、生活和自然環境的雜誌。對於四十年來台灣社會開發的歷程，我們自然也從民眾的體驗、認識和立場去理解的。

對於過去同一段歷史，我們和那一本雜誌間截然不同的讀法、詮釋和敘述，應該是可以相互對照，從而不但加深我們認識的向度，更能給予幾百萬勤勉、樸直的「沒有臉的」(faceless)、無言的民眾為我們的社會所做的貢獻，做出比較公正、公平的評價，從而對於未來歷史的創造與發展，有比較具有民眾觀點的掌握。

無可諱言，和「走過從前，回到未來」爭取對歷史的詮釋權和敘述權，是《人間》雜誌這一次「讓歷史指引未來：溯走四十年來台灣民眾艱辛偉大的腳蹤」形成與發表的很大動力。為此，我們對那一本雜誌給予我們的挑戰，是心悅感激的。

這一次特別企畫的形成，除了全體編輯部同仁，我們受到各界朋友十分熱心而積極的幫助和支持。特別是從五〇年代一直到今天孜孜不斷地為台灣生活用優秀攝影留下珍貴紀錄的攝影家，慨然為我們提供照片，我們倍感榮幸與感謝。這次特集的製作，使我們對「過去」時代的照片，覺得驚喜和珍貴，希望讀者平時能特別愛惜和珍藏。如果您覺得可以提供給我們存檔備用，十分歡迎和我們編輯部聯絡。

我們也邀到年輕一代研究社會科學的青年思想家江迅先生縱論四十年台灣社會變化與發展的論文：〈從荒蕪到荒謬〉共約十三萬字，值得識者細讀。但這一期實在因為稿擠，我們排在十二月號發表，並且特此預告，請讀者與本期特集互相參照閱讀，尤有收穫。

展望新的一卷，新的一年，我們特別感謝您在這三年來給予我們的強力的支持與鼓勵。我們決心以更好的工作來報答您的支持與鞭策。

初刊一九八八年十一月《人間》第三十七期

序曲　從民眾的觀點出發[1]

忽然間，高雄縣林園工業區周近十九個村的村民忿怒地包圍、占領了工業區的重化工廠。十月十五日，政府匆忙賠償十三億新台幣，換取一時無法改善惡質汙染條件下繼續生產的「允諾」。

人們問：是刁民把「自立救濟」變成「流行」？是「別有用心」的「野心分子」利用民眾破壞經濟發展？還是人民對十多年來整個台灣西南海岸和海域重度汙染與破壞、對同地區地下水、土壤和空氣惡質汙染忍無可忍的總爆發？是工業局對人民和環保學者的調查、陳情和警告長期置若罔聞的結果？人們還要問：十三億賠償金，將來是由製造汙染的工廠支付，還是由納稅人的荷包墊出去？

一年多來，台灣股市在人為炒作下，迅速、虛構而危險地膨脹和攀高。當政府思存以制約，原本虛罔的股市繼續半月下滑，台灣的投機資本家、食利階級、中產階級和小市民齊聲咒罵，甚至使很多暗中混跡股市逐利的壯年代中央民意代表被牢牢套住，原形畢露……

人們要問：為什麼台灣資產階級不搞生產性事業，全島瘋狂賭博？為什麼我們的中央民代竟是股市大投機、大賭博的表率？不是一直有人在說：台灣的繁榮發展，是資本家的勤勞、發明和智慧，是國家的棟梁和人民表率的英明和勤政愛民嗎？人們也要問，從什麼時候起，台灣上下賭股票、賭房地產、賭六合彩大家樂，成為一個投機賭博之國？

就是這幾天，我們聽說有一位十三歲的國中生，不滿意母親的叨嘮和責罵，夥同另一個少年，活活勒死了自己的母親……

人們也要問：這是個別「不良少年」的個別案件，還是我們的教育體制從根本上發生了問題？是不是逐利、暴戾、沒有人倫關係、豪遊冶蕩的社會，已經腐蝕和敗壞了我們的教育、我們的教師和我們的青少年？人們也還要發愁地問：四十年不計一切代價為利狂奔的社會，是否已經使人的心靈發生了根本的病變，以致於一個「溫順、瘦弱、內向」的少年，以簡單的動機，犯下預謀弒母的驚人凶案？

凡是想到要問這些問題的人們，凡是敢於問這些問題的人們，似乎都無法從過去既有的生活和社會的歷史版本中找到答案。因為所有這些版本的說明書與宣傳書都說，四十年來，台灣走過來的光榮、璀璨、富足、進步的道路，是因為我們有英明睿智的領袖；是因為我們有無數勇敢、能幹、有膽識的行政院長、各部部長、省主席、公營事業的領袖，和更多勤勉、苦幹、有眼光的資本家與資本集團；是因為我們教育辦得好，人民知書達禮，文化水平特高；是因為我們的工人、農民生活都受到保障；是因為工業發展帶來的全是美好的事物：富足、幸福、更多的機會、更舒適的生活與空間……

也許有人說，這是政府的宣傳廣告，難免說過頭些。

不。才幾個月前，一個著名而受到廣泛閱讀的某財經雜誌，就出過一個專號，要「走過從前，回到未來」。這個雜誌，應該不能說是官辦的雜誌。但她對過去四十年台灣發展的歷史的閱讀和解釋方法，卻與「官方說法」毫無二致。

這是因為，對於同樣一截歷史，有不同的寫法，也有不同的談法。幸福的人、有力量的人、在時代中受寵受惠的人、坐食別人勞動的果實的人……對歷史自有他們的寫法和談法。但沒有力量、有口難言、有筆難書的人，無法分享社會進步的福祉的人，勤勞一生卻只能求一身一時溫飽的人們，他們對同一段歷史的理解、記載和讀法，和前面一類人者，就完全不一樣。

有人因為要勇於「回顧」、要注重「記憶」、要寫下「歷史」，「訪問過百餘位各界不同人士，翻閱幾十本書，跑遍了報社、學校資料室……」，「走過從前，回到未來」就是他們寫出來的台灣「四十年來的建設史」。對於他們的真誠、辛勞，是不應懷疑的。然而在他們「回顧」中，我們發現他們對太多的歷史和事實加以有意無意間「怯於回顧」了；也有太多的歷史和事實，成為他們有意或無意完全「忽略」過去了。而他們所寫成的「歷史」中，也有成片、成段、成章「沒有」了。

《人間》雜誌的宗旨之一，是從大多數居於社會底層的勤勞、勇敢、卻無口宣說、無筆持書的民眾立場，去看、去詮釋人和他們的生活，看人和他們的歷史，去思考人和他們的自然與環境，去究明人和他們的生命……的雜誌。《人間》雜誌在這次「溯走四十年民眾的腳蹤」特集中所做的努力，只是想從民眾史的視野，去「回顧」、「記憶」和書寫戰後四十年台灣社會發展經過，從而去解釋和瞭望官版說詞無從詮解的今日和未來的歷史罷了。我們的調查研究工作太匆促，必有不盡周延和粗疏之處。但總算是以民眾的立場寫成的、比較平易的台灣社會發展的故事。讀者若能與各種官版和民版的「官方說法」互相對照、互相參考，而略有所思，稍有所得，忽有所悟，就不枉我們一個多月來的辛勞了。

初刊一九八八年十一月《人間》第三十七期，署名編輯部

---

1 本篇（含）以下十篇為《人間》雜誌第三十七期「溯走四十年民眾的腳蹤」特集系列文章。

第一卷　狂喜與幻滅

一九四五—一九四九

旗風飄城市，鼓聲覆天地。
祖國軍來了，來得何遲遲！
半世黑暗面，今始見朝曦。
大地歡聲高，同胞意氣昂。
祖國軍來了，來得何堂堂！
半世為奴隸，今而喜欲狂。
自恃黃帝裔，又矜明朝節。
祖國軍來了，來得何烈烈！
半生破衣冠，今尚染碧血。

——吳新榮〈祖國軍來了！〉

一九八八年十一月

一八九五年，日清戰後，台灣割日。一直到一九四五年八月十六日日本宣告敗戰，台灣在日本帝國主義下受到異族的統治，整整五十個年頭。

半世紀的殖民統治，比起中南美洲、非洲，和其他亞洲地帶歷史長達一、兩百年的殖民地相較，當然是比較「短暫的」。然而，恰恰是因其「短暫」，恰是因為民族之魂猶在，受人奴役的苦痛就更為鮮烈，台民對於祖國中國的懷恩，就更為熱切。因此，台灣一旦光復，台民歡欣鼓舞的情形，恐怕是現在的社會所難於想見的。台灣文化協會的老戰士韓石泉醫生在〈六十回憶〉中寫道：

> 一般民眾，張燈奏樂，燃爆掛旗，張貼標語，歡聲若雷，抑悒五十年之積憤，有如山洪爆發，發洩無遺。每逢典禮送迎，其場面之熱烈偉大，前所未見。今迴思之，恍如隔世！

「今迴思之，恍如隔世」。對於韓石泉，這兩句話真是道盡了他那一代台灣愛國知識分子無限複雜的心情。五十年日帝統治時代，台灣人民和知識分子，在日常生活中所受到的、政治的、人格的和社會的絕對性歧視與壓迫，是沒有經過的人所無從想像的。因此，當時台灣民眾是以向來集體的記憶所未曾有的狂喜，去迎接民族的解放的。吳新榮的〈祖國軍來了！〉，是當時許許多多台灣知識分子表現這從日帝桎梏下解放的大喜悅的作品之一。

但是，對於這一切，真是叫人「今迴思之，恍如隔世」！

許多在日帝時代無法在生產業、工商業上一伸壯志的台灣工商界人士，發現光復後一切日產，包括台銀、石油、鋁、電力、台糖、肥料等日政時代官民營、日籍獨占產業，悉數被國府全數點收，歸國家獨占經營，而不是交給台灣當地的愛國工商界去發展；許多日帝時代在政治上受歧視，如今光復，有志在建設台灣政治和教育的人士，發現跨海而來的國民政府與日本人幾乎一樣地獨占了各個公務和政府職位。「現在還有人在說，政府帶來『水準很高』的『一大群精英分子，剛好填補日本人撤退後台灣的空虛』。」今年八十二歲的吳義盛說，「這種說法既不合事實，也很傲慢。國民黨把跟它流亡到台灣的人由下到上，全數安置在每一個政、經、軍單位上，卻一直到今天還在說台灣人沒有人才。」

事實上，根據劉進慶教授的研究，當時來台接收各級官僚，「大部分是無知愚蠢、恣意貪汙……的腐化官僚」，而不是什麼「水準很高」的「精英分子」，終於造成稍後台灣政治經濟的混亂與惡化。

其次是忠奸的嚴重顛倒。許多在日政時代冒著生命、財產的危險，從事艱苦的抗日文化和政治運動的台灣知識分子，光復後不但沒有獲得應有的光榮與慰賞，反而被當成各種「過激分子」，橫遭打擊、逮捕、投獄，甚至冤死，幸而因「政府寬大」而被釋放，卻終生在「列管」籍上悒悒而終其一生。但在另一方面，日帝時代的「皇民奉公會」分子，日帝御用紳士和特高分子，光復之後，卻搖身一變，成為新權力的附從，至今享受著富裕和榮華。這種政治是非的顛倒，民族忠奸的失辨，引起台民的迷惑、忿怒與不滿。

第三，是台灣經濟隨著光復而脫離了日本帝國主義經濟圈，同時重編到中國的民族經濟圈。光復後，台灣米糖立刻向大陸輸出，並且從大陸直接輸入輕工業產品。這是台灣經濟經五十年日本割據造成的分斷之後，重歸中國民族經濟圈，與中國大陸京滬、東北並列為三大經濟先進區。

不幸的是，一九四五年以後，國共內戰日益激化，大陸的通貨膨脹，隨著大陸的商品感染到台灣來，造成從四七年到四八年的嚴重經濟紊亂現象。物價迅速波動，工農業萎縮，失業人口日增，糧食不足，政治和社會極端不安。一九四八年以後，大陸局勢急速惡化，大量的流亡潮湧到台灣，使原已困乏的經濟，更為艱難，民怨日深。

因此，一九四五年以後，陳儀政府這些在政治、財政、社會各方面的惡政，使得光復解放的狂喜，迅速轉化成不滿和怨憤。一九四七年二月二十八日，台北市稽查私菸的官民衝突事件，引發為反對腐敗、專制，「肅清貪官汙吏，爭取本省的政治改革」的全島性民眾蜂起。國府對事件採取的嚴厲鎮壓，造成民眾和官吏、軍人在內約八千至一萬人的死傷。這史稱「二二八」事變的發生，對於戰後台灣政治，發生長遠而複雜的影響。而光復的狂喜，經鐵血鎮壓了台民的民主改革要求，急速地轉為深沉的苦悶與幻滅。據韓石泉醫師說，事變前台民為積極干涉省政建設，「在報紙上或集會中，大家熱切發言，毫無忌憚」。但事變後變成「意志消沉，噤不作聲」。

一九四九年，大陸戰局潰敗，政府播遷來台。同年，政府公布《懲治叛亂條例》，並宣布了一直到一九八七年才解除的戒嚴令。民族解放，民主自由，共建新生中華的美夢破碎，台灣的戰後史急速地進入一個苛烈而霜峻的時代。

然而，戰後史的詭惡與複雜，卻遠遠超過當時台灣民眾的想像。

早在一九四七年，美蘇兩個霸權就在世界規模上形成激烈的對峙與衝突。當大陸上國共內戰局勢迅速惡化，美國當局就開始了干預台灣事務的陰謀。根據梁敬錞教授研究解密後的美國檔案，從一九四九年開始美國就策謀使台灣與中國分斷，阻止大陸對台灣的流亡潮，扶植親美、反共的「台灣自主分子」，或由美國直接占領台灣，或經國府同意抑以聯合國名義，占領台灣，交給聯合國託管，並且在這些條件下，由美國在軍事上和經濟上援助台灣。

而此時早已成立的、廖文毅領導的第一個台灣分離主義海外組織「台灣再解放同盟」，也成了美方正式列入文件加以支持的團體。

當台灣民眾被解放的欣狂蒙蔽了眼睛，看不清那激盪而複雜的中國現代史颱風之內部結構，卻激動地高呼著「祖國軍來了！」，他如何能知道，日帝的統治崩潰之後，一個新型的、內容和形式都遠遠比過去複雜的美國基地式殖民地社會，正猙獰地在台灣展開了。而台灣戰後社會與歷史的發展，恰恰是背負著中國內戰、「二二八」事變、和戰後國際霸權的對峙結構，走進一個在恐怖、荒蕪中受孕發展的五〇年代。

有哪一個歷史教室和哪一本經濟教科書，曾經告訴我們這一截被掩蓋、模糊化甚至美化的歷史呢？「二二八」事變的爆發和鎮壓，付出了整整一代人對中國和民族事務的挫傷、抑忿、幻滅、噤默與離心，以及將近萬人的死傷、和死傷者家屬的悱怨……這些昂貴的代價，並且長期傷害了光復後台灣內部的民族團結。「二二八」和一九四九年頒布的《懲治叛亂條例》和戒嚴令，使台灣在嗣後四十年間，進入「反共－國家安全」體制，以思想、言論、信仰創造、人身等珍貴自由為抵押，換取戰後台灣「半邊陲」的、依賴的「經濟發展奇蹟」歷史的展開……

初刊一九八八年十一月《人間》第三十七期，署名編輯部

第二卷　在冷戰中受孕的胎兒

一九五〇年代

請交代爸爸媽媽，把我的屍身用火燒了，灑在我所熱愛的台灣土地上……請勇敢的活下去吧。

——郭琇琮

在政府頒布《懲治叛亂條例》和戒嚴令的一九四九年，台灣農民有將近七〇％沒有自己的耕地，而以極高的田租，佃租地主的土地。這一年，政府實施「三七五」減租，走出土地改革的第一步；一九五一年，實施公地放領；一九五三年，實施「耕者有其田」，完成了亞洲難得一見的，雖不徹底，卻頗成功的土地改革。

一九四七年「二二八」鎮壓對台灣地主的士紳階級的威嚇作用；當權的、失去了大陸土地的流亡地主階級，在「改革」不屬己有的本地地主階級土地時所顯示的決斷力；美國為了消除亞洲共黨蜂起的溫床——農村階級矛盾，而以美國資金、技術、肥料和管理協助推行台灣的土改；使地主的土地資本流向「四大公司」的產業資本……都是學者歸納出何以台灣土改能有顯著成效的幾個原因。

土地改革根本上，從歷史消除了作為一個社會階級的台灣地主，並且成功地導引土地資本到現代工商產業。台灣農林，頓時成為由無數擁有土地的小自耕農組成的社會。新分得土地的農民高昂的生產勞動欲望，加上美國在資金與農業技術上的援助，使台灣農業有了急速的發展。米和糖的輸出，每年為台灣賺取一億美元的外匯，成為五〇年代最大宗的輸出品。

養雞為了取卵。政府旋以極不等價的交易，即「分糖制」（以昂貴的代價為蔗農加工）和「肥料換穀」（高於國際價格的代價以獨占的肥料與農民交換糧食）來收奪土改後農民的利得，將這些脂血導入工業投資。從一九五七年起，農家所得增長率，開始落在國民所得增長率的後面去了。

在政治上，一九五〇年代對台灣是一個極為重要的年代。這一年六月，韓戰爆發，中共軍隊渡過鴨綠江與美軍交鋒。美蘇兩大霸權地球規模的冷戰對峙達到了高峰。美國依恃它強大的軍力和國力，在亞太平洋拉起了北自阿留申群島、經日本列島、朝鮮半島、台灣與菲律賓的，對共產黨主義大陸和蘇聯的「半月形」包圍戰線。美國第七艦隊封鎖了台灣海峽。繼日帝五十年割台的歷史，台灣再度和中國分斷。在四五年到五〇年短暫的復合之後，我們的民族再度分裂。而台灣也成了戰後美國在世界各地炮製的美國「基地─附庸國家」之一。

一九五二年，在美日威脅下，政府接受了以「台灣地位未定」這樣一個帝國主義條款為基礎的《中日和約》。一九五四年，簽定《中美協防條約》，台灣成為美國在全球張開的反共安全協約網中的一個網目。台灣與大陸的國土與民族的分斷，至此因美國霸權的干涉而固定化與長久化，而海峽兩岸的中國人，從此展開了長期的不信、猜忌、仇恨、詆毀和敵對關係。

在國際冷戰下，民族和國土一分為二，並且在陣營對峙中，鋪開了嚴密的「反共／國家安全」體系。一九五〇年，政府展開了苛烈的異端撲殺浪潮，對真實的和冤假的左翼分子、民族解放分子、激進工人、農民、學生、知識分子、文藝工作者、教師、新聞記者展開非法的、秘密的逮捕、審訊、拷問、處決和監禁。從抗日戰爭時期，美國海軍部和戴笠共同組織恐怖的「中美合作所」的歷史看來，五〇年開始的慘烈的政治肅清，是受到美國當局支持的。

這些受到撲滅的人們，有共產黨員，但更多是台灣抗過日的反帝、愛國的民族主義分子。一九五〇年著名台灣文學家楊逵被捕，因為他反對美國策動的台灣「託管」和「獨立」運動，主張民族的和平與團結；有很多優秀的台灣知識分子，因為早在五〇年代初就主張「台灣也是中國的一省，台灣人民也是中華民族的一環，她不容許被那些『獨立』、『託管』派在美國帝國主義指使下被分割、被侵略……」而大批被捕和處決。

而自一九五一年開始，美國為了鞏固和發展一個反共、親美、獨立於大陸的基地台灣，以美援的方式，挹注大量的金錢、技術、商品與管理，為台灣解決了最需要的發展資金問題和廣泛公共設施建設的問題，為台灣戰後資本主義發展，奠定深厚而重要的基石。

在這些偽善、血腥的整地工程進行的同時，台灣戰後資本主義開始復甦和發展。京滬系外省人紡織資本，在美國剩餘棉花的供應下，吸收台灣極為廉價的女工勞動，在苛烈的勞動條件下吸取利潤而肥大。本地資本則在水泥、紡織業中發足。戰後第一代男女勞動者，在極低工資和高度剝削中，京滬系資本、新竹吳火獅和台南吳氏資本逐漸成長。

從一九五三年到五八年，是台灣紡織業發展的第一階段。重點在供應龐大的省內市場所需，屬於進口替代工業。從一九五〇年起，台灣的紡織業開始迅速發展，一九五四年，政府鼓勵人造纖維工業。五七年，中國人纖公司成立。

紡織工業的發展，台灣女工的貢獻與犧牲很大。大量的女性勞動力，從鄉村湧向工廠。她們以超低工資、馴服、有耐性、因婚後離職而保持紡織勞動力的新鮮年輕……而受到資本家特別歡迎，從她們的勞動中盡情吸取超高剩餘。女工以青春、健康、學業、社會挫折等昂貴代價，灌溉了進口替代期的台灣紡織資本。

軍部也組織了「榮工」勞動，從事橫貫公路的開闢，付出了相當重大的代價。

大量濫伐台灣經天地自然化育數千百年的珍貴森林資源，也成為政府籌措資本、抵補財政虧損的手段。估計起來，五〇年代中，政府砍伐了八百七十四萬五千四百八十七立方公尺（李剛《悲泣的森林》頁一九六資料）木材。山林水土保持嚴遭破壞。一九五九年，台灣發生「八七水災」，造成戰後最廣泛而深刻的損害，使市場物價巨幅上漲。

因為反共聯防而被迫在一九五〇年後剝離了中國民族經濟圈的台灣，一九五一年，和日本立刻發生了殖民時代的經濟關係：對日輸出米糖（占台灣輸出總額的四一％），從日本輸入輕工業產品。一九五六年，台灣和日本的貿易逆差已高達二千六百萬美元。從日輸入、對美輸出的台灣與美日超強的「垂直分工」雛型，其實早在一九五〇年「冷戰—民族分裂—反共安全體系—對美日依附」總結構的形成期，就已經萌芽了……

在政治上，經過一九四七年「二二八」事變的鐵的鎮壓和一九五〇—一九五五年間密集、廣泛、徹底的政治撲殺運動，以及台灣地主全階級在五〇年代初的土改中消失，加上美國插手中國事務，堅強支持國府的台灣與共產大陸分離和對抗，使瀕於終滅的國民黨—國民政府，在外來勢力和內在武力的強制下穩定、鞏固起來，從而長期獨占台灣的政治權力。

國際霸權對峙下的冷戰結構，固定了台灣與大陸間的分離，也形成了以反共、防共、保衛國家與社會安全為大義名分的專制體系，對思想、言論、人權、創造、知識和文藝、文化各方面施行全面、長期、細密的檢查、壓制。台灣戰後資本主義，便是在這「冷戰—民族分斷—國家安全—對美日附從」的總構造下，在高壓、專制的生態中開始成長。二次大戰後不斷惡化的中國內戰中，一部分親美．自由主義學者和國府官僚發動「自由中國運動」，更改國府包裝以爭取美國繼續支持國民黨政權。一九四九年，自由中國運動的雷震在台北創刊《自由中國》半月刊。但韓戰爆發後，美國繼續支持現實上在台實施有效統治的國民黨的利益，勝過美國以「自由中國」派的知識分子、自由主義者和台灣地方民主運動政治家來取代國府的利益。一九六〇年，國民黨以逮捕雷震等人和停止「中國民主黨」粉碎了由流亡自由主義政治人和地方舊士紳民主運動者結合的反體制／反共／親美的民主改革運動。在東京，麥克阿瑟將軍的盟軍總部間接支持廖文毅兄弟的台灣分離運動。

初刊一九八八年十一月《人間》第三十七期，署名編輯部

第二卷　在冷戰中受孕的胎兒

一九五〇年代・荒湮中的歷史

冷戰的政治和恐怖，無數的宣傳和謊言，六〇年代以後飽食的、家畜的人生，湮晦了一派不死的歷史。

一九四九年秋天，基隆《光明報》事件後，一場全面堅定而徹底的政治撲殺行動，繼「二二八」事變的鎮壓後，伴隨著星條旗在亞洲「自由世界」遍插的國際局勢，與大陸赤化、國民政府退守台灣的國內政局，在四面環海的天然屏障封鎖下的台灣靜靜地展開。

一九五〇年，台灣在戒嚴體制下，正式拉開了一個白色的恐怖年代的序幕。

從一九五〇到五五年間，台灣各種秘密警察，在全島各地進行著一日緊過一日的、綿密的全面大搜捕。

「在無條理的歷史和荒蕪的政治下，人是可能隨時被歷史的胎動壓殺的……」因為與郭琇琮大夫同案被捕、身繫囹圄，坐了十年黑牢的陳至慧(化名)女士，在近四十年後餘悸猶存的回憶道。

「五戶連保」

「在那些的日子裡，朋友們總是要不約而同地每天在街上逛著。一旦遠遠地望見某人，就知道他依然無恙。要是一連幾天，不見了某人，就又斷定他一定被抓了去了。這時候，這些人又立即面臨了逃或不逃的困境。」一位從五〇年逮捕的牢獄中倖活的老人說。

如果不逃，很可能受到牽連而被逮捕；一旦逃呢？等於向警特機構暴露身分而被通緝，並且由於《戡亂時期檢肅匪諜條例》中「五戶連保」一款的規定，連保人還要因此而被處以「知匪不報」的連坐性懲處。

當時因為「五戶連保」的律法，有許多人是因此而被牽連冤枉入獄。

「一根扁擔睡三人」

當然，當時這些警特人員的逮捕是不談什麼法律的！他們不必搜索票，在深夜裡闖入民宅，抓了人就走；如若抓不到當事人，家裡任何一人都可能被任意帶走。由於是憲法凍結的「戡亂時期」，這些警特機構的大逮捕，事實上，也根本談不上什麼「二十四小時內交付法院」的基本人權的保障。

被捕的人除了送往「保密局」的秘密看守所外，一般都被關在刑警總隊、警總、青島東路的保安司令部與西本願寺的情報處等秘密警察機構的牢房，進行慘酷的拷問。

據一位被牽連繫獄十多年的政治受難者的描述：偵訊期間，不論是被關在哪個機構的人，肉體上都要承受著最痛苦的折磨。就以押房來說，通常小小二至三坪的押房，總要關二、三十人以上；因為太擁擠，晚上必須輪流側躺著睡，有些人甚至總是站著睡覺。夏天，天氣熱，男押房裡幾乎人人脫得精光，只著一條內褲，不時輪流以懸掛的床單搧風。

對於政治犯的拷問，聽來全和電影、小說上說過的相去不遠。例如把兩手反背捆起來，將兩個大拇指拴上，只要將繩子一拉就將受刑者吊離地面，受刑的人痛苦難當。還有一種拷問，是先將受刑者背靠牆壁，衣服解開，使人不能往後退。戴著粗厚的皮手套的行刑人，將受刑者的肋骨徐徐用力按下去，使內臟受到擠壓，並且上下移動，謂之「炒排骨」，受者痛徹心肺。

其他還有向鼻孔灌冷水。坐「老虎凳」和「踩杠子」是對腿骨壓迫的刑法。「竹簽入指甲」也是著名的酷刑之一。對於女性的拷問，更有不忍形於筆墨者。

經過這一套又一套的拷問之後，這些政治受難者即使不死也是內傷累累。而當時因為獄中既無醫藥，飲食營養又差，吃的盡是帶皮的小芋頭和霉臭的米和含沙的湯，因此，即使從苛酷的拷問中倖活了，但多年後隱傷復發，許多人卻在釋放回來後，罹患各種惡疾而死。

饅頭與米酒

拷問偵訊後，被起訴者即刻移送台北市青島東路的軍法處審判。理論上雖然要「公開審判」的，但事實上五〇年代審判時既無旁聽者和辯護制度，連判決書也沒有。「而且是『一審定案』，根本無上訴的機會。」有一位老政治犯回憶說。

判決後，被判死刑者即刻被押赴台北「馬場町」執行。槍決之日，憲警總在凌晨四點半到押房押解受難者，到了刑場，會讓受刑人吃一個饅頭與一杯米酒，發三槍斃命。

囂烈的口號

有一些政治犯死囚在赴死前，要大聲喊著囂烈的政治口號，鼓勵其他尚在押房的難友們勇敢地堅持下去。據當年曾在軍法處看守所被監禁過的政治受難者的考據，最先在赴死前喊口號的人，是與郭琇琮同屬「台北案」的台大醫院內科主任，傑出的醫學家許強博士。自他而後，凡是赴死者都在被押離押房時，高喊口號。看守所的警憲們擔心這樣下去，押房中總有一天會出亂子，因此聽說後來拘提受死者時，先以刺刀割斷氣管，或者刺穿嘴巴使人無法出聲喊叫。

有了上訴制度以後，初審被判死刑者回到押房後，立即被釘上腳鐐，等待再審。與早先「一審定案」的先死者相較，他們還要忍受另一種為自己懸而未決的命運所苦的焦慮。為了避免這種焦慮的感染引發押房內的不安，軍法處即在原先的大押房外，另蓋了一棟專門關初審發回的死刑犯的小押房。

三十三年綠島

審訊終結後，被判監禁而倖存下來的政治犯們，被送往軍人監獄囚禁。後來，因為人犯太多，軍監收容不下，一部分的政治犯又被送往民間稱作「火燒島」的綠島新生訓導處，接受「集中營」式的勞動和思想情況教育。一九六〇年中期這批政治犯再被轉送至台東「泰源感訓監獄」，一直要到一九七一年「泰源暴動」事件後，這一批政治犯，連同以後陸續投獄的政治犯，再度被集體移送綠島一座新建密閉式監獄服刑。

一九六〇年代中期後，政治犯的食住條件有重大改善。但醫療、精神、文化生活條件仍很落後而不合理。一九七五年辦過一次特赦，在監犯人的生活條件又略見改善。

此外，一九七〇年前管理者們不時地針對政治犯中較有影響力者，利用晚上，在綠島海邊進行體罰。利用意志和品性較弱者，在押房內為監方當線民以控制囚人，也常常使長期監禁的犯人無法安心坐牢。

一九八四年秋，在一九五一年被捕，在政治監獄中囚禁了三十三年的台南麻豆人氏林書揚、李金木被釋放出獄。至此於一九五〇年異端撲殺運動中倖活者全部出獄。時林、李二人皆六十歲人也。

這三十多年間，台灣經歷了五〇年的內需進口替代工業發展和六〇—七〇年代乃至於今日的外銷加工業時代。長達四十年的「冷戰—民族分裂—國安體制—對美日依附」的歷史中，估計有二千多人撲倒在馬場町，近三千人受長期監禁。但嗣後三十年「繁榮」、「進步」、「富裕」的社會發展，湮沒並遺忘了這一段激盪的歷史中激盪的生與死。「那些赴死的人們，幾乎全是當時最純潔、勇敢、優秀的中華兒女，」有一位髮鬚皆白的老政治犯回憶說，「如果以今天的尺度，他們有五分之三以上罪不必死。」他說著，眼眶逐漸泛起晶然的淚意……

初刊一九八八年十一月《人間》第三十七期，署名林汝南

第三卷　依賴與發展

一九六〇年代

中國自由主義分子，本質上是孤立的，因為他輕視社會大眾，自居精英分子地位；本質上是可被收買的，因為他有極高的妥協度；本質上是反民族主義的，因為他充滿了買辦意識……

——南方朔

一九六〇年代的台灣對於以雷震「中國民主黨」運動的鎮壓開始，是有象徵意義的。「冷戰—民族分斷—反共安全」結構下，國民政府以戒嚴令建立了它的權威政治，壓抑勞動運動和民主化運動，保持低工資、劣陋勞動條件下的工人馴服地任人剝奪他們所創造的巨大剩餘。另外一方面，在土改中喪失土地的地主階級，除了少數一部分人懷恨不平而投向民族分離運動，國民黨仍能以開放「四大公司」和分潤地方利益等方式分化和籠絡前地主階級。

紡織、電器、電子、水泥、食品這些輕工業在六〇年代有高度發展。一九六二年，台灣出口產品中輕工業產品所占比率超出了農業產品比率。五〇年代初期因土改巨幅提高的農業剩餘，開始經由低米價、「肥料換穀」和各種租稅大量流向工業部門。一九六二年以後，農民生活支出劇增，收支情況惡化，農戶借款戶比率逐年增加。到了一九六八年，製造業產值的急遽增大與農業的衰退，第一次出現工業產值超出農業產值，一九六九年，農業終於出現負成長。

工業部門的高度成長，從經濟惡化的農村中吸收大量的農民到工廠成為勞工階級。一項一九六五至七五年統計顯示，農戶土地快速零細化，農村青壯人口外流比率驟增，其中尤以大量向來在農村中從事無償、瑣繁家庭勞動的女性勞動力投入社會生產，最值得注意。一九六四年到一九七一年的統計指出，一百七十多萬勞工中，男工占三九％，女工則占六一％之多。女工又以十五至二十四歲未婚者居多。她們在性別歧視下被家庭犧牲學業，以年輕、新鮮的勞動力為勞力密集的產業如紡織、成衣、電子、電器資本，創造高額剩餘，犧牲極為重大。

一九六〇年代末期，內需性、進口取代性工業轉而發展為加工出口型工業，台灣開始為外國市場所要求的質與量生產。至此，在一九五〇年美國第七艦隊將台灣從中國民族經濟圈切斷關係後，開始更深地重編到美日經濟圈。一九六四年，日本代美國成為台灣最大輸入國。一九六六年，對日國際貿易逆差高達一億美元以上。次年，對美出口比率超先於日本。一個美國、日本、台灣間的垂直分工關係牢固地編成。台灣對美日在經濟和政治上庸屬性的依賴關係進一步深化。當時台灣超廉工資、戒嚴安全體制和政治上對美日的「友善」，吸引了經五〇年代的高景氣而大量過剩的美日資本對台輸出。一九六〇年的投資獎勵措施，一九六六年加工出口區的施設，使台灣輕工業因外來資金與技術的催進，有飛躍性的發展。

一九六五年，美國擴大干預法國帝國主義敗退後的越南戰爭，使台灣六〇年代經濟發展，有很大影響。

美國將一部分輕工業軍需產品交由台灣生產。這「戰爭景氣」促進台灣的經濟。其次，台灣和琉球、韓國被指定為越南戰場美軍「休假」之地。以出賣台灣婦女肉體接待「休假」美軍的外匯收入，也是六〇年代台灣資本累積中不容忽視的組成部分。

除紡織、紡紗、成衣之外，另外一個超低工資女工勞力密集的電子業在六〇年代發足。一九六一年，大同公司開始裝配晶體收音機。同年，台視開播，一九六二年電視機產業開始蓬勃發展。六五年，美跨國性電子產業通用(General Electric)來台灣設廠，帶動外資在台電子組件的生產與外銷。台灣電子、電器產業中，美、荷、日資本所占之比率最多。台灣當地電子、電器產業資本雖大，但個別企業體偏小。電器、電子產業的勃興，吸收了更多的農村女性年輕勞動力，投入工資低、工作性質單調、環境簡陋的勞動現場，造成相當嚴重的問題。

加工出口工業的飛躍發展，帶來了台灣工業上結構性的變化。無數中小企業（從業人員在二九九人以下）在加工出口區、在城市的周圍、在農村社區附近迅速地滋生。到一九七〇年代末，中小企業的數量，占全部企業數的九八％以上，在出口營業額中占七五・一％。六〇年代末到整個七〇年代台灣在外銷上的驚人成長，六〇年代開始，中小企業是最主要的動力。中小企業的發達，使得獨占性巨大產業資本總額在台灣產業資本總額中所占的比率顯著下降，而與中小企業群形成台灣工業的「雙重構造」。

中小企業顯著而快速的發展，帶來新興、高教育水平的、年輕的中小企業主中產階級。這個新興階級，和五〇年代以來批評國民黨的、親美自由主義的、要求民主化改革的知識分子結合，推展民主化和自由化改革。他們的機關刊物是一九六八年創刊的《大學雜誌》。

中小企業工廠因為資金短絀，不能不在超低工資、長工時、勞動條件簡陋的情況下積累利潤。中小企業又因承接外國過時、汰舊、汙染性的技術與設備從事生產，實已在六〇年代中後期開始廣泛地對台灣的土壤、水、空氣造成汙染，使勞動現場中的工人和工廠附近社區的民眾遭到公害的荼毒。至於獨占性公營大礦廠所造成的汙染和對於廣泛工人的剝削，比中小企業在時間上開始得早，問題也比較嚴重。

在台灣社會發展的途程上，六〇年代在以下幾點上具有重要意義：

・農工業比重易勢，農消工長，社會生產基軸由農轉工的變化，發生在一九六〇年代。

・吸納外資，以加工出口取代了五〇年代進口替代工業，造成了龐大的中小企業，逐漸與獨占公營大企業形成台灣經濟中的雙重結構。

・加工外銷的工業使台灣進一步脫離中國民族經濟圈，而形成自日輸入、對美輸出的附庸和循環構造。依賴下的發展，成為台灣經濟的基調。

・台灣的工業化，創造了大量的工人階級。在「冷戰—民族分斷—國家安全」結構下，工人階級的人權、政治權利和應有的福利遭到完全的忽視。

・一九六〇年代，也是工業對土地、水、空氣汙染的肇始期。

初刊一九八八年十一月《人間》第三十七期

第四卷　挑戰・反省・反應

一九七〇年代

我們認為：在歷史轉捩點的今天，推動新生代政治運動，讓民主永遠成為我們的政治制度，是在台灣一千八百萬人對中華民族所能做的最大貢獻，更是我們新生代追尋的方向。

——黃信介《美麗島雜誌・創刊詞》

雖然在七〇年代台灣經歷了兩次國際性石油危機，七〇年代台灣經濟仍然依賴六〇年代低工資、勞力密集加工外銷產業維持了高度的成長。

台灣進口石油來製造化纖衣料、塑膠加工製品等以外銷，所以對進口石油的依賴度甚高，所以一九七四年頭一次石油危機，立刻產生了衝擊性影響，表現為物價的飛漲和一九七五年外銷的負成長。但是由於政府採取了適當的措施，從外匯、物價到金融各方面做出良好對策，控制了通貨膨脹。

另外一方面，恰恰在石油危機的一九七四年，蔣經國政府展開了富有野心的「十項大建設」，分別在交通運輸（高速公路）、能源（核能發電）和重化工業（石化、鋼鐵、造船）投下將近六十億元。以六〇年代末略有發展的石化為基礎，七四年石化產業的巨大投資，供應長而廣的中下游石化加工產業，顯著地提高了石油化學中間原材料的自給率與進口替代率。

而由於在石化工業上的巨大投資，終能在國際石油危機中不但度過難關，而且在紡織、電子、電器業等輕工業外銷產品的擴大輸出下，促成快速恢復，繼續在一九七六年後恢復高度成長。

高速公路和核能發電建設，是基於六〇年代飛躍成長所暴露的基本建設不足所做的補充建設，對於七〇年代以後的發展有一定的助益。但是核能發電的建設，由於從建廠管理開始就沒有受到必要的監督，而「原子能委員會」又嚴重缺乏責任心和知識的、社會的公信力，至八〇年代，核電內部和環境安全及公害問題，開始顯露出驚人的破綻。核電工人（特別是轉包工人）輻射被曝成疾或死亡問題，被核電當局刻意捂蓋、湮滅；核電工程師詹如意被曝成疾問題，以欺騙脅迫方式將核能廢料貯存蘭嶼問題，溫水排放對海洋生態嚴重破壞問題，尤其在蘇聯車諾堡事件後，台灣核電安全管理問題，都受到越來越廣泛的關切。

十項建設中製鋼、製船因技術不足和世界船業不振而失敗。整體說來，十項建設中的重化工業戰略構想，除石化之外，基本上是失敗的。七〇年代的成長，仍然倚重超低工資、超長工時、勞動條件惡劣、汙染性高的輕工業的進一步發展所推動。

台灣社會的工業化和城市化，繼六〇年代的發展，在七〇年代以略大的步伐持續擴張。五〇年代農業生產占總生產的三五%，至六〇年代末已降為一八%，而至七〇年代末再降為一〇%左右。農業人口則從五〇年代占總人口的五六%下降到七〇年代末的二〇%左右。工業生產在總生產中的比值，從五〇年代的約一八%上升到七〇年代末期的四五%左右。工業部門的就業人口在總人口中的比值，則由五〇年代初的一六%上升到七〇年代末的四二%。整個工業化比率，則由一九五二年的一一%上升到一九八〇年的三四・二%。

這當然意味著國民總生產的上揚與個人平均所得的提高(一九五二年的一三六美元到一九八〇年的二二九三美元)。

在《勞基法》未修定、工人民主權利毫無保障的情況下，七〇年代的工業發展，意味著更多的農村剩餘人口在農業飽受工業「擠壓」後流向他(她)們生疏的、殘酷、勞動條件惡劣、工資低微的城市工廠，接受國際附庸的加工出口資本的收奪；意味著更多城鄉女性，犧牲學業和青春，投入台灣的輕工業加工出口工廠；意味著台灣勞動者，作為一個新興的階級，在社會的底層，不斷增加他們的人數至六、七百萬人之眾。大量人口向城市湧集，也在城市邊緣和底層集聚了城市貧民(lumpen proletariat)。

被台灣經濟發展的巨輪離心出來的拮据農民，貧困、疲憊、自卑的城市工人，以及淪落在城市周邊及底層的城市貧民，成為最渴望社會改革的人。他們逐漸成了一九七五年新興中產階級發動的「黨外運動」街頭演講和選舉暴動中最基幹的群眾。在自身的工農階級運動無法生成的時期，他們不能不依附和跟隨中產階級的民主運動，發抒生活積累的悒抑和要求變革的強烈願望。一九七五年宜蘭選舉暴動、一九七七年的中壢事件和一九七九年的高雄事件是此一發展的顯著例證。

連續二十年的經濟發展，使一個台灣大眾消費社會在七〇年代末宣告登場。商品消費經濟進行著一場重大的「意識革命」：欲望的解放，對幸福、舒適、成功和金錢的崇拜，對人生終極信仰和理想的喪失，對物質的強烈飢渴與滿足的無窮循環，消費的強制化和制度化，人的「單向度」化，工作、生活和社會的劃一化與管理化……這一場意識「革命」，特別在「反共／國家安全」長期結構下，產生某種對政治的冷漠與規避，助長了社會和政治支配。

一九五〇年代，國民黨－國民政府以武力的強制與鎮壓確立了它在台灣的統治。從大陸流亡來台的全集團的中上部門，獨占了台灣社會、經濟、財政、政治、軍事各部門的重要位置。外省人和本省人之間，一時顯出明白的支配與被支配關係，省籍矛盾和民族內部裂痕不但存在，而且有所發展。

一九六〇年代以後飛躍的經濟與社會的發展，使台灣社會、經濟、科技、產業甚至政治等各部門空間有巨大倍數的膨脹，私人部門相對於公共、官方部門有驚人的成長與發展。大量的本省資本家、管理人員、知識分子、技術人員、文藝工作者……領導各自部門，做出輝煌的貢獻，使國民黨獨占部門不但相形縮小，而且飽受私人—社會部門的強烈威脅，種下八〇年代國民黨構造受到直接挑戰的因素。而七〇年後半登場的大眾消費社會，使人依消費商品的品牌、質量，依消費方式，依共同的消費語言文化，依收入劃分；依工作、社區等這些多樣的標示尋求認同，從而使省籍矛盾較五〇年代有急速消失和淡化的現象。

一九七二年，當時省府主席謝東閔提倡「客廳即工廠」的運動，使勞力密集加工外銷工業擴散到每一個鄉鎮和城市邊緣，吸取大量的剩餘勞動力，進一步平抑工資，增加加工外銷工業的剩餘，同時將工業汙染更為廣泛而深入地向遼闊的農村社區、田園、城市周邊地域的土地、河流與空氣浸透和破壞，造成八〇年代台灣生態與環境的全面解體化。

從一九六〇年開始的工業化和城市化，貨幣和商品經濟的不斷擴張，使台灣山地少數民族的民族共同體社會，在沒有經過漫長的定耕的封建主義時代，就組織到平地漢人資本主義都市化和工業化的運動，而形成「平地—中心」與「山地—邊陲」的關係。山地社會和經濟迅速解體，山地文化嚴重停滯而平地化，社會紐帶斷裂，大量人口流向平地而淪落到漢人資本社會的最低層。男性則淪為重勞動工人，女性則嚴重的娼妓化。公共衛生崩潰，文盲增加，精神和生活挫折所帶來的酗酒、自殺、早死率高……台灣少數民族的民族滅絕性的破落化、貧困化，也向台灣的發展政策與經濟發展政策提出嚴肅的挑戰。

農業收益持續下降。一九七二年，農民所得僅及非農家的六成，負債率增加。廣泛的工業汙染影響農產品和養殖業。工業的不斷發展，提高了農戶的日常支出和農業投資成本。一九五〇年代台灣土地改革的不徹底性格，在七〇年代以後，逐漸露出無法掩飾的破綻。

大量的產業工人在七〇年代湧現，扣除農業和服務部門的勞動人口，產業工人約有兩百八十萬人。在「反共－國家安全」體制下，工人沒有組織、交涉和爭議之權。發動對資方爭議、組織獨立自主工會和發動罷工或怠工，會立刻被疑為共黨分子。工會御用化，政府勞工事務部門與情治單位、資本家互相勾結，壓抑勞動民主運動。為台灣經濟成長付出重大貢獻的台灣勞動階級，一直在慢性貧困、沒有工作保障、社會地位卑弱、自我認同低下、疲勞、辛苦、文化上無從發展、勞動條件惡劣……這些情況下隱忍苟活，積忿日深。

初刊一九八八年十一月《人間》第三十七期，署名編輯部

第四卷　挑戰・反省・反應

一九七〇年代・一次夭死的文學革命

從「釣運」到反帝愛國主義；台灣「民眾文學」論與「民族文學」論登場；黨的御用文人和美國買辦作家急忙露出了尾巴。

在一九七七年夏天點燃的「鄉土文學論戰」，有獨特的時代背景。

一九五〇年，韓戰爆發，分別以美蘇兩霸為主軸的世界規模之陣營對立，達到高峰。第七艦隊干預中國內戰，《中日和平條約》和《中美協防條約》使台灣成為美國「基地國家」之一。美援、美國文化、技術、政治、經濟全面支配台灣，在「美援—低工資勞動—加工外銷」結構下，有一九五〇—七〇年的飛躍發展。在思想、文化和政治上，有詩歌、繪畫、音樂的舶來式「現代主義」，在經濟上有美式「現代化論」，在政治上有「親美—反共—反蔣」的自由主義、民主運動和民族分裂主義。文藝上，二十年間瀰漫著惡質西化的、舶來的、模仿的「現代主義」、「超現實主義」和「抽象主義」。

前哨戰：現代詩批判

一九七〇年前半，台灣以《中外文學》、《龍族詩刊》和《時報・人間副刊》為中心，展開「現代詩批判」（一九七〇—一九七四），對於支配五〇年代和六〇年代整整二十年的現代派文藝，以「現代詩」為焦點展開全面的反省與批判。

現代詩批判的思想內容，概括起來是（一）反對現代派語言上的晦澀、漢語破壞、心理主義與形式主義；（二）文學應該為大眾、為社會的進步與發展、為干涉生活，反對現代派文藝之無歷史、無生活、無民眾；（三）在表現的敘述形式上，主張要有中國的民族風格，反對惡性模仿西方的現代派形式。

這些文學主張背後，是反對帝國主義，提倡民族主義，對內則主張經濟與社會的民主主義，主張知識分子為民眾服務，改革社會。然而，現代主義陣營，則把批判現代詩的人視為危險的共黨分子、「工農兵文藝」分子，以文學的「貴族性」、「個人性」主張文學的「自由」。

「現代詩論戰」是台灣戰後最重要的文學思想論戰，頭一次向五〇年以降「世界冷戰—民族分裂—反共安全—對日美依附」大結構的文學意識形態提出尖銳的挑戰與批判。相對於現代派的崇洋媚美，反對派提出了反帝、反殖民、建立文學的民族主體性；相對於現代派的訴諸個人、訴諸外國讀者，反對派提出為自己的民眾和社會寫作；相對於現代派模仿外國敘述方式，反對派提出以中國民眾的語言、以中國民族表現風格創作。歷史地看來，反現代詩一派的主張，在戰後台灣文學思想史上有重要意義。關傑明、唐文標、高信疆和顏元叔是當時現代詩批判運動中重要的理論和文學批判家。

時代背景

七〇年開始的台灣文藝思想的劇變，有島內和海外的時代背景：

經過六〇年代整整十年加工出口產業的飛躍性發展，比起一九五二年，一九七〇年從鄉村流出並聚集在城市工廠的工人增加了將近兩百萬人；輕工業產品在台灣出口產品中所占的比率，由一九五二年的八·一%飛躍性地增加為七八·六%。社會經濟的結構如階級關係的巨大變化及其所帶來的矛盾，以可以明顯感知的程度存在，引起作家和知識分子的關切。

一九七〇年，成大和台大學生自發性地展開保衛釣魚台反帝愛國運動。同時期《大學雜誌》也因台灣被迫「退出」聯合國等一系列外交挫折，引起社會和知識分子「危急」和「救亡」的意識，對二十年來定為言論思想禁區的各種歷史、社會、政治與經濟問題，展開全面反省和檢討運動。其中，對外主張反對美日帝國主義強權，對內要求政治改革，成為森嚴的「國家安全」思想體制下一個突破性的挑戰。

六〇年末期在歐洲、日本和美國知識界、大學校園和市民中掀起的反對西方帝國主義、新殖民主義，主張社會和教育改革，反對美國出兵越南干涉，反對種族歧視，言論和思想教育自由化等大批判、大反省運動，使台港留歐、留美學生振聾啟聵，開始奮力把自己從長年冷戰教育和心智中解放出來。一九七〇年，北美華人留學生燃起保釣愛國運動的火炬，有一部分反帝民族主義和愛國主義團體，向中國認同和中國統一運動飛躍。中國近代史、國共內戰、戰後兩極對立的冷戰構造、中國的道路……這些問題被提出來做全面的反省與討論。一種以新的反帝國主義、反殖民主義、知識分子為中國民眾的民主主義和民族主義運動服務，和中國在外來勢力干預下的民族分裂局勢之克服等為內容的思想啟蒙運動，形成了沛然的潮流。

在海內外反帝保釣愛國運動和島內結構性的社會變化與階級構造的變化下，在台灣，引發了一場自一九五〇年來受「戒嚴–安全」體制壓抑的反帝民族主義愛國運動。新詩批判運動，其實是這個運動在文學思想領域中的一個環節。

對崇洋媚外和學術買辦化的批判

保釣運動，激起了五〇年以後知識分子探索民族主體性，反對外國強權對中國政治、文化、學術和社會的控制的思潮。一九七六年四月，《中國論壇》刊出吳明仁〈從崇洋媚外到民族意識的覺醒〉，主張學術中文化，反對國家領導人有雙重國籍，支持並愛用國貨；十月，同刊發表林義雄〈知識分子的崇洋媚外〉，批評科技、教育領域的美國化與殖民地化；江帆〈談現代人與現代化〉，批評當時台灣「人心向外、媚外」，社會經濟依附強權、人心治蕩浮動。

「鄉土文學」的崛起

據一九七七年四月號的《仙人掌》雜誌上王拓的一篇重要論文〈是「現實主義」文學，不是「鄉土文學」：有關「鄉土文學」的史的分析〉，開章時就說：「鄉土文學」這個詞，是「近幾年來不能確知從什麼時候開始」提出來的。詳細年代，論者和文章，似不可考。

一九七五年九月，陳映真以許南村之名寫〈試論陳映真〉，比較早地從台灣社會的、歷史的視座討論了文學。上揭王拓的論文，是目前可以找到的、從台灣社會的（新殖民地）性質、反帝、民族主義、社會正義、批評文化和思想上的崇洋媚外和現實主義等觀念分析，並有力支持了「鄉土文學」。五月，葉石濤發表〈台灣鄉土文學史導論〉，王拓發表〈廿世紀台灣文學發展的動向〉；六月，許南村發表〈鄉土文學的盲點〉。六月，淡江文理學院文社請尉天驄和齊益壽討論當代台灣文學問題。七月，陳映真發表〈文學來自社會反映社會〉。概括地說，這些文章，都從台灣的歷史和社會的角度，批評文學的西化，分析戰後台灣小說發展的傳統背景與意義，基本上是針對過去二十年間台灣現代派文藝喪失民族主體性、惡質西化而發。

文壇的嗜殺之風

一九七七年四月，年輕的省籍作家銀正雄寫〈墳地裡哪來的鐘聲？〉，最先提出鄉土文學作品已成為「仇恨意識的工具」，有政治目的，徧面「揭發社會黑暗」，令人「寒心」，要求文學「溫馨、純真」。同年六月至七月間，彭歌在《聯合報》副刊繼續以小專欄（「三三草」）發出對鄉土文學的政治指控，謂當年斷送了大陸的馬克思思想在浸透，「堡壘內部」危機重重，知識分子不能「懶」於和有害的文學與思想鬥爭。八月十七日到十九日，彭歌又發表長文，對王拓、陳映真和尉天驄點名批判（〈不談人性·何有文學？〉），指控這三人「反帝」而不「反共」，搞「階級對立」、搞「共產黨的階級理論」……。八月二十日，著名詩人余光中在《聯副》發表〈狼來了！〉，公開指控鄉土文學派在搞共黨的「工農兵文學」，主張「抓頭」。一時間文壇上風聲鶴唳，一片恐怖嗜殺之氣。依候立朝截至一九七七年十一月的統計，由《聯合報》、《中國論壇》、《中央日報》、《青年戰士報》、《新生報》等共發了八篇社論、三十篇專論、二十篇方塊文章來批判和圍剿鄉土文學論，規模真可謂空前絕後。

擋住「血滴子」！

一九七七年八月二十日，彭、余文章出籠後，文壇一時在疑懼中噤聲。九月十日，王拓以〈擁抱健康的大地〉，勇敢回應彭歌的指控，並為鄉土文學辯護。九月，胡秋原以〈談「人性」與「鄉土」之類〉批評彭歌文章，指出鄉土文學實為台灣長年來喪失民族信心、崇洋媚外、冶蕩豪遊的批判與反省，呼籲政治權力不可涉及此次論爭，聽任以作品與知識自由辯論。

十月，徐復觀發表〈評台北有關「鄉土文學」之爭〉，肯定了台灣鄉土文學的價值，警告反鄉土派不應以「一抛到頭上，便會人頭落地」的「血滴子」來壓迫論敵。同月，陳映真以〈建立民族文學的風格〉與〈關懷的人生觀〉續為鄉土文學發言。胡秋原、徐復觀的反批評，明顯堵截了官方對鄉土文學的進一步壓迫。

留美派拔劍出鞘

一九七七年十月，以《中國論壇》月刊為中心，集中發表了留美學者批評鄉土文學思潮的文章。張忠棟的〈鄉土．民族．自立自強〉和孫伯東（即孫震）的〈台灣是殖民經濟嗎？〉，前者謂談鄉土莫忘大陸和城市，談民族莫忘中共狡詐和民主建設，談自立自強莫搞義和團；後者謂「台灣經濟為殖民經濟」之論有「破壞性」，力言台灣工農收入在增加，外資對台灣沒有控制力。董保中的〈談「工農兵文藝」〉和〈我們當前的一些文藝問題〉，則以匪情專家的口吻，說明鄉土文學派的文學思潮有赤色成分，應予警惕。王文興的〈鄉土文學的功與過〉，則赤裸裸地表現了他的文學貴族主義、鄉土文學粗糙論、民族主義即義和團、貧富不均合理論、外資非侵略論、對美日依賴必要論、台灣農業沒有凋弊論和西化有理論。

殖民經濟論

一九七七年十一月，胡秋原訪問稿〈談民族主義與殖民經濟〉，在七七年的政治環境上分析了台灣在經濟、文化、社會上依附強國、民族精神衰弱、買辦主義抬頭的現實。十二月，王拓針對孫震的批評，發表〈「殖民地意願」還是「自主意願」〉。三月，胡秋原以〈論「王文興的Nonsense之Sense」〉，一九七八年二月，胡秋原發表〈覆某女士論風車之戰與右派心態〉，對保守的反共主義和買辦主義提出了批評。至此，鄉土文學之爭，漸趨於平靜。

五〇年，台灣文藝思潮丕變。至七〇年，反民族、西化主義、無歷史・無民眾・無生活的「現代主義」依附「冷戰–民族分裂–國安體制–對美日依附」之結構而蔓延。七〇年保釣運動和台灣社會結構之巨變，反帝・民族主義、社會正義、國家統一的思潮湧起，台灣文學展開了對社會、民族與生活的全面反省，針對文學之西化提出文學之民族主體性與社會意識，在戰後台灣文藝思潮中意義重大。

因此，這次論戰的針對面是外來的、西化的文學之反（中國）民族主體性，從而主張台灣文學的中國的、反帝的民眾性。這與八〇年代展開、以中國及中國文學為針對性的「台灣文學」論，有根本的不同。

在這場爭論中，提出了台灣社會性質、台灣經濟結構與階級分析、帝國主義、殖民主義、第三世界冷戰、文學為民眾服務、文學敘述方式的民族風格這些極為重要的問題。

國民黨保守派論客的知識、理論水平固然很低於鄉土派，但鄉土派，特別是當時中年代理論家，也是準備不足、知識不足，沒有將這些重要問題進一步理論化和系統化，從而指導創作、欣賞和批評，發展成一個更為深入廣泛的思想啟蒙運動，殊為可惜。八〇年代台灣文壇創作與理論的混亂化、薄弱化，沒有很好的總結並繼承七〇年代自現代文學批判到鄉土文學論戰的經驗認識，怕也是一個重要因素。

初刊一九八八年十一月《人間》第三十七期，署名周伯瑞

第五卷　再編組和轉變的時代

一九八〇年代

把包括台灣官營大企業在內的經濟體制徹底進行民營化、自由化，同時開放勞動基本權和民主化，從而帶動台灣的民族化和政治經濟的進一步改革與飛躍……這是台灣脫離日本殖民統治後四十年台灣目標。

——劉進慶

一九七九年第二次石油危機之後，對台灣經濟發展帶來了慢性的打擊。一九八〇年代國民生產毛額成長率下降而且遲緩化。一九八〇年GNP為七．一%，八一及八二年分別為五．七%及三．三%，八三年上升為七．九%，八四年為一〇．五%，但八五年又回降為四．七%。總之持續高成長的GNP成長率已成明日的黃花。

成長的緩化，除了七〇年代末八〇年代初台灣在國際政治上的重大變化與挫折外，有這幾個主要原因：

・積累二十年經濟發展過程中自然上漲的工資，已經使勞力密集加工外銷產業碰到它的極限。附加價值低下的輕工業，是依靠超低工資來增進國民所得的。工資一旦上揚，輕工業加工出口產業對國民所得的增加所做貢獻下降。八〇年代在過去被抑壓的工資小步回升，使工資增加率超過了勞動生產力，根本性動搖著過去二十年台灣加工出口產業的基礎。

・先進國如美國的經濟力衰落，一九八〇年美國GNP占世界二二%（一九六〇年時占三三%）。美國保護主義在八〇年中期逐步抬頭，以其對台政經軍支配力強迫限制對美輸出，增加自美輸入。此外，台、韓、港、星等「新興工業化國」間的競爭激烈化；馬、泰、大陸等低工資地區對台灣一部分輕工業外銷產品也構成威脅。

・台灣產業界長期不做研究發展開發之投資，工業一時無法向高附加值、高資本、技術密集產業投資。

・國民黨—國府獨占金融產業，使民間資本無法向金融資本發展，與金融資本結合，使產業向高資本、高技術演化。

輕工業無利可圖、競爭日劇而使投資者裹足不前。

一九七八年，美國與大陸建交，《中美協防條約》自動失效。資金大量慌忙外流。一九七九年後，中共對台展開強勢和平攻勢。台灣前途的終極安定性受到社會的質問。

台灣—大陸關係的不明朗、不安定、無法干預，是八〇年代台灣資本對再投資、擴大再生產躊躇不前的重大原因。於是游資充斥，新資本設備不再補充，外匯存底日增，形成全島性股票、房地產、彩券投機之風高漲的內在原因。

台灣的生路，只有從輕工業及時在八〇年代向高度資本密集和技術密集產業轉換，才能從高度附加值中，再進一步提高國民所得。否則，輕工業加工外銷產業一旦因高工資而失去競爭力，在國際貿易構造中被淘汰，台灣經濟前景，實難設想。

進入八〇年代，由於成長相對性趨緩，過去二十年間快速發展中所沉積的矛盾，逐一暴露。一九八六年，台灣環保運動勃發，住民運動使三晃農藥廠停廠他遷，使籌設中的美國杜邦化學公司在彰化縣鹿港鎮的建廠計畫廢棄。高雄後勁反五輕裂解廠運動正在發展。

其他反核電、反核廢料貯放、少數民族運動，也在八〇年代中葉以後蓬勃發展。一九八七年，政府宣布解除一九四九年發布的戒嚴令，少數民族運動、環保運動、反核電運動、工人運動和農民運動急速地發展起來。

一九八七年大陸政策做出重大轉變之前，在工資上揚、失去國際競爭力的台灣加工出口中小企業，從八〇年代初，即已違禁秘密前往「開放改革」後的大陸市場尋求生機。一九八七年以後，台灣與大陸間的貿易總額急速增加，但政府的「三不」政策，使雙方經貿無法通暢發展。面臨工資上漲、工人運動、環保運動衝擊並逐漸失去國際競爭力的台灣外資資本，急切地希望自由、順暢、有保障地向大陸發展，以利用大陸廉價的勞動力資源和市場。逡巡不前、疑慮重重的當前大陸政策，已經遭受到台灣產業資產階級要求開放的強大壓力。國民黨—國府對金融、巨大工業的獨占，至八〇年代也遭到沉重的挑戰。因為金融和重化工業的開放和自由化，是台灣經濟成長和產業高級化的重要關鍵。

一九八七年，蔣經國總統一連串下達解除戒嚴令、開放報禁、開放黨禁和開放大陸探親政策。從一九五〇年因外國勢力的干涉而絕對性地分斷的台灣與大陸間人員來往、文化交流、物質流通、商貿關係，至一九八〇年代中期以後逐步恢復，至一九八七年後有了更大幅度的開展，台灣於是重新與中國民族經濟圈恢復了結構性的關係，具有十分重大歷史的、政治經濟上的意義。

到了七〇年代日漸稀化的「省籍矛盾」，至一九七九年高雄事件大量逮捕省籍政治人才後，民眾對國民黨獨占的獨裁體制引起一九四七年二二八事變以來最深的不滿。一九八〇年開始，統獨兩條路線的爭執逐漸公開化和深在化，至一九八八年在台灣召開「世界台灣人同鄉會」而達到高潮。

在台灣經營了四十年的美國，雖然因反蘇全球戰略的需要而在一九七八年與台灣斷交，轉而承認大陸政權，一九七九年，美國以《台灣關係法》持續其干涉中國事務的政策，並且持續其暗中、實質上支持和鼓勵在台灣民間的和官方的民族分裂主義的政策。四十年留美政策、美國各種基金會支持的專業人員、教授、文藝界人士與美國交換、進修、講學計畫，也在北美和台灣蓄積了相當數量的一部分美國中心、反共、反華、抗拒或反對中國民族和解．和平與民主統一的所謂自由民族派「學者」與專家。他們在一九八八年統獨問題的討論、「熊玠事件」和「胡秋原事件」中，迫不及待地表現出他們「親美—反共—反華—堅持民族分斷固定化」的立場與面貌。

一九八八年初，蔣經國總統寂寞地死去。李登輝體制迅速地整備後登場。八〇年開始，美國更積極地干涉台灣事務。韓國、菲律賓的民主化運動壓力，和台灣工業資本文化所產生的合理化、管理化壓力，加上蔣經國總統個人歷史性的迴應，帶來了以一九八七年為焦點的自由化、大陸新政策的時代。但李登輝體制形成過程中，軍部與李登輝中央的結合，留美派權貴第二代子弟內閣的形成，留美現代文官官僚體系的形成，國民黨舊家族派閥的壓抑與沒落，國民黨與政府的本土化改造，以及國民黨與民間台獨勢力的互相溫存……都令人感覺到美國軍、政、情報和學術機器對「後蔣經國」時代的「李登輝體制」表現深刻而有效、迅速的滲透力和支配力。

八〇年代，是大改組與大轉變的時代。堅持偏安台灣的國民黨正推行著大膽的、有管理的本土化，重新整編和明確國民黨在台灣的社會與階級基礎。國民黨面臨著小資產階級右翼激進的台獨路線與以中小企業為中心的台灣私營產業向大陸輸出資本、技術一派「穩健」、「務實」路線間的選擇。而戒嚴令的解除，將鼓舞台灣資產階級參政。一九八九年新選立法院將表現出戰後最大的結構性變化。台灣資產階級將透過執政黨與在野黨，推進為新的權利與利益獨占化時代催生的權力結構。戰後第一個全面代表台灣支配階級（超省籍、超政黨）的國家機器出現。而代表台灣農民和工人的階級性政黨，將在八〇年末期第一次邁開極為艱辛的步伐，向著艱苦的大路勇往前進。

初刊一九八八年十一月《人間》第三十七期，署名編輯部

第五卷　再編組和轉變的時代

一九八〇年代・乍醒的巨人

——八〇年代的台灣工運，恍惚、迷茫、不安……像是一個乍醒的巨人，使不出擎天的大力。——

隨著五〇年代進口替代產業的發展，帶動了六〇至七〇年代台灣加工出口輕工業的飛躍發展。八〇年代是台灣產業高級化過程發生徬徨阻滯的重新編組時代。從統計上看，台灣工業在國民生產毛額中所占的比率，從一九五二年的一八%，到六五年上升為二八・六%，七五年上升為三九・二%，而八六年則為四七・三%。台灣產業工人的總人數，一九五二年為二百九十萬左右，至八六年，增加到七百四十萬人之譜，在總人口上，約占四〇%。台灣四十年工業發展，創造了一個人數龐大的勞動者隊伍，成為最為重要的社會經濟階級。

從收入來看，行政院主計室的資料顯示，一九八五年，有五七・二%的產業工人每月收入約在一萬二千元。在產業部門中，以製造業工人的工資最低。大量年輕、流動性大、不熟練的、薪資超低的女性工人在勞力密集加工出口工廠中占絕大多數。女性工人工資的低滯，也全體地抑壓了男性工人工資的合理上揚。

戒嚴下「經濟奇蹟」的代價

在嚴苛的「冷戰—國家安全」體制下獲致快速成長，是韓國和台灣工業化的共同特徵。以「國家安全」、「防共反共」為口實，長期剝奪工人的三大基本民主權利——團結權、爭議權和交涉權，壓低工資，增加低附加值勞動密集資本的超額利潤，而完成資本的積累與集聚。五〇年到七〇年大步伐工業發展過程中，工人由五〇年代的兩百多萬，三倍增到七〇年代的六百萬人，卻一直沒有一個保護工人的法律。一部不完備、不周延的《勞基法》一直要到一九八四年才通過，卻未受到政府與資本家的認真實施。

由這些粗略的統計，已足見台灣六、七百萬產業勞動者為台灣的工業化奇蹟付出了多麼重大的犧牲與代價。他(她)們辛勤創造了一個富裕的社會，使台灣社會發生無數落後國家難以完成、稱羡不已的結構性的變革，卻一直生活在這個富裕社會的最低層，不能分享社會發展的福祉。

從個別工人看，他(她)們一般地貧困，生活沒有保障，社會地位低下，自我成就感低微，自卑、無奈而甚至自暴自棄。他(她)們在單調而疲倦的工作中，無法發展自己的文化、才智與技藝。他(她)們無從享受文化、知識的向上，也無從改變自己的命運……

產業高級化過程的矛盾

八〇年代的台灣工業，由於工資的自然增長，使龐大的加工外銷工業失去了國際市場上的競爭力而面臨重大危機。台灣工業，已經面臨急迫的高級化壓力。七〇年下半鋼鐵和重化工業的失敗，國民黨、國府不能也不願開放它的權力基礎——國營大企業和銀行獨占資本，使經濟「自由化」和「國際化」政策難於實現。

亞洲的國際關係、美國的干預和台灣內部資本主義工業現代化的內在壓力，促使國民黨頒訂破綻百出的《勞基法》，並解除了長達四十年的《戒嚴法》。而台灣的勞動階級的先進分子，經過長年痛苦的經驗與冷靜的觀察，開始慎重地展開向社會要求分享並補償過去自己創造的勞動果實。相對於一九七〇年代平均每年二四五件勞資爭議，八〇年以後，勞資爭議迅速而明顯地增加。到了一九八八年初的要求發放年終獎金的鬥爭，台灣戰後的工人運動有了爆炸性的、急速的、廣泛的發展。

一九八七年，台塑南亞總廠工人顏坤泉因組織工會被非法解僱，展開對台塑資本長期的鬥爭。繼之，工人羅美文領導的新竹遠東化纖工會和其他自主工會串結成立「兄弟工會」。一九八八年春，遠東化纖工會點燃了工人爭取年終獎金的爭議，形成強力風潮。八月，苗栗客運工會爭取積欠工資爭議，司機罷駛一個月，得到其他同業及不同產業工人、工會的支持。事後，有五人以「妨害秩序」被起訴。九月，中國時報非法解僱組織工會的記者吳永毅與張玉琴，引起同情工人的反抗。

在台灣產業高級化壓力下，國民黨不肯開放長期獨占的大型工企業和銀行，對工人民主繼續鎮壓，使產業高級化（「自由化」和「國際化」）發生結構性矛盾和困難。

問題和限制

將近一年來台灣工運的急劇發展，也顯露了八〇年代工運道路上的若干問題：

從一九五〇年到一九八七年，在「國家安全」體制下，工人無法實踐組織工會、進行罷工、怠工的工人民主權利，因此關於勞工權利的知識、組織和爭議的技術，一般均甚缺乏，有待進一步積累、組訓和提升。

由於台灣戰後資本主義在美國—國民黨財經官僚由上而下、以戒嚴體制協助資本的超額積累，因此國家對企業階級尚保有相對性的指導和命令權。八八年以後的勞資爭議，由國家命令企業以工人尚易於滿足的物質條件讓步（例如發給未付加班費、補發獎金等）來解決爭議，是尚有相當的可能。則自主工會和幹部，會因而陷於一時的孤立，工人於獲得物質經濟目的後，不願繼續抗爭。

為了一時性的經濟鬥爭目標，工人已可能團結而堅持下去。然而因為還沒有一個職業的、獨立的工運組織和幹部，尚無法做全面、經常的組織、宣傳、組訓、策畫、發展等工作。目前工人出身的工運領袖，皆以在廠工作時間外從事特定鬥爭目標、特定期間內工運的工作，因此目標達成或失敗以後，力量再度分散開去，並且很容易因內在和外在原因而分裂，形成複雜的派系，對工人力量的再集結與發展，頗為不利。

一九八八年春的年終獎金發放鬥爭、鐵路司機和苗客司機罷駛鬥爭，雖一時取得勝利，獲得加班費等之補發，但一時無法對團結工人力量反擊的資方，終必全力防範未來工人的爭議，和黨、政、警通力合作，反擊反撲。財力、組織力薄弱，完全缺乏罷工基金的工人和工會，將面對嚴酷的考驗。

一九八七年夏，工黨成立，不少知識分子加入工運工作。工黨分裂以後，知識分子、學生投身工人運動的趨勢有增無已。最近中國時報工會組織過程中，著名工運記者鄭村棋、吳永毅和張玉琴遭社方非法解僱，引起抗爭，顯示越來越多的優秀知識分子獻身工人運動。但知識分子對工運的投入，因為缺乏和工人階級同在勞動現場長期勞動和生活的經驗，「工人–知識分子」的聯合，尚缺生活與勞動的共同聯繫，還需要一段時間去發展。

和一切初階級工運一樣，台灣當前工運以經濟性爭議為主，自有它的局限性。但勞工與知識分子的聯合，將逐步使工運意識化，同時吸納更多文化、知識和思想因素到運動中，使代表七百萬台灣工人的階級政治運動發揮它的力量。

初刊一九八八年十一月《人間》第三十七期，署名趙守一

終曲　和人民一起思想

四十年來，台灣成就了我們中國幾千年來的社會發展史中前未曾有的開發與進步。即使從戰後世界經濟史的範圍來看，戰後台灣資本主義發展的成效，儘管各種分析與評價紛紜，無疑也是難得的成功。

對這項成功，我們是承認的。只是我們想要重新審核這一本表現巨大盈餘的帳本。我們發覺有好幾筆金額巨大的帳，沒有列在我們的「支出」項下：

・一九四七年的「二二八」事變；四十年國民黨對政治和大型工業、金融產業的獨占，造成島內民族內部的矛盾與裂痕；五〇年的異端拷問與撲殺；六〇年開始，數百萬年輕男女湧向陌生的城市，住進狹窄的工寮，日以繼夜地勞動，以超低工資，交換她們的事業、青春，喪失自我成就感，破壞了健康，甚至一部分淪落市廛煙花；

・數千年天地化育的珍貴高寒森林資源被連續濫砍、盜伐，並且造成嚴重水土破壞、生態平衡的崩潰、物種的消失和嚴重的洪水災害；

・台灣數百年的農業凋敝，受到工業部門和自戕式的進口美農產品政策的剝削，發展第三部門產業而達成「台灣香港」的行程中，有計畫犧牲和消滅農業。農民和農村宿命地走上消亡之路；

・重金屬、化學有毒物質對農村土地的廣泛汙染，蔬果魚肉的汙染，空氣的汙染，酸雨，河流、地下水、海岸海域的汙染；

工人在勞動現場中的汙染，職業疾患的打擊；

台灣山地九族民族的滅絕化：少數民族社會組織、文化、價值、民族尊嚴的解體，少數民族母性和女性因娼妓化而受到嚴重摧殘，男性向城市底層勞動隊伍淪落；

・人的物質化、家畜化、消費機器化，人的生命目標之喪失，人的愛、恨、希望諸能力之消失，生命向度的單薄化；

・民族分斷和專制下的發展，豪遊冶蕩、投機賭性成風，倫理和文化品質衰退……。

有理由嚴肅地懷疑：如果把這些昂貴的「社會成本」一一條列到「四十年來台灣建設」的帳簿上，則收支相抵，我們是否還是一個高度盈餘的社會呢？

你們喜歡看事物的陰暗面，故意抹黑我們可貴的經濟成就！

不，先生。如果我們特別關心故事的陰暗面，不是我們「喜歡」，也不是「別有用心」，而恰恰是我們對於光明懷抱著比別人更強的企望。

你們刻意放大經濟成長不可避免地要付出的代價。你們對社會進步造成的不幸、不公做了無益的誇大。

不，先生。我們知道經濟成長要付一些代價。但我們相信，一個以人為中心，以自己民族主體性為原則的發展計畫與策略，會大量避免和降低一些不必要的代價。我們反對社會以為數龐大的底邊民眾的幸福、正義、權利和尊嚴去交換炫人的富裕和進步，恰恰是我們對人的真正幸福與正義，有著比別人更真誠的信仰。

你們存意貶抑領袖和企業家的貢獻。你們誇大工農的功勞，有意製造階級矛盾，破壞和諧、互助、共榮的可能性。

不，先生。我們絕不否認真正受到民眾和員工愛戴的傑出領袖和老闆，在領導國家與企業時所能發揮的巨大貢獻與作用。我們只是不同意真正創造物質財富的勤勞民眾，在社會體制、教育系統、社會價值體系中，完全被抹殺或過低評估他們的重要而偉大的貢獻。

你們不講求工業發展和環境保護的平衡關係。你們的唯環境保護主義，正在破壞和阻礙我們經濟的進一步成長。

不，先生。我們看出口口聲聲說要「經濟發展與環保並重」的人，恰恰是不折不扣的唯發展論者。當民眾為日益惡化的環境隱忍十數年，當民眾在十數年間的陳情、上告、乞求無效，忍無可忍起而自力救濟時，你們才出來要求「平衡」、「理性」，要求給「公害防治工作一段時間」，並且威嚇動用「公權力」來鎮壓不堪汙染的民眾。土地、水、空氣系統一旦全面崩潰，台灣「工業發展」將成永久的泡影。

你們「短視、急功近利、粗暴不安、不知珍惜、沒有尊重、不懂感激」。

哦，不，先生。我們竭力反對的，恰恰是不體恤生命與自然的尊貴，為了「建設」與「發展」、「成長」而以鄰為壑、竭澤而漁的唯成長論之「短視與急功近利」；恰恰是一個因草菅民命、偏安喪志，不以台灣與中國為子孫萬世的家國的社會之「粗暴不安」和「不知珍惜」；恰恰是有些人對於廣泛的勤苦、沉默的民眾「沒有尊重、不懂感激」！

整整三年前，當《人間》創刊的時候，我們曾經虔誠地獻上我們這樣的祈禱：

我們抵死不肯相信：
有能力創造當前台灣這樣一個
豐厚物質生活的中國人，
他們的精神面貌一定要平庸、低俗。

我們也抵死不肯相信
我們的關心、希望和愛，
再也沒有立足的餘地。
不，我們不信！
我們盼望透過《人間》，
使彼此冷漠的社會，重新互相關懷；
使塵封的心，能夠
重新相信、希望、愛和感動……

當歷史走到八〇年代末，台灣固然為一個富裕社會的形成付出了沉重的代價，海峽對岸，也為霸權重重封鎖下的革命，神經質地拷問和殺害了同志和民眾，抑制了可以發展的生產力；在「開放改革」中，大陸已經、並且正在付出政治倫理的快速崩潰，商品經濟下瘋狂的「商品—金錢崇拜」，地區和階級格差的發展，民族自信心和民族主體性的衰退，和對於中國與世界革命的過低評價……這些慘重的代價。

這古老而又經歷了苦難、犯過錯的民族，在兩岸逐漸開始反省和沉思。當皇帝、重臣、將軍和豪右都被時光淘盡，如果我們相信我們祖國古老的歷史，是數千年來中國民眾所創造和建設，那麼，讓我們不再繼續低估民眾的智慧。當金觀濤說：「時代正在呼喚著理論家把那些原本來自於人民的激情和思想再返回給人民。真正的文化探索必定是民族心靈的激盪；思想家必須和人民一起思想」，歷史已經對面臨「重大歷史轉折」的兩岸中國民眾發出要求反省、批判、團結探索和重新出發與奮鬥的召喚……。

初刊一九八八年十一月《人間》第三十七期，署名編輯部

四十年來的政治逮捕與肅清

一九五〇年代在台灣展開的政治肅清（red purge），有國內和國際的背景。從國內說，它是國共長期鬥爭、互相殺害之歷史的延長。著名的寧漢分黨，就逮捕和殺了許多人。而其後，以「共匪」、「奸匪」和「匪諜」的罪名陸續逮捕和處決。從國際方面說，一九四五年大戰結束，以美蘇為首的兩陣營對立逐漸深刻化和緊張化。一九四七年、四八年，美國介入英國在中近東的殖民地反帝解放運動，支持希臘和土耳其右派當權政府，進行集體逮捕、拷問和刑死，狀況的慘烈，連前殖民地母國的英國都不忍袖手，出面對美抗議，卻為美方所拒絕。一九五〇年韓戰爆發，美國對台灣的支持，轉趨積極，派第七艦隊干涉台灣海峽。一九五一年開始，美國恢復大筆對台軍援及經援。在台灣的親美化、非共化、美國基地化的美國對台的大方針下，美國對一九五〇年、五一年直至五六年苛烈的大肅清運動，保持了有意義的沉默甚至暗中的支持。因此，五〇年代的肅清，是國共內戰的延長和國際反共基地的整地作業之重疊，具有中國和世界現代史的意義。

一九五〇年的政治案件，以真實的和虛構的涉共案件為最多。真正涉及中共或「台共」的案件固然不少，但是，特別以今天的認識和標準來看，冤、假、錯案占相當大的比率。據估計，被殺的人在兩千名左右，判處有期徒刑者在三千人左右。

一九六〇年代以後，政治案件的案情開始多樣化。除了涉共案件之外，還有親美─反共─反蔣的民主化運動和台灣獨立運動，以及其他各種形式的反政府言論和行動。但一般而言，許多非共案件，皆被牽強地與共諜事件連在一起。孫立人案、雷震案都以假的涉共人犯口供羅織成案。一九六〇年代爆發美國銀行的案件，以及五〇年代反美性的劉自然事件，皆構成嚴重的政治犯罪。

一九五〇年以來的政治案件使國府備受詬病的地方，在於逮捕、偵訊、拷問、起訴和判決的不合法、不公開、不公正。在一九七九年美麗島事件之前，政治犯的答辯、律師委任、審判及偵查的公開與公正完全沒有受到保障。美麗島事件之後，許多政治案件仍不曾公開。

歷史地看來，一九五〇年代的政治案刑殺處決最多。一九六〇年代以降死刑雖大比率降低，但刑期動輒在十年以上。有不少人被捕後發現冤、假性質，則以「情節」不重大而裁定交付「感化」，接受至少以三年為一期的隔離式「思想教育」。

此處所整理者，因為資料不足，只是歷年政治處決與監禁之大概。五〇年代的案件多，涉案人也多，因此只收集我們尚能收集的案件中被處決者的名單，以為紀念。其他有期徒刑刑滿出獄者，一概不予記錄，以節篇幅。

六〇年代以後的案件，案情比較多樣化。但為了節略篇幅，大概以「涉共」、「台獨」、「反政府」、「傾共」等四種來分類。

一九五〇年代開始的政治逮捕和肅清，對台灣社會的歷史發展，有如下之影響：

・使一九五〇年代初推行的土地改革比較順利。地主階級懍於一九四七年二月事件及五〇年以後的恐怖，不敢對土改有所反抗。

・政治批評和反對成為大禁忌，人人不敢問政和論政。同時，國府開闢一條營商賺錢之路，社會有財力、有智力者皆從事經濟商貿活動，「有助」於台灣的發展。

・在政治案件中，以涉共案件之處分最為嚴厲。五〇年以後的恐怖肅清，形成了一個「冷戰－民族分裂－反共／國家安全」體系。一九五〇年代後半的進口替代工業及六〇年以後的加工出口工業的發展過程中，五〇年以後的「戒嚴－安全－恐怖」結構，使工人不敢冒著被扣上共諜之名而組工會、罷工、怠工和發動勞資爭議，令國營資本、民間資本及外國資本得以大肆掠取勞動之剩餘，也使數百萬台灣勞工為經濟發展付出重大代價。

・長期戒嚴—安全體制，阻滯了思想、文化、知識及創意之發展。這與八〇年代台灣文化之低俗化、官能化及野蠻化，有密切之關係。

・六〇年以後成長的台灣資產階級長期因戒嚴恐怖不過問、不關心社會，缺乏相對性之社會責任和政治責任，為自己的利益謀，甚至與權力結托，求取非法的超額利潤，使資本的貪婪、自私、殘忍的原有性格擴大，企業界失去倫理、理想和起碼的原則，也失去對社會、生活和歷史的責任感。七〇年代末、八〇年代經濟倫理的淪喪、投機之風的昌盛、民族資本的外流、汙染、公害、有毒有害產品的氾濫，其來有自。

台灣和韓國的經濟，世人稱為「獨裁成長」。分析台灣經濟成長，不應忽略一九五〇年以來的冷戰、美援、國共對峙(民族分裂)及戒嚴安全體制和對美日依附等這些結構性條件，以及為之付出的重大的民族的、政治的、社會的代價。

年代	案名	案發時間	地點	案情	涉案名單及刑別	處決日期	備註
五〇年代	四六案件	一九四九年四月六日	台北台大師大	涉共	劉登峰，劉登元，劉登明		

五〇年代	光明報案	一九四九年八月到一九五一年二月間	基隆、台北、高雄	涉共	鍾浩東，方弢，張奕明，羅卓才，鍾國圓，邱連球，藍明各，張國雄，鍾國輝，李蒼降，唐志堂，游英，黃泓毅，等人。		案首鍾浩東為基隆中學校長，同案大部為同校教職員
五〇年代	高雄工作委員會案	一九四九年十一月卅日	高雄市	涉共	朱子慧，劉特慎，李份，丁升拓，何玉麟，陳山水，陳成法	一九五〇年十一月十九日	
五〇年代	張志忠案	一九四九年十二月卅日	台北市	涉共	張志忠，季澐，謝富	一九五一年四月三日	
五〇年代	洪國式案	一九四九年十二月到一九五〇年二月	台北市	涉共	洪國式，鄒曙，華宸，郭秉衡，張禮火，王平，劉天民，江德英，胡玉麟	一九五〇年十月一日	洪國式「自新」未死，終被暗殺
五〇年代	台灣郵電總支部案	一九五〇年二月五日	台北市	涉共	許梅東，錢靜芸	一九五〇年十月十七日	

五〇年代	吳石案	一九五〇年二月十八日	定海、台北市	涉共	吳石，朱湛之，陳寶倉，聶曦，王正均，林志森	一九五〇年六月八日	吳石，福建人，時為國防部參謀次長
五〇年代	應燕銘案	一九五〇年二月	高雄市		應燕銘	一九五〇年七月廿四日	
五〇年代	曹族守仁案		嘉義吳鳳鄉	涉共	湯守仁，高一生，林瑞昌，汪沽山，方義伸，高澤照	一九五〇年二月廿三日	
五〇年代	台北事件案	一九五〇年二月至五月	台北、嘉義等地	涉共	郭琇琮，許強，吳思議，謝湧鏡，鄧火生，王耀動，高添丁，劉永福，張國雄，盧志彬，蘇炳，李東益，謝佳林	一九五〇年九月及十一月	本案涉案人皆當時台灣醫學俊彥
五〇年代	台灣人民解放軍案	一九五〇年三月廿四日至三月卅日	台中縣	涉共	施部生，呂煥章，張建仁，李金木，莊朝耀，林如松，彭木興，黃土性，劉嘉惠	一九五〇年十月廿七日	
五〇年代	梁錚鄉案	一九五〇年三月廿九日	台中市	涉共	梁錚鄉，黃蹈中，周碧梧	一九五一年元月及四月	

五〇年代	李朋案	一九五〇年三月一日到九月二日	台北市	涉共	李朋，汪聲和，裴俊，廖鳳娥	一九五〇年九月六日	
五〇年代	蘇藝林案	一九五〇年五月八日	台北、台南、高雄、基隆、花蓮	涉共	蘇藝林，于凱，安學林，陳平，馬學縱，周一票，嚴明森，李學樺，田子彬，林振成，劉維杰，白靜寅，余熙，孫林玉，張慶，徐毅，葛仲卿，譚興坦	一九五一年六月、一九五二年十二月	
五〇年代	鐵路支部案	一九五〇年五月十三日	台北市	涉共	李生財，張添丁，林德旺，許欽宗，朱永祥	一九五〇年十月廿一日	
五〇年代	台北監獄吳朝麒案	一九五〇年五月卅一日	台北市	涉共	吳朝麒，林如堉		
五〇年代	麻豆事件	一九五〇年五月卅一日	台南縣	涉共	謝瑞仁，蔡國禮，張木火	一九五〇年九月卅日	
五〇年代	蘭陽盧勝泉案	一九五〇年六月一日	宜蘭	涉共	盧勝泉，馮錦輝		
五〇年代	桃園事件	一九五〇年六月	台北市、桃園縣	涉共	林清良，賴鳳朝，李詩澤		

五〇年代	陸效文案	一九五〇年六月	台北市	涉共	陸效文，陳道東，陳昌獻，粟歲豐，周芝而，毛鴻章	一九五〇年十一月廿二日	
五〇年代	台南縣大內楊清淇案	一九五〇年七月六日	台南縣	涉共	楊清淇，楊鬧上，鄭沂清，康闊海，潘子欽	一九五一年一月十二日	
五〇年代	戴龍案	一九五〇年七月	台北市	涉共	戴龍，王瀛成，劉鳴鐘	一九五一年一月十八日	
五〇年代	鄭臣蔽案	一九五〇年七月		涉共	鄭臣蔽等六人		
五〇年代	劉秋波案	一九五〇年七月八日		涉共	劉秋波，張金爐等（名單不詳）		
五〇年代	劉心如案	一九五〇年七月九日		涉共	劉心如		
五〇年代	陳崑崙案	一九五〇年七月十八日		涉共	陳崑崙等五人		
五〇年代	劉晉鈺案		台北市	涉共	劉晉鈺，嚴惠先	一九五〇年七月十七日	

五〇年代	台灣民主自治同盟王再龔案			涉共	王再龔，李金良，魏源溱，謝奇明，翁德發，林夷吾	一九五〇年十二月十一日	
五〇年代	台南下營案		台南縣	涉共	陳富	一九五〇年十二月十四日	
五〇年代	江泰永案		嘉義縣	涉共	江泰永，蔡江水，黃綠柳，陳啟勳，黃烽台	一九五一年元月六日	
五〇年代	台灣青年自治同盟許國議案		桃園縣	涉共	許國議，吳啟達	一九五一年四月廿三日	
五〇年代	沈鎮南案	一九五〇年五月廿六日	台北市	涉共	沈鎮南，林良桐	一九五一年一月十一日	
五〇年代	台南市蔡瑞欽案		台南市	涉共	蔡瑞欽，楊舞升，王柏棟，林榮村，謝博祖	一九五一年五月廿一日	
五〇年代	台中事件案	一九五〇年五月	台中縣	涉共	張伯哲，陳福添，鄧錫章，李炳崑，陳孟德，李繼仁，簡慶雲		

五〇年代	台北市傅慶華案	一九五一年一月十二日	高雄縣	涉共	傅慶華	一九五一年四月廿四日	
五〇年代	陳力羣案	一九五一年一月	台北市	涉共	陳力羣，王起鈞，柯則恭	一九五二年四月廿八日	
五〇年代	彭嘯生案	一九五一年二月五日	台北市	涉共	彭嘯生	一九五三年九月八日	
五〇年代	治安維持會案	一九五一年二月十五日	苗栗縣	涉共	李建章，詹俊英		
五〇年代	屏東新民主主義青年團案	一九五一年二月十三日	屏東	涉共	蔡鐵城，羅秋榮，林松如，陳水炎，李振樂，郭坤木	一九五三年九月五日	
五〇年代	竹東水泥廠案	一九五一年五月	新竹	涉共	鄭香庭，羅文通，彭明雄，鄭書元，彭紹昌，陳浪英，彭金鑾，楊熾森	一九五二年一月十四日	
五〇年代	台灣民主自治同盟廖學銳案	一九五一年五月	台中	涉共	廖學銳，郭斤福，郭阿坤，蘇海樹，賴登洲，邵萬壽，鍾來田，王三派，葉金龍，陳坤良，蔡金和，廖金照		
五〇年代	饒榮秋案	一九五一年八月六日	基隆市	涉共	饒榮秋	一九五三年二月六日	

五〇年代	趙守志案	一九五一年八月七日		涉共	趙守志	一九五五年十月十三日	
五〇年代	古瑞明案	一九五一年八月十日	台北市	涉共	古瑞明	一九五四年七月廿七日	
五〇年代	顧達川案	一九五一年九月三日	高雄市	涉共	顧達川	一九五二年九月六日	
五〇年代	顧炤案	一九五一年十月	台北市	涉共	顧炤	一九五二年二月廿二日	
五〇年代	李支邦案	一九五一年十一月十八日	台北市	涉共	李支邦	一九五二年四月廿二日	
五〇年代	徐會之案	一九五一年	香港、台北	涉共	徐會之	一九五一年十一月十八日	
五〇年代	吳乃光案	一九五一年十二月一日	屏東	涉共	吳乃光，郭遠之，高榮燦，陳玉貞	一九五二年十二月六日	
五〇年代	李媽兜案	一九五二年二月十六日	台南縣	涉共	李媽兜，陳淑端	一九五三年七月十八日	

五〇年代	李義成碗公會案	一九五二年二月十六日	台南	涉共	李義成，李明珠，郭鍾植，王碧樵，謝林松，賴象	一九五三年七月十八日	
五〇年代	台灣前鋒青年協會洪養案	一九五二年四月二日	台北市	涉共	洪養，蔡賠川，張宋仁	一九五三年一月廿九日	
五〇年代	徐金生案	一九五二年六月十日	苗栗縣	涉共	徐金生，張文彬，黃財旺	一九五三年五月廿三日	
五〇年代	段澐案	一九五二年八月五日	台北市	涉共	段澐，段復，段徵楷，謝小球	一九五四年二月三日	
五〇年代	燕巢黃溫恭案	一九五二年九月十五日	高雄市	涉共	黃溫恭，陳廷祥，許士龍，陳清祈	一九五三年五月，一九五四年十二月	
五〇年代	鹿窟基地許希寬案	一九五二年十二月廿六日	台北縣	涉共	許希寬，陳朝陽，廖木盛，陳田其，陳啟旺，周水，蕭塗基，王新發，廖西盛，陳萬居，林金子，詹清標，廖有慶，廖埤，余福建，高火旺，李紫，王老見，黃佰達，林茂同	一九五五年五月、六月，一九五六年二月、六月	

五〇年代	楊梅周耀旋案	一九五三年一月十三日	新竹	涉共	周耀旋，宋增勳	一九五三年三月十三日	
五〇年代	王耀東案	一九五三年二月十三日	台南縣	涉共	王耀東，劉光典	一九五五年四月廿九日，一九五九年二月三日	
五〇年代	台北司機公會案	一九五三年四月五日	台北市	涉共	周添壽	一九五四年四月廿一日	
五〇年代	文教界熊淡光案	一九五三年六月廿三日	屏東、高雄、台南、嘉義、基隆等地	涉共	熊淡光，楊紹禹，江流，溫幹羣，王冠民，蘇來賓	一九五四年八月，一九五五年十一月	
五〇年代	姚妙丹案	一九五三年十月	高雄市	涉共	姚妙丹	一九五三年三月廿七日	

五〇年代	台大法學院葉城松案	一九五四年二月八日	嘉義	涉共	葉城松，張璧坤，胡滄霖，賴正亮，吳玉城	一九五五年四月廿九日	
五〇年代	台灣民主自治同盟許宜卿案	一九五四年三月廿四日	基隆、桃園	涉共	許宜卿，連德溫，林清松，何曾登，簡朝英	一九五五年九月十三日	
五〇年代	樹林三角埔隱蔽基地案	一九五四年八月十二日	台北縣	涉共	張潮貿，周茂園，黃家猶，王清	一九五五年五月，一九五五年九月	
五〇年代	丁文曜案	一九五五年一月七日	花蓮	涉共	丁文曜（死刑）		
五〇年代	聞英案	一九五七年二月一日	高雄市	涉共	聞英（刑六年）		
五〇年代	雷震案	一九五九年九月四日	台北市	反政府	雷震（刑十年），劉子英（刑十二年），馬之驌（刑五年），傅正（刑三年）		
五〇年代	葉呈祥台獨案	一九五九年十一月	高雄縣	台獨	葉呈祥，葉江水（刑期不詳），孫榮爆，余姬填		

六〇年代	蘇東啟事件	一九六一年九月廿四日	雲林	台獨	蘇東啟，詹益仁等	無期徒刑，其他多人判十年以上徒刑	
六〇年代	興台會案	一九六一年五月		台獨	陳三興（無期徒刑），陳三旺（刑十二年），高尾雄（刑七年），宋景松（死刑），劉金獅（刑十年），黃自得（刑十二年），王清山（刑五年），邱朝輝（刑五年），蘇鎮和（刑十二年），郭哲雄（刑十二年），林輝強（刑五年）		
六〇年代	台灣獨立聯盟案	一九六一年五月	高雄	台獨	施明德（無期徒刑），蔡財源（十二年），張茂雄（五年），黃憶源（五年），施明正（五年），施明雄（五年），廖南雄（五年）		
六〇年代	同心社案	一九六一年十二月		台獨	陳智雄（死刑），戴春德（六年），蕭坤旺（六年）		
六〇年代	台灣民主共和國革命運動案	一九六四年四月	金門	台獨	吳明丸（死刑），楊國泰（死刑）		

六〇年代	彭明敏案	一九六四年九月廿日	台北	台獨	彭明敏（八年），謝聰敏（十年），魏廷朝（八年）		
六〇年代	林水泉事件	一九六七年八月廿日	台北	台獨	林水泉，呂國民，顏尹謨，吳文就，張明彰，顏尹琮，劉佳欽，林中禮，黃華，許曹德，陳清山，林欽添，賴水河等二四七人重要幹部被處十年以上刑。		
六〇年代	陳玉璽案	一九六八年二月		傾共	陳玉璽（七年）		
六〇年代	戴榮德「台獨」案	一九六八年四月	屏東	台獨	戴榮德（七年）		
六〇年代	筆劍會案	一九六八年六月		台獨	廖登囑（十年），林永壬（五年），羅子玄（五年），李義億（五年）		
六〇年代	民主台灣聯盟案	一九六八年七月		傾共	陳永善（筆名陳映真）（十年），李作成（十年），吳耀忠（十年），丘延亮（十年），陳映和（八年），林華洲（六年）		

六〇年代	陳中統「台獨」案	一九六九年二月		台獨	陳中統（十五年）		
六〇年代	統中會案	一九六九年三月	台北（台大、政大）	反政府	許席圖（十五年），呂建興（十五年），周順吉（十五年），莊信男（十五年），劉秀明（十年）		
六〇年代	山地青年團事件	一九六九年四月	桃園縣	涉共	李義平（十二年），高陣明（七年），高博導（五年），曾金樟（五年），邱致智（五年），葉榮光（五年），黃春成（五年）		
六〇年代	郭衣洞案	一九六九年九月		為匪宣傳	郭衣洞（筆名柏楊）（十二年）		
六〇年代	台灣「大眾幸福黨」案	一九六九年	宜蘭	反政府	陳泉福（十二年），林樹澐（十年），黃恆正（十二年六個月），廖正雄（十二年），林德川（十年），蔡炳煌（十年），何耀光（十年），黃正雄（六年），黃茂雄（六年），於正男（十年六個月）		

七〇年代	泰源監獄暴動案	一九七〇年二月	泰源監獄	台獨	詹天增（死刑），陳良（死刑），鄭金珂（死刑），謝東榮（死刑），江炳興（死刑），鄭正成（十五年），賴在（無期徒刑）		
七〇年代	陳辰雄案	一九七〇年三月		涉共	陳辰雄（死刑）		
七〇年代	飛虹令事件	一九七〇年三月		台獨	楊碧川（十年），鄧聯鳳（十年）		
七〇年代	黃明潭案	一九七〇年四月五日		台獨	黃明潭（五年）		
七〇年代	賴讚詞案	一九七〇年		反政府	賴讚詞（十年），賴素菊（十二年）		
七〇年代	花旗銀行爆炸案	一九七〇年二月五日		反政府	謝聰敏（十五年），魏朝廷（十二年），李敖（十年），李政（十五年），吳忠信（十二年），劉辰旦（十五年），郭榮文（十五年），詹重雄（十五年），洪武雄（十二年）		

七〇年代	郭清淵「台獨」案	一九七〇年二月		台獨	郭清淵（十年）		
七〇年代	大同主義革命同盟軍事件	一九七〇年十月		反政府	王敬雄（十年），洪雄仁（十年），其他被捕三十二人下落不明		
七〇年代	楊鴻儒「台獨」案	一九七〇年十一月		台獨	楊鴻儒（十二年），湯鳳霖（十二年）		
七〇年代	李荊蓀事件	一九七〇年十二月十日		涉共	李荊蓀（無期徒刑），俞棘（五年）		
七〇年代	成大事件	一九七〇年十二月	成功大學、淡江大學等地	傾共	蔡俊軍（死刑），吳榮之（死刑），林守一（無期徒刑），林擎天（無期徒刑），吳錦江（無期徒刑），鍾德隆（無期徒刑），黃文珍（十五年），鄧佰宸（感化），李慧宗（感化），李代雄（感化），李國龍（感化），林台雄（感化）		

七〇年代	鍾謙順，黃紀男「台獨」案	一九七二年六月廿八日		台獨	鍾謙順（十五年），黃紀男（十五年），張勝濱（十年）		
七〇年代	成大「大陸社」案	一九七二年六月廿八日	成大	傾共組織	胡添培，黃麗華等六人被判感化		
七〇年代	台灣獨立黨案	一九七二年十月		台獨	鄭評（死刑），黃坤能（無期徒刑），洪維和（十五年），林見中（十五年）		
七〇年代	林文章「台獨」案	一九七四年二月		台獨	林文章（十年）		
七〇年代	台灣山地同胞台獨運動案	一九七四年二月	花蓮	反政府	呂文華（十五年），杜文義（十年）		
七〇年代	陳深景「台獨」案	一九七五年春	屏東	台獨	陳深景（無期徒刑）		

七〇年代	白雅燦事件	一九七五年十月廿三日		反政府	白雅燦（無期徒刑）		
七〇年代	張金策案	一九七五年十一月廿一日		台獨	張金策		
七〇年代	鍾廖權案	一九七六年二月	佳里國中	反政府	鍾廖權（十年）		
七〇年代	楊金海，顏明聖事件	一九七六年五月卅一日		台獨	楊金海（無期徒刑），顏明聖（十二年）		
七〇年代	陳明忠事件	一九七六年七月一日		涉共	陳明忠（十五年），陳金火（五年），蔡意誠（十年），李沛霖（七年），劉建條（七年），黃妮娜，黃相彬，林賜安，程日華，辜金良，袁乃匡等刑期不等。蘇芳宗，梁良齊，王金柱，王子癸，蔡國智，蔡碧輝等人下落不明		

七〇年代	黃華案	一九七六年八月		台獨	黃華		
七〇年代	王幸男案	一九七七年一月七日		台獨	王幸男		
七〇年代	「人民解放戰線」事件	一九七七年十一月五日		傾共	戴華光（無期徒刑），賴明烈（十五年），劉國基（十二年），鄭道君（三年），吳恆海（三年），蔡裕榮（三年）		
七〇年代	余登發事件	一九七八年十二月廿一日		反政府	余登發（八年），俞瑞言（兩年）		
七〇年代	吳春發事件	一九七八年十二月廿四日		反政府	吳春發（死刑）		

八〇年代	美麗島事件	一九八〇年四月十八日		反政府	黃信介（十四年），施明德（無期），姚嘉文（十二年），張俊宏（十二年），林義雄（十二年），林弘宣（十二年），呂秀蓮（十二年），陳菊（十二年），周平德（六年），楊青矗（六年），邱茂男（六年），王拓（六年），魏廷朝（五年），蘇振祥（五年），吳振明（五年），呂文賢（五年），蔡有全（五年），紀萬生（五年），邱垂貞（五年），劉華明（五年），余阿興（五年），張富忠（四年），陳忠信（四年），蔡重和（四年），傅耀坤（四年），戴振耀（四年），陳福來（四年），其餘刑期不等。		
八〇年代	葉島蕾案	一九八〇年九月九日		傾共	葉島蕾（十四年）		
八〇年代	張春男案	一九八一年一月十七日		反政府	張春男（三年六個月）		

八〇年代	劉峯松案	一九八一年三月九日		反政府	劉峯松(三年六月)		
八〇年代	藏匿施明德案	一九八一年四月廿六日		反政府	許晴富(七年),江金櫻(兩年緩刑),張溫鷹(兩年),吳文(兩年),林文珍(五年),趙振二(兩年),林樹枝(兩年),黃昭輝(兩年),施瑞雲(兩年),高俊明(七年)		
八〇年代	盧修一事件	一九八三年一月八日	文化大學	台獨	盧修一(感化三年)		
八〇年代	日本東京「台灣民主黨」案	一九八五年三月九日		台獨	徐肇宏(十五年)		

初刊一九八八年十一月《人間》第三十七期,署名馬嘯釗

為人道、公理、正義，向日本政府抗議

基於人道的訴求、正義的體現，在日本天皇病重，轉危為安之際，謹以祈求和平的誠意，希望中日兩民族能夠在一個公平的原則上相處，要求天皇在病情穩定的時候，重新回顧過去六十年來的慘痛歷史，對中國人所遭受的日本侵略，表示懺悔；對死難的二千萬中國人，致以哀弔和歉疚。這對天皇個人，是一未了之責任，對日本人而言，將是一個重大警惕；這一警惕將關乎日本人在爾後的命運。

過去一百餘年來，日本受外犯意識的支配，全國一力尋求更廣大的空間，更多的資源，可供驅使與奴役的人民。這一根本而巨大的錯誤，一直未為日本國民所知悉。日本自一八七四年對台灣出兵以後，每一次侵略，都覺得理直氣壯。每一次戰勝，都助長了日本外犯意識的膨脹，同時，也由於掠奪、燒殺和強暴之無罪責追究，使日本人對侵略的嗜欲加深。其中，中國對日本前後五億餘兩百銀的賠款，既使日本明治維新得到經濟上的支援，也使日軍因生產力的改善，而使軍備精進，戰力突飛猛進。日本民氣和士氣也從歷次的勝利，戰利品、勒索而有的賠款當中，更激勵起向外侵犯的意念，很冷靜的回顧一九三一年日本對華侵略行動的發起，這是一個箭在弦上的事實。我們，不願深究日本天皇，在這一個「箭在弦上」的歷史，要負什麼樣的罪咎。天皇沒有阻止日本軍閥去進行這個違反正義與人道的行為，一定要負擔其不可推卸的責任。而日本國民，也因天皇直接、間接的鼓勵與支援，使他們這魔鬼般的嗜欲，覺得是來自神的意思，神的號喚，當日本軍民因侵略而犧牲時，他們也認為安息在一最高的宗教價值之上，而進入神靈的境界。東條英機後其他侵略者的入祀靖國神社，就是日本公然違犯國際公義的具體事實，這一事實的淵源與發展，是日本對國際公義最大的毒害，而日本天皇在整個事態中所居的地位而言，其言行影響所及，斷不能辭卸其愧悔。

為此，我們要求日本政府，向日本天皇轉達一個訊息：中國人期待天皇在最後時刻來臨之前，向中國人表示歉意，並明白的昭告日本國民，收斂起外犯意念，和中國人和平相處，相與為善。日本政府應全面而徹底的對台籍原日本兵之賠償與補償，立即將「三星丸」上所撈起的中國古錢，全部還給中國人，以中止一九三一年以來的侵略，使全世界了解，日本人還有公理和正義可言。由此，而開始對中國全面徹底遵從正義與人道的賠償。

陳映真、毛鑄倫、陳正光、廖木全、王曉波、
廖天欣、丁穎、何偉康、黃溪南、康橋

初刊一九八八年十一月《中華雜誌》第二十六卷總三〇四期

台灣各界要求日本天皇臨終前為其侵華罪責向中國人民鄭重道歉之備忘錄

鑑於日本裕仁天皇依明治憲法為日本國家統治之總攬者及主權者，吾人堅決認定：裕仁天皇對侵華戰爭及對台灣之殖民地支配所造成之嚴重的生命、財產、精神之加害，負有無可逭怠之責任；鑑於裕仁天皇乃日本在明治以來作為日本國家機關及戰爭機關之三代天皇體系之一部分，裕仁對台統治時期對霧社事件，對台灣各種文運、工運、農運反帝民族解放運動之鎮壓、逮捕、拷問、囚禁及刑殺，對侵華戰爭時期「皇民化運動」鼓動在台華人對中國之仇恨、攻擊與掠奪，強迫台灣軍伕、原日本兵到中國及南洋充當礮灰等情事，罪咎既重且大；而又鑑於裕仁天皇在投降詔書中，無一字一語對其侵略中國、支配台灣表示懺悔，卻對美國、歐洲表示過日本發動戰爭之不當，吾人乃嚴肅要求閣下向裕仁天皇轉達在台中國人民要求裕仁天皇在一息尚存之時，親口對廣泛中國人民及台灣人民為其重大戰爭罪責道歉，一者以建立中日兩民族今後真誠長久之和平與團結，二者以安臨終前靈魂自咎煎熬之苦。

謹致

日本交流協會

岩　富士男會長閣下

陳映真（中國統一聯盟主席）

錢江潮（中華雜誌編輯委員）

劉任航（中國老兵自力救濟聯誼會會長）

周昭星（中華民國退伍軍人聯誼總會秘書長）

王曉波（台灣史研究會理事長）

廖木全（台灣住民原日本兵關係暨遺族協會聯合會主席）

丁　穎（全民雜誌社發行人）

劉國基（夏潮聯誼會執行委員）

廖天欣（遠望雜誌社副社長）

陳正光（聯合報導週刊發行人）

康　橋（掃蕩週刊編輯）
何偉康（對日索賠同胞會會長）

初刊一九八八年十一月《中華雜誌》第二十六卷總三〇四期

冷戰結構下的台灣教會

冷戰的形成

冷戰（cold war）一詞大約是三、四百年前，一個西班牙帝王學者所提出。與hot war相對，「冷戰」有別於激烈的「熱戰」。冷戰是交戰雙方長期的對峙，雙方都沒有明顯的勝負，沒有勝利的光榮，也沒有戰敗的羞辱。數百年前的這一概念，即使在核武時代的二十世紀，也很適用。

二次大戰結束後，世界逐漸形成美蘇兩大陣營的對立與鬥爭，也就是以美國為中心的自由世界（資本主義體系的世界），和以蘇聯為中心的共產主義陣營在地球規模上展開對抗。一九四五年以後，許多舊殖民地國家在戰爭中精疲力竭，民族解放運動興起，其中左翼的力量形成很重要的勢力。唯一在二次大戰中強大起來的美國，取代英法德舊殖民國，對全球民族解放運動施以殘酷之警察鎮壓，資本主義和社會主義的緊張對立自一九四七後，在全球各地展開。

一九五〇年韓戰爆發，冷戰達到高峰，美國對日本的占領政策為之劇烈改變，基於「陣營」的需要，美國重新起用日本右派的戰爭軍閥（軍閥一向反共），留住日本天皇體制。美國並對中國大陸進行反共封鎖，在亞太地區形成「半月形」軍事包圍政策，從阿留申群島、日本列島、朝鮮半島、台灣和菲律賓列島，形成一個美國反共基地附庸國家圈，台灣海峽成了兩霸冷戰對立的前線；台灣與中國大陸間的民族分裂，自此因外來勢力的干涉而固定化和長期化。而美國戰後的對台政策，一直是在塑造一個非（反）共的、親美的、與中國大陸分離的台灣。美國與東太平洋各國及與東南亞國家的反共協防條約網，更加強了兩體制的對立，使一些民族因此而分裂與對立。

冷戰的意識形態

冷戰對抗，除了武器競賽、打代理人戰爭，主要就是意識形態的對立為戰爭。資本主義陣營對社會主義陣營的「批評」，通常是專制、獨裁、個人崇拜、生產效率不高、人民貧窮、無神論，和類似法西斯主義的邪惡擴張等等。社會主義也批評資本主義社會制度是戰爭販子、充滿階級矛盾、道德腐敗、強國欺負弱國……等，形成一套冷戰的「修辭」，一套冷戰心智。這種意識形態的對立遍及了全世界。另一方面，雙方展開武器的競賽與恫嚇，兩邊都發展核武，使世界長期處在核子大戰的恐怖之中。

兩大霸權的對立也巧妙地形成「東方和西方」間的歧異。共產主義大部分是東方國家。以基督教的觀點來看，是無神論、唯物主義的魔鬼的國家；以白種人的觀點來看，都是亞洲貧困、落後國家。如此，西方反共的意識形態，和種族主義與宗教的偏見和冷戰對抗混雜在一起。許多被編入「自由」陣營東方小國，為了服從「陣營的利益」，不惜歪曲自己的利益，造成同民族之間的敵對、猜忌、不信任、仇恨甚至相互殘殺。

教會參與其中

以同樣的觀點來反省五〇年以後的台灣和世界教會，教會也參與了西方對東方、資本主義對社會主義的對立。一九五〇年以後，西方對東方的宣教，直接和間接地為反共、為宣揚「基督教的美國」國威服務。教會成了美國發放美國估衣、剩餘的產品（如奶粉和奶油、麵粉），救濟亞洲貧困農村，以平息貧困對社會造成的影響，緩和亞洲農村的階級戰爭……的末端機構。在台灣天主教和基督教都和最高權力的家族有親密的情誼。基督教信仰也成了強化國府與「敬畏上帝的美國」間關係的政治工具。在台灣和世界各地，五〇年代的基督教會也成了攻擊共產主義「邪惡」、「異端」、「逼迫教會與聖徒」、「無神共產主義必敗」之類的反共宣傳的宣傳站。對於遼闊的亞洲，基督教散播反共的白人中心主義，表現出對亞洲的傲慢、憐憫和施予的帝國主義宗教熱情。五〇年代的教會，對數百年來布教史中教會的錯誤，沒有反省、沒有悔改。

在教會參與的「共犯結構」下，一九五〇—五五年，台灣展開了白色的「異端撲殺」，並在大恐怖中確立了獨裁政權，並且在台灣內部，形成了一個巨大的支配結構。這巨大的支配結構的組成部分是：（一）冷戰；（二）民族分裂；（三）反共、防共的「國家安全」結構；（四）對美日的依附。這個總架構，支配了台灣的政治、經濟、思想、文化的源流。而教會也在這個大架構下，一方面受制於這結構，並甘心樂意地為這結構所用。

一九四九大震撼

從中國教會史來看，一九四九年是極具震撼性的一年。中國共產黨取得了政權，中國教會卻被關閉，神父和牧師被抓，落在監牢中，而且可以相信有些神職人員被處死，廣泛的中國基督徒受到逼迫。基督徒從明代以來建立的基礎幾乎整個被推翻了。

這種基督教中國宣教史上的大震撼，一時在中國教會中並沒有引起任何反省作用。二次戰後共產主義的擴張使同樣的大震撼也發生在東歐及東亞。如果教會相信上帝是歷史之主，這全世界性的教會的崩潰，不能看成單純、偶發和暫時的現象。這一段教會的現代史，應該提供了我們值得反省的課題：為什麼教會會被無神論的政權鞭打？它有什麼意義？是魔鬼的興起，還是有另外的啟示？但台灣教會，一直到今天，都似乎不太在意，也未深刻思考。

基督教在亞洲布教過程中，確曾做了不少貢獻。但是，無可諱言，在這教會的善功背後，基督教東來的歷史過程，和西方資本帝國主義對東方的擴張，有密不可分的關係。

基督教與帝國主義有複雜的瓜葛。基督在亞洲的形象，被從白人中心的觀點來描繪。教會對亞洲的歷史和文化不了解，也不做了解的努力。戰後美國國家權力、威力、物質力量對亞洲強大之支配，自然地造成以美國差會為中心的布教，充滿了白人中心主義、基督教反共主義，以及新殖民地主義。因此，亞洲教會對亞洲的貧困、民族解放、土地集中、新殖民主義的掠奪……視而不見，聽而不聞。於是廣泛亞洲的窮人、奴隸、知識分子，開始不向亞洲教會中尋找公義，卻在社會主義、共產思想，在叢林中的紅軍，向延安尋找公義，終於有了一九四九年的大震撼。基督教因此在中國土地上遭到了史無前例的否定。如果基督徒真的相信歷史的主人是上帝，這中國基督教會史上的「浩劫」，應該做什麼樣的神學的解釋呢？

「自由世界」的亞洲教會

在一九四九年共產主義革命後「失去」了大陸教會的「自由中國的」基督徒，並沒有深刻的反省。具有基督徒身分的台灣黨政要員也一樣缺乏悔悟，基督教在台灣似乎又順理成章的成為執政者的國教，與反共國安體制結合在一起。亞洲其他「自由」地區的基督徒，也一起加入了美國世界戰略的反共宣傳：共產黨國家是惡魔的政權，所以是專制的、貧窮的，美國是相信上帝的國家，所以富裕、和平、自由、會永遠繁榮昌盛。「自由」教會也順理成章的接受了這套邏輯：「自由」的基督徒特別得到上帝寵愛，上帝終將摧毀赤色惡魔政權，協助政府反攻大陸，解放大陸——解放教會……

二次大戰後，美國以剩餘物質援助貧困的亞洲，外表上由亞洲各地教會出面布施，但背後有重要的政治動機：抑止貧困的亞洲的共產主義蜂起。全亞洲和台灣現在五十歲以上的人，都有「麵粉教」、「奶粉教」的記憶。這記憶鮮活地見證一九五〇年到六〇年代教會與「美國霸權下的和平」(Pax Americana)體制間的溫存關係。

在「自由亞洲」的教會，基督教也喜與政權合作。高階執政者、軍事將領自稱是基督徒，其中不乏有人藉此取得霸權美國權力的信賴與支持，造成很微妙的關係。教會也成為美國在亞洲對抗共產主義的重要力量。台灣在戒嚴體制下，集會言論和出版自由最受到干涉的時代，教會卻享受了最大限度的聚會講演和出版刊物等自由。但這也代表了在那一段專制、戒嚴體制下，台灣教會阿世曲信，逃避了先知的職能，背棄了在「專制下的經濟成長」歷程中付出重大犧牲的社會底邊的人民。

一九七〇年代的韓國教會與台灣教會即有一些共通點：反共、親美（主張美軍在韓長駐）、認為民族統一不必快。而台灣教會的性格，大約可大分為三種：體制化的教會，即與權力結合、與現體制合二為一的教會；不問世界的福音主義教會（說方言的教會，主張血水聖靈）；第三類是如台灣長老教會。他們明白主張反共、親美、反國民黨專制、反中國，進而主張台灣與中國間永久的分裂。

相對而言，台灣長老教會在接納政治犯施明德而共同受苦，關注台灣弱勢者，批判國民黨體制……上，為基督在台灣做出美好而勇敢的見證。高俊明牧師的信仰、人格，他在山地宣教、辦神學院的事蹟，也是台灣史上罕有的佳美的見證。客觀地評析，戰後五〇年代以後的台灣長老教會，鮮明地表現出「相對的公義」性。然而，在它的親美主義、反共主義和反中國主義，基本上沒有超脫「冷戰／民族分裂／反共國安體系／對美日附從」這個總的支配結構，基本上有意無意間為美國的「親美／反共／反蔣／脫離中國」的台灣政策服務。長老會在「反國民黨體制」上的進步性，在親美、反共、對帝國主義不批判的特性中反動化、保守化。

鞭打或祝福？

當然我的意思不在說：教會應該贊同中國統一，認同馬克思主義，支持共黨才是真正屬靈的教會；但教會對共產主義的看法，應該有教會自己超脫於冷戰的架構。當主耶穌讓整個中國大陸的教會在共產革命下遭受至大的打擊時，祂的真正旨意是什麼？是魔鬼邪惡勢力勝利了，還是如七〇年代韓國教會的反省：「這是主耶穌的鞭打」？當教會和權力結合，以世界霸權的利益為自己的利益，過了幾十年「好日子」喪盡先知的職責，主耶穌開始對體制化的教會舉手鞭打？

今天的韓國教會認為，主耶穌透過共產主義，透過學生和工人抗爭運動，教育了韓國教會，讓他們知道批判自己反專制同時反共、親美的立場。台灣教會即使是最干涉生活的長老教會，卻在五〇年代冷戰思維下，以它奇特的反共、親美、反中國、反民族統一的「神學」下，冷酷地放棄了教會對海峽分斷所造成四十年親族隔絕的關係，放棄了台灣教會對中國大陸教會同胞的、信仰內的歷史和血肉的關係。如果台灣教會不從一九五〇年代冷戰歷史的霸權心智中解放，永遠在制式的反共主義和親美主義、反華主義中自以為義，台灣教會將難以在一九四九年教會史上的巨變中汲取深刻的啟示，從而展開新的悔罪，新的認同合一，以及新信仰的復活。

一九六〇年代開始，普世教會的一些出版物上，已出現了一些懺悔的聲音：「主啊，求祢赦免，由於教會對亞洲的傲慢，使我們沒有看見那些無神論者所做的一些改革，正是祢一貫要祢的教會去做的，而教會卻沒有去做的。」

六〇年代以後，覺醒的傳道人開始悔罪和反省，重新尋求教會與馬克思主義者之間的對話，開始以福音的再閱讀與再詮解，使教會脫去冷戰心智，建立基督信仰的主體。

再就歷史的解釋來看，究竟歷史發展是依人的、世界的規律，還是依上帝的規律發展？民族、國家的版圖，是上帝的版圖還是人的版圖？相形之下，天主教或許是因為歷史淵源的關係，它對中國及中國宣教的態度，就與台灣長老教會的「新而獨立的國家」論，完全不同。據說，台灣天主教會現已展開探訪，重新回到大陸，去看以前在中國大陸的教區，看以前的神父與信徒。他們與大陸的教會、信徒，甚至與整個國家、社會，還存在著肢體的連帶感。

上帝創造的世界應該是合一的，我們以合一的世界、合一的人類來看主耶穌道成肉身的意義，來重新思考上帝對中國的計畫，也許會有許多新而豐富的啟示。

教會的從屬性與自主性

如果排除上帝的信仰，宗教信仰只是屬於人類「上層建築」的一部分，是「下層建築」在「上層建築」的反映，和哲學、美學、文學、藝術、政治與法律是同一範疇，從而宗教信仰的內容，也隨著不同的社會發展階段而有所改變。如果不相信上帝，教會也受制約於當時的社會、政治、經濟諸因素的一個體制(institution)。如封建時代的天主教，男女有別、階級分明，人和上帝的關係必須透過神職人員去轉告……等等。

然而從基督徒的立場來看，教會是上帝臨在的地方，在神學上，應該是超乎所謂的人類上層建築與下層建築的關係的存在。耶穌本身就是很好的例子：

身為羅馬人殖民統治下的猶太人，文士與法利賽人已有一套價值系統。但耶穌卻提出一套新的東西，祂所傳講的話在當時支配階級來看，充滿了叛逆和顛覆性。耶穌所傳的福音成為從根本擾亂當時社會價值體系的思想，如果耶穌生在五〇年代瘋狂之反共世界，祂無疑會極為容易地受到思想調查，成為「共黨分子」嫌疑者，並因祂的思想的激進而受死，完成救贖。而這層意義，千年來被體制化的教會所掩蓋。

歷史地看來，教會本身有體制化的一面，亦有反體制的一面。中世紀的一些教士，帶著貧窮的農民去開倉庫，帶著農民造反。當蜂起受到鎮壓，神父和貧困農奴被教會與權力處死。如果以今天的眼光來看，正如第三世界地區的不少神職人員，看到人民在地主、官僚、外來資本、貧困、絕望中煎熬，神父、牧師卻養尊處優，於是他迷惑了。在苦悶禱告、掙扎和思想後，產生了第三世界的各種解放的神學。

從教會的體制化與反體制的兩面去思考，重新反省，我們或許就可以找到教會的主體性，以及教會與上帝間親密的關係。人所寫的教會歷史，不一定和上帝的旨意吻合。如何在變動的世界中看教會和信仰，是今日基督徒極關重要的課題。像解放神學、黑人神學、亞洲神學以及韓國獨自發展出的「民眾神學」等，都是一些新嘗試。

兩岸中國教會的展望

台灣海峽兩岸的中國教會分離了四十年，各自有不同的發展。中國的基督徒必須重新去理解，上帝為什麼讓共產主義政權對中國教會施加枷鎖與鞭笞，重新反思，以目前兩岸教會間有限度的開放，中國基督徒該怎麼去看待過去五十年間教會不曾負起先知的責任，在腐敗、嚴苛的政體下成為某種程度的「共犯」。這些問題，如果沒有在信仰裡重新思考，重新去認識這五十年走過的腳步，兩岸的教會將失去大量的共同語言。

台灣教會這幾十年的發展，面臨著安逸化、幼稚化、物質化、工具化和庸俗化的問題。而那邊在嚴苛的代價下，開始摸索上帝的力量，兩邊有如此不同的發展，上帝對海峽兩岸的教會究竟有什麼樣的計畫？要回答這個問題，祈禱、冥思之外，教會似乎需要學習從第三世界的視野而不是第一世界的視野，去重建第三世界自己的主體信仰與神學吧。

中國教會經歷了許多苦難，應該有代價。中國教會對亞洲的神學應該做出應有的貢獻。先好好思考上帝在中國宣教史上所做的一切，從而發展出拯救亞洲貧窮人、瞎眼者的神學。

目前不管是中國大陸的「牆」或台灣的「牆」，都已發展到極限。中共不得不開放，台灣的教會也已有一些胎動和反思。這是兩岸的思想家與基督徒開始共同思考的時候了。我們需要對過去抱著深刻的懺悔，重新面對殘破的中國認同，讓中國教會在上帝對中國的計畫中合而為一，並且在合一裡重新復興，成為具有中國人民主體性的教會！[1]

初刊一九八九年一／二月《曠野》第十三期

1 原刊於篇末說明：「本文為陳映真先生十一月分與『曠野』社同仁對談紀錄，由姜菁華整理，陳映真先生詳細校訂補充，特此致謝。」

《人間》雜誌三十八期・發行人的話

上（三十七）一期的《人間》雜誌，以一個苦心計畫的特集「讓歷史指引未來：溯走台灣民眾四十年來走過的艱辛而偉大的腳蹤」，和我們廣泛的讀者共同度過創刊三週年的日子。對於這個特集，讀者給了我們空前熱烈的回響。全省書攤上呈現爭購三十七期《人間》的現象，許多讀者抱怨買不到書。這說明人民對歷史真相，有如飢如渴的知的需要。我們深深地感覺到，對於台灣先賢的犧牲與鬥爭所積累下來的「解嚴時代」的來臨最好的獻禮，莫過於認真、辛勞的清算戰後四十年高壓政治下被委曲、湮滅、美化和工具化的歷史，讓人民從長期的謊言、宣傳和神話中解放出來，從而重建台灣民眾的主體性，讓民眾和民眾的知識分子，共同思考中華民族當前重大轉折時代的巨大而艱難的問題。

在此，我們要特別聲明，三十七期《人間》編輯部關於四十年台灣社會發展的描述，在重要構成與資料上，大量參考了旅日傑出現代台灣社會發展史研究工作者劉進慶博士的著作：〈新興工業國的發展和經濟階層〉(台北《五月評論》第一—三號)。在三十七期《人間》上，由於一時忙亂，遺漏了這項重要宣示，對劉教授和讀者，我們感到十分遺憾。

在籌畫三十七期時，編輯部寫好、編好、譯好的許多關於台灣過去四十年間未曾說出來的歷史的文章和圖片，還有很多。但限於篇幅，大量割愛了。我們決定在未來幾期中，再精選其中若干篇章，陸續刊出，以饗讀者，並且把重新認識「台灣的戰後」，重新詮釋四十年來台灣的發展，作為我們今後重點編輯方針之一。

今年初春，何文德帶了一團「老兵」，回大陸探親，國共內戰期間，國軍如何以強押、擄送的「拉伕」方式，把純樸的中國農民壯丁，硬生生地從爹娘身邊、從故鄉的水井和泥土上拉走，投入殷烈的內戰……這些淒慘的故事，才在比較廣的範圍內傳播開來。

但是，絕大多數的人們卻完全不知道：一九四五年台灣才光復不久，一批台灣青年(包括漢族和少數民族)，也被國軍七十師以強制掠擄押送和預謀的欺騙相結合的方式，送到中國北方國共內戰戰場上去的這一截被掩蓋的歷史。戰爭結束了，在沙場上死去的征夫，如今屍骨皆緲。但在海峽的兩岸，卻留下了望斷鄉關互相企盼了四十年的征夫和征屬。

林育德的〈遙望大海東南〉(第六六頁)是對於被征赴大陸，在內戰中倖活下來的台灣原住民，目前在北京民族學院教授台灣高山族語的幾位白髮望鄉人的故事。陸傳傑的〈血稅〉和〈寶山鄉的征夫〉（第八二頁和第九〇頁）寫海峽這邊，在一個貧困的客家村落新竹寶山鄉幾個村子裡，當年被七十師拉走了兒子、兄弟的家族，訴說當年的淒苦，與嗣後長年間國防部對他們的歧視；訴說千辛萬苦從大陸奔回家鄉的人，飽受忠貞懷疑，長期列管的故事。這兩方面惻惻感人的報告，從中國民眾的草根的水平，顯現了外力干預下民族分裂的悲哀與痛苦。

由於昂貴的早產兒醫護費用，由於對於現代早產兒醫護缺乏認識，更由於政府對福利人權與醫護人權的漠視，造成每年估計在一至兩萬人在醫護人員與家長默認下的殺嬰在富裕的台灣發生著。蔡雅琴的報告〈小羊的故事〉（第一一二頁），以「報告劇」的形式，初步揭露了這同時傷害著早產兒、母親和父親以及醫護人員的社會真相，要求我們嚴肅的面對。

著名的醫師／流行歌唱家羅大佑，在飽受少數低俗、盛氣凌人的影藝記者，以及吹毛求疵的新聞局思想檢查之苦，在兩年前離開了台灣，在歌壇上消失。本期《人間》揭載美籍記者柯比（Kirby Coxon）的訪問稿中，羅大佑深入、廣泛、主動地談到新聞檢查、影藝記者、台灣政治、獨立運動、蔣經國以及他的新歌。他驚人地宣告：「羅大佑死了！」（第一〇四頁）

十二年前，一個病弱的女尼，由於一願之誠，展開了一個動員全省二十多萬個善男信女，每年募集新台幣二億餘元，已經興建了價值新台幣近七億的現代化醫院，而且正在進行資金龐大的護士養成教育機構……的「慈濟功德會」。這病弱的尼師證嚴，今日已成為台灣的實踐佛教的始作俑者，而他的慈濟醫院，也成了中國佛教的「蘭巴侖」（宗教性、獻身性的醫療機構）。花蓮著名的散文作家陳列的〈佛教的蘭巴侖〉（第一〇頁），為我們描述了證嚴法師動人的造相。此外，為了紀念南京大屠殺週年的十二月，我們特別採用了陳慶浩教授的〈南京大屠殺在日本和中國〉（第一三七頁）和日本戰後世代青年吉井的文章〈我走過南京大屠殺之地〉（第一二八頁）。輕賤了不應遺忘的歷史時，這歷史必將予健忘者以最沉痛的教訓。

初刊一九八八年十二月《人間》第三十八期

解放被朝野歧視的台灣人！1

早在開放大陸探親之前，何文德和他的少數幾個老兵弟兄，在情治人員、警察的百般阻撓和恫嚇下，穿起「想家」、「我要回家」的背心，在台北街頭上，在街頭抗議集會上分發傳單，辦說明會，引起路人惻惻的同情，更激起許多當年被國軍拉伕，在強制下和親爹親娘扯散，歷經內戰的慘烈，倖存下來，和國軍撤到台灣來的老兵思想返鄉的激情。今年年初，這些老兵們總算如願以償，或個別、或組團，回到暌別四十年的大陸故鄉。數十萬返鄉老兵之中，極少數幸運的人，見到了風燭殘年的爹娘，更多的人只能在爹娘的墳上慟哭祭拜。統計上指出，返鄉老兵中，約有三萬人在大陸老家定居下來，決定在自己的根土上度過自己的餘年。

在日本，侵華戰爭中離散在中國大陸的日本骨血，分批回到日本，由家族出來認親。連續幾個月，日本人民在新聞雜誌、電視節目上，看離散日人和家族重聚的節目而哭。在韓國，在三十八度線上南北離散親族相認和團聚的報導和電視節目，也讓韓國人哭了幾個月。但是在台灣，由於國民黨控制媒體，一些自詡為「民辦報紙」的大報，基本上採取與官方同調的抑制「大陸熱」的立場，對四十年民族與家族離散後的重聚，不加報導。這種非情的冷漠，甚至引起一位長老教會牧師對教會當局漠視歷史對外省人家庭悲劇的淡漠提出批評。當然，這批評也被「應該儆戒共產黨的統戰」的教會主張抹殺了。

也許有人說，家族離散是「外省人的事」，所以引不起社會的關切。如果這是真的，台灣的心，又何其非情。然而，對於一九五〇年海峽封斷後，五萬台灣人滯留大陸，至今無法返回故鄉台灣，為政治問題滯美不得返台的「台灣人」強烈抗爭的民進黨、民進黨系的「人權」組織，表現得同國民黨一樣的冷漠——如果不是更冷淡的話！

一九四五年，台灣光復。但國共間的內戰卻開始不斷地激化。和陳儀來台駐防的國軍第七十師，早已為了打內戰，在台灣充實兵員。國軍七十師，於是在台灣展開它在大陸一貫的拉伕技倆，以封村封道押擄壯丁，以學習專業、學習國語、優渥兵餉、部隊不調大陸、退伍後優先安排工作……的謊言為餌，引誘當時在「光復」的解放感中對自己的前途充滿憧憬的台灣青年入彀。誰知一進軍門，隨著內戰的激烈化，被強行押往基隆港，開赴中國大陸的內戰戰場。

多少人沿路撒紙條，要路人代為通知家屬；多少人從開動的輪船上縱身入海逃亡，卻被船上的機槍打死……。

而四十年過去了。在海峽那邊的征人，有很多人流下望鄉之淚飲恨死在他鄉。有人在民族學院教書，有人在各行各業工作，成了家，兒孫繞膝，卻無論如何不能慰藉征人望鄉的悲愁和渴望。而國民黨卻堅持單向探親，對於大陸親人來台探親祭墳，百般阻撓。

在海峽這邊，情況卻出人意外的悲慘。七十師在內戰中潰敗以後，有少數幾個人，像是認家的動物一般，吃盡了千辛萬苦，回到台灣，豈知從此「忠貞」受到深刻的懷疑，成為數十年不得翻身的列管戶！而那些征屬，國防部對一切征屬的優待，因為征人「沒有軍籍」而被棄置不顧。由於征人長期生死不明，即知尚活在大陸，因為兩岸政治對峙，征屬也長期噤默不敢作聲。根據我們初步的調查，這些返台征人和其他征屬，四十年來，在這個「冷戰．民族分裂．國家安全」結構下，窮途潦倒，受盡直接間接的迫害，幾乎與大陸文革時代的「五類分子」一樣，受到無形的政治與社會、人格的歧視。

今年初，林育德到大陸，在北京的民族學院撞見了幾位參加國軍送到大陸，至今不得返鄉的少數民族，記錄了他們惻動人心的思鄉之淚。李文吉和陸傳傑，在何文德先生的協助下，調查了桃竹苗一帶當年極為貧困的客家村被七十軍騙走、拉走的人和他們的家屬，發掘了他們長年來駭人的冤曲與悲傷。

今天「統獨」的「爭論」的畸型化，恐怕是缺少對台灣戰後史的民眾觀點的調查吧。地球規模的冷戰下中國民族分斷的歷史，在民眾生活的水平上，是以什麼具體的、血淚的內容存在？這個深刻而又嚴肅的問題，觸動《人間》的編輯部初步做出了「望斷鄉關盼征人」的特集。在讀者的支持與協助下，我們還要繼續深廣地探索下去。

在大陸上，征人凋零，征人已老。在台灣，征人的父母，也泰半墓草淒荒，征人的兄弟，在歧視下含垢忍辱了四十年。而在解嚴之後，他們竟然還要在朝野雙方瘋狂的反共、反中國的歇斯底里中繼續遭到歧視。《人間》抵死不相信這個邪。解放當年七十師的征人和他們的家屬！我們一定要和台灣民眾共同努力，讓滯留大陸上的台灣人回到他們的家鄉來！

初刊一九八八年十二月《人間》第三十八期

1 本篇為「望斷鄉關盼征人」系列文章。

請安息，周楊霖……

十月三十日清晨，台電核能被曝工人周楊霖默默地死了。台電沒有送弔幛，沒有派代表悼祭。為了推卸核曝害責任，台電的冷酷與無情，令人感到顫慄的心寒……

十月三十日清晨接近五點鐘，因台電核能發電被曝，罹患腦癌的前台電工人周楊霖先生，默然與世長辭。他的身後，留下一雙年邁的父母，十歲的兒子周聖捷，八歲的雙胞胎兄妹周聖凱和周聖雯，和他那賢淑、堅毅的妻子。

一個月前，我陪日本紀錄攝影家樋口健二去基隆看他，發現他的頭髮又因化學治療而脫落殆盡，臉上顯得浮腫，視力更弱，行動也已遲緩了。樋口把他刊有訪問周楊霖的新書，謙恭地送給了他。「無論如何，請你保重，堅強地活下去。」樋口說。我為他口述時，看見樋口和小鍾的眼眶都紅了。

九月中旬，周楊霖有感冒的跡象。送他到基隆聖母醫院，退了燒。「這以後他的健康開始惡化。九月十八日，看著情況不好，送去長庚醫院，病況卻只有惡化下去。」周太太說，「九月二十七日退燒回家，已不知人事……三十號，他走了。」

今年三月，台電通知停止周楊霖的勞保。他死了以後，周家發了訃音給台電。台電人事課寄來一份幾千元的香奠。十一月十一日出殯那天，在周家附近臨時搭起來的告別式式場裡，沒有台電的弔幃。問周家台電有沒有代表來弔祭，「沒有。」周老先生茫然地、淡淡地說。「有幾個老同事來拈過香。他們有的早已離開台電。有幾個是私人請了假來的。」周太太說。

當然，在醫學上，沒有人能指證老周的癌和死亡，直接肇因於台電的核曝害。老周的物理保健資料有很大可能被偽造和湮滅。事實上，即使在日本，還有無數的核電工人在闃暗的核曝害中仆倒，經過樋口健二長達十數年鍥而不捨的挖掘和追查，才在最近日本的反核電浪潮中引起較大的關切。從紀錄上看來，周楊霖甚至還不是第一個犧牲者。在漆黑的暗夜中病倒甚至死去的台電核電工人還有好些個，被一年多前的核電工人抗議運動初次披露。只是這個抗議卻神秘地中止，不再接受我們的採訪。

為了否認、湮滅工業汙染的責任，堅不承認加害責任，拒絕賠償，是汙染資本的一貫技倆。幾年前的三晃農藥廠，長年來以發放農業「補助金」的名義，賠償因汙染廢耕廢作的周近菜農與稻農。台電對於周楊霖喪禮所表現的絕情與冷漠，究其實，是一種為了推卸罪責，不惜殘酷地對核電犧牲者的死表示六親不認的姿態。在喪禮的現場上，我錐心地感受到台電難以置信的冷酷與殘暴。

我跟在老周的鄰居後面，列隊在他的靈堂前拈香行禮。抬頭看著他年輕時壯盛年輕、戴著眼鏡，完全無法據以指認他病後的模樣的遺像，感覺到某種生的難以言喻的殘暴。

告別式後，我默默地看著三個小兄妹，面無愁色地任大人指點著在一具瘦小的棺木前跪拜，然後在荒亂的喪樂聲中，抱著香斗，跟著棺木走出那條窄小的巷道。

我和鍾君走進內屋看周太太。她面無淚痕，空茫地說，「現在我只想著把孩子帶大些。」她說，「目前談不上計畫。走一步，算一步。」

「他恐怕不久了。這種情況，我看得比較多……」我想起一個多月前和樋口離開周家時樋口闇然地說過的話。關於台灣核電被曝工人的調查，我們得加把勁才行啊……

巷外的喪樂嗚嗚地傳來。我們沉默地握住周老先生的手，在微雨中離開了周家。

初刊一九八八年十二月《人間》第三十八期

冷戰體制與台灣教會

在「曠野」同仁聚會中的講話

親愛的「曠野」同仁：

由於蘇南洲弟兄極力邀約，使我能有這個機會，見到「曠野」的同仁，並且互相交換一些意見，覺得很高興。只是這次的講話，性質和場合，都不平常。因為「曠野」的同仁是台灣年輕的教會知識分子，在信德上努力探索、反省，要重建耶穌基督的信仰在台灣的主體性的小群，此其一。其二，今天這樣的場合，恐怕不只是屬人的知識問題，而有屬靈的、信仰的要素。單純的知識，恐怕對這樣的聚會未必有幫助。我因此早到了半個小時，期待參加你們的崇拜和服事，一方面更深的理解你們的信仰，一方面準備我的心，不料卻是「曠野」社務會議，我有一點像是撞進私宅之感，給你們帶來不便，請多原諒。

今天我想提的問題是，一九五〇年達到頂峰的美蘇冷戰構造與台灣戰後教會的關係。

教會在受帝國主義、封建主義荼毒的社會中表現欠佳

一九四五年日本戰敗，二次大戰結束。反對軸心國反共法西斯主義的鬥爭，內包含著階級和民族解放的運動。及戰爭結束，反共法西斯資本崩潰，早在一九四七年開始，階級和民族解放勢力，在東歐，在中東、近東、遠東，在中國大陸和東南亞，跟舊殖民主義國家即反軸心國的同盟國如英、法發生巨大尖銳的矛盾。在二次大戰中喪盡國力的英法，不能不把鎮壓世界各地階級/民族解放運動的警察任務，讓給了在一戰中快步發展了資本主義國力的美國。於是分別以華盛頓和莫斯科為中心的兩大陣營，以地球的規模的對峙對抗。除了武器的競賽，戰爭的恫嚇，革命與反革命，包圍與反包圍，陣營的對抗擴充到科學、技術、文學、藝術、哲學、思想和宗教。

在冷戰的意識形態下，共產主義在宗教上是邪惡至極的無神論者、罪人、顛覆分子，是對基督徒和教會的凶殘的壓迫者，是魔鬼的政權，上帝必將興起天兵予以毀滅。一九四九年中國大陸陷共。遠溯自明代開始的、耶穌基督對於中國的布教和計畫，至此全部覆滅。西方的、白人中心的教會在中國數百年間所建立的聯繫，毀於一旦。

中國大陸教會的「淪陷」，在某一個意義上，不亞於回教帝國興起後對耶穌的教會所造成

的毀滅性的破壞。但當時中國的西方教會對於中國的階級和民族革命加於教會的衝擊所做的回應，如今回顧，是完全站在「美蘇霸權下的和平」(Pax Russo-Americana)，即冷戰國際權力關係的意識形態發言和行動的。對於「世界共產主義」的「邪惡」、「擴張」與「極權」口誅筆伐，其實是五〇年代以迄於今的大部分乃至一部分基督教會的立場。它們卻很少反省教會在一個帝國主義、封建主義荼毒下的半殖民地社會苛烈的階級和民族矛盾中的見證，如何使亞洲的窮人沮喪，使亞洲的革命知識分子忿怒。

冷戰年代的教會成了美國反共的工具

一九五〇年到一九六〇年代，美國對亞洲和其他第三世界國家提出以反共防共的政治目的為主導，兼以抒解過剩農產品的「援助」計畫。大量的麵粉、奶粉、舊衣，經由教會發散給亞洲的窮人。「麵粉教」、「奶粉教」成為台灣和亞洲五〇年代成長的一輩共通的記憶。教會也參與了以「消滅共產主義滋生的溫床」為戰略目的的、美國在第三世界的「開發」和「發展」計畫，如家庭計畫、農業改革、醫藥和教育，卻往往只培植了貧困亞洲農村中的「吃教」的買辦精英中產階級，對廣泛的貧困農民，了無幫助。而且在事實上，美國的帝國主義情報工作，的確也透過少數教會和神職人員，在廣大的亞非拉地區進行鎮壓各地階級和民族解放運動的勾當。從一九五〇年代到六〇年代，西方和亞洲教會，並沒有在福音的立場上去回應上帝對於亞洲陷共的啟示。雖然六〇年代以後，教會的一部分（例如「普世教協」〔WCC〕和其他激進的神學）開始和民族／階級解放運動，在深刻的悔罪基礎上，展開了對話，而且對西方向第三世界宣教的歷史，做了反思。但是尤其是台灣教會，則至今基本上仍然在冷戰結構下，拒絕基督在一個嶄新時代藉著歷史顯示出來的消息。

台灣基督教會的四個類型

四十年來，台灣的基督教會，基本上可以分成四個不同的類型。首先是體制教會，它成為國家領導人、總統、部長、將軍、資政等的教會。雖然在他們之中，並不是沒有好的基督徒，但基本上和「國家、體制、權力」比較接近，有顯明的體制性格。這一類教會的廣義的範圍，還可以包括許多單純地體制化，常常不忘為「解救大陸同胞」、「為總統百官祈禱」的教會。其次是各種「靈思—福音」主義教會，他們專心於人與聖靈的神秘而火熱的體驗，深信「血—水」的洗禮，不免有相對輕視社會實踐和知識的傾向。第三類是近十年間隨台灣消費社會的形成而出現的「獨立教會」。他們以「個體戶」的方式，自傳自營，依照社區和信徒的需要與特色，調整宣教的內容與方向。最後一類則是具有單一特色的台灣長老教會。

從近二十多年的發展看來，台灣長老教會，與其他台灣教會相比，有它的「相對的進步性」。這相對的進步性，具體地表現在它對台灣政治事務的關切，對工業傳道的關懷，以及在台灣原住民的布教中以羅馬化初步凝固和發展了山地的語言。此外，台灣長老教會對雛妓、婦女、漁民和工人問題，有所干預和工作。這使台灣長老教會在和全面地過分非政治化、關門主義和體制主義的台灣其他教會相形之下，顯出它不容忽視的信仰的力量與特質。

這一種力量與特質，具體地表現在台灣長老教會一位重要的領導人高俊明牧師。從紀錄和文獻上看來，高牧師是一個可敬的基督徒、山地傳道教育家和教會領袖。他和他的全家，以身體實踐長年奉獻在台灣山地傳道與神學教育，積蓄了豐富而美好的事工（雖然長老教會的山地位置，有許多以受白人影響的漢人平地教會形象去塑造山地原住民教會的問題，缺少以原住民為主體的山地本色神學思想，但這是另外的話題了）。最為重要的是，高俊明牧師在一九七九年，應施明德的敲門聲，打開了牧師室的門，接納和庇護了政治犯施明德。這個接納，無疑是戰後台灣基督教會的一個極為重要的得勝的見證。這個見證的重要性，遠遠超越了高牧師與施明德在政治上同為台灣獨立運動的支持者和倡導者的限制，而顯示了在嚴苛的考驗下，基督的愛與赦免的力量。如果高牧師當時拒絕或出賣了施明德，全體台灣的基督的教會，將同淪羞恥的闇夜。

台灣長老教會受制於冷戰構造的思想格局

但這樣一個可敬的牧者，這樣一個具有難能的「相對進步性」的教會，仍然很難免於受到下文將要討論及之的「教會的體制性格」的限制。

台灣長老教會的政治主張，即它那著名的使台灣成為「新而獨立的國家」論，分析起來，有這些特點：（一）對美日親近，希望美日繼續干涉中國內政和台海事務，呼籲卡特總統不應「放棄」台灣，並且對美日新帝國主義不持反對和批判的態度。（二）否定台灣教會和大陸教會的歷史關係。在布教思想上，放棄對大陸教會和基督在大陸上其他肢體的關懷，只求台灣教會在美國保護下免於共產主義無神論者的迫害，自由傳教。（三）在政治上，主張台灣在美日強權的保護下，和中國保持分裂關係，希望中國民族在海峽的分裂狀態和歷史的永久化和固定化，即所謂「新而獨立的」台灣國家的形成。

不必做複雜的分析，人們就可一目了然地看到台灣長老教會在政治主張上受到戰後冷戰構造的至為明顯的限制。反共、親美，乃至於反華、主張共產主義＝惡魔，而美日價值即自由、平等、民主等於基督的光榮。在某一個意義上，其實台灣長老教會和台灣其他它所卑視的保守、體制化教會，共同分享著「美國的強盛、富足、民主和自由，源於它是一個相信上帝的國家」的這樣一個觀念。而事實上，這正是雷根、布希之流的美帝國主義，在許多美國內外所津津樂道的。

大約在半年以前，我在《台灣教會公報》上讀到一封長老教會牧師的投書。這封投書指責長老教會對於開放大陸探親後，長老教會對親人骨肉離散後的復合，表示了出奇的冷漠。投書的牧師也提到戰後台灣教會長期在冷戰反共意識形態束縛下造成的信仰與神學的問題。這封信令我震驚不已。《公報》公刊這封信的事實，連同知道了長老教會中也有這樣開闊的異象的牧師，似乎再一次證實長老教會在信仰和實踐上的巨大潛力。但接踵而來的投書（指責該牧師對於共產主義的危險太掉以輕心），以及討論的戛然中止，則是令人失望的。

台灣長老教會的階級特質

歷史地看來，台灣長老教會，是從英國、加拿大的傳道人——其中不乏醫療傳道家——在台灣布教時，很難在台灣封建地主士紳階級中獲致宣道效果，結果總是先對當時農村流氓無產階級（rural lumper proletariat）進行改宗。這些入教的農村貧民，旋即為宣教的需要，被送往英國或加拿大學醫。回到台灣以後，在日政時代，這些農村貧民出身的「基督徒－醫生」，開始購置土地，成為地主士紳資產階級。以議會制為組織體制的長老教會，在它漫長的歷史上，成為世俗的權力——即過去的地方士紳、地主、資產階級到今日工業資本家、中產階級（教授、商人、律師、醫師、建築師、會計師、管理階級……）為核心的「長老」、「執事」所領導的教會。台灣長老教會的這種階級特質，在五十年日本殖民體制支配的歷史和戰後四十年台灣作為美國軍事基地社會的歷史中，台灣長老教會也顯示了殖民地精英（買辦）階級的妥協性。在日本軍國主義最囂狂的時代，台灣長老教會曾向日本支配階級的神道教妥協，在教堂內設立神道神位。北部長老教會和日本當局勾結合作的歷史，至今不曾為人遺忘。

在戰後，台灣長老教會對國民黨政權的批判立場，還有它反共、反華、親美／不批評美帝國主義的側面。事實上，一九五〇年後台灣的民主自由運動，幾乎毫不例外地顯現「美蘇霸權下的和平」意識形態的烙印：「反共・親美・自由民主・反蔣」的意識結構。殷海光、雷震如此，戰後台灣的民族分裂主義則還要加上一個反華的情緒。台灣長老教會的政治主張，顯然並沒有從這個框架中獨立出來。

台灣長老教會「進步」與「保守」的矛盾

台灣的民族分裂主義，也是一九五〇年以降美國反共、干涉中國內政的總戰略的一部分。已經解密的美國外交文書顯示，美國為了占據基地台灣，早在四〇年代就開始推動「台灣託管」、「台灣獨立」、「中台國」、「一中一台」和「兩個中國」的運動。今天台灣長老教會的「新而獨立的國家」論，其實是在直接或間接地為世俗霸權的「冷戰—民族分裂—國安體系—對美日附從」的總結構做補強鞏固的作用。

表現了亞洲教會的「反共、親美、民族分裂和反獨裁」的特質的另一個例子，是韓國的教會。一九七〇年代中期以前的韓國教會，是韓國反帝、民族統一運動的絆腳石。他們固然反對和批判朴正熙獨裁政權，但他們也同樣反共，從而主張美軍永久駐韓和南北分裂的長期化。一直到七〇年代後半，韓國教會從韓國人民如火如荼的民眾運動和民族運動中，獲得深刻的教育，改變了韓國教會向來反共、買辦和民族分裂的神學。在今天漢城市中心明洞聖堂的金壽煥主教和其他新教領袖，已經成為幾千萬教內外韓國人民追求民主化民族統一運動的精神堡壘。而在鬥爭中發展起來的韓國「民眾神學」，也成為今日亞洲神學的重要篇章。

而相形之下，台灣長老教會，在表現出「相對的進步性」的同時，也表現了一個教會在台灣獨自的矛盾。表面上，它支持世界激進的、干涉生活的基督教神學與理論（如表現在《台灣教會公報》上的言論），但另一方面卻在政治上和思想上停留在時代錯誤的「冷戰、反共、反華和保守主義」，而表現出這樣一個「形左實右」的奇怪的面貌。

從事「人」的解放的神學工作者彰顯了基督教的精神

從政治經濟學的見地看來，教會，和一切世俗的體制（institutions）一樣，有保守的、維持現有秩序和權力的特性。神學，也和其他「上層建築」一樣，受到「下部構造」、階級關係等複雜的制約。說宗教是人類世俗權力關係的反映，說宗教是貧困人民的鴉片，多半是從這個視角說的。

但是，對於耶穌基督道成肉身、受釘和復活的奧義與福音深信不疑，並且改變了生命的無數的基督徒，卻應該看到教會史上被湮滅、被曲解、被神秘化的歷史與奧蹟。體制教會把許多中世紀以來領導奴隸、貧困佃農反抗世俗教會與權力結合的體制的神父，定為異端，而加以慘虐的迫害，並從教會史上剔除其事蹟。宗教改革運動中輩出的神學家，以及輩出於近代的激進神學，是使虔信的、思想的基督徒，看到教會與神從只作為政治經濟學上的「體制」與「上層建築」範疇中脫出，從而看見「教會—上帝」的主體性的亮光，而堅定了上帝對人和對於教會至善的公義、計畫與恩寵的信念。耶穌基督，以他公稱一切人在創造主前一律平等，宣稱神愛每一個不分種族、階級與性別的世人，並且在實踐的信仰中，與娼妓、不可接觸者、民族世仇（撒瑪利亞人）以及廣泛地被相信為遭到天譴的盲人和痲瘋病人、廣被民眾唾棄的稅吏為伍，卻怒斥文士和法利賽人……並且以一種民眾的清晰與堅定性，宣傳一種新的、「激進」的、「顛覆性」的、以及「危險」的神學。他的受釘，除了神學上的救贖的奧義所必需，他作為一個「危險思想者」而受到猶太支配階級極力迫使羅馬占領當局處之以磔刑，對於今日劇烈變動的歷史，是否另有深遠的啟示？

耶穌基督的革命性的神學與福音，結束了救恩上舊約的時代，並且開啟了在恩典與救贖上具有無限可能性的新約時代。而教會歷史中，無數干犯世俗「權力–教會」意識形態的神父、神學家和宗教改革家，以及深入今日激盪的世界上無數民眾生活、勞動與鬥爭的現場中布教與實踐的神職人員和神學工作者，已經使基督的福音和救恩從一般地體制化和保守化的、政治經濟學上的教會與神學中脫穎而出，從而彰顯了上帝對這個世界活生生的攝理、智慧和公義，以及愛和解放的恩寵。

從悔罪與自我批判中，復興中國的教會

基督教在中國的歷史，對於真正的基督徒，永遠是那合一的上帝的至聖的計畫。早期聖徒努

力使教會在中國進行車赤化[1]改造的運動遭到失敗。中國教會嗣後在中國士紳、軍閥、買辦知識分子中的傳道，以及對列強壓迫下次殖民地化中國民眾的忽視……使教會在一九四九年中國民眾蜂起中全面仆滅，基督的教會在中國數百年的工作一時崩解。這究竟是那公義和至愛的上帝對中國教會的鞭打，還是邪惡的共產主義撒旦對上帝的版圖的篡奪與顛覆？如果回教帝國的興起，批判了腐朽化的中世教會，並為日後教會與文化璀燦的復興種下了因子，台灣教會的儆醒、懺悔、自我批判，並在聖智慧的帶領下，脫出世俗霸權的冷戰構造，重新建設大陸與台灣合一的，在兩岸體驗了苛酷的磔刑與鞭打，並從中悔罪、獲赦、復興的中國教會這樣一個任務，已經無可推諉地擺在虔誠而深思的現代中國基督徒的面前，等待著深切的悔罪、冥想、祈禱——以及行動。

謝謝大家。但願「曠野」同仁基督徒聖善的心與智慧，主動過濾我的講話中屬人的、甚至極可能是錯誤、犯罪的部分，而留下聖神願意留下來的極微小的部分，則我已至極滿足。再度謝謝大家。但願護持窮人、使盲者看見光明、使奴隸得到解放的上帝，帶領你們至為艱難的腳步。

初刊一九八八年十二月《五月評論》第四期

1　「車赤化」，原文如此。

《人間》雜誌三十九期・發行人的話

這一期企畫編輯的重點，是對於三百年來客家系台灣人歷史的、社會的考察。當閩南系台灣人的運動，以被壓迫者自居而向國民黨獨裁主義要求自己的政治、社會、語言和文化權利時，不自覺地形成了福佬／閩南中心主義，對客系台灣人產生族群歧視。我們肯定這是錯誤和有害的。

我們概括的調查、補課，發現在一八九五年反日帝武裝鬥爭、一九三〇年代反帝階級運動、一九四〇年代末新民主主義的階級運動中，台灣客家系人民早已為自己寫下英勇、堅定、徹底的實踐史。以階級／分類鬥爭為主要性格的「義民廟」歷史，以不能流暢地說閩南語，對客系台灣人加諸粗暴的歧視和政治汙蔑，殊為無智，道德上也不應該。

我們將這特集獻給客系與非客系在台灣的中國民眾，為的是去除因無知而來的誤解，尊重彼此的異質，從而共生、共榮和團結。

最近，中國大陸雲南省發生嚴重震災。國民黨、民進黨、教會、民眾表現出程度相當一致的冷漠。但是，對於亞美尼亞大震災，俞揆公開表示了同情與援助之許諾。評論家也以「積極參與國際社會」為言，力主援亞。

國民黨和滲透到反國民黨體系內的這種對於住在台灣以外的中國人的冷酷、無情，是台灣「反共經濟發展」體的特殊產物。它不僅表現在對雲南災民的冷漠上，還在對待泰國邊境反共華裔難民的無法理解的殘酷上，淋漓盡致地表現出來。

國民黨說，難民中可能有共黨分子，來台安置有安全顧慮。柬埔寨華人有七〇％被赤柬和越共屠殺。他們為誰來台當「匪諜」？如果真不放心，先收容兒童總應該。

國民黨說台灣人口已經太多了。可是只四千個華裔難民會帶來什麼人口壓力。現在光是東南亞非法居留台灣的勞工，就有四千人以上。何況政府可以去先核選五十、一百、二百人來台。

國民黨說，我們和泰國沒有外交關係，交涉不好辦。全世界都知道國民黨與泰國軍事政府私交甚好。華人難民也使泰國頭痛，問題在國民黨願不願意收留自己的反共同胞！

國民黨說一旦收容，所有中國人難民全會湧到台灣。不對。他們已被赤柬殺了七〇％，還有很多人已在第三國找到居留。如果全到台灣，大約不過四千人。

國民黨說難民問題不是國民黨造成的，沒有解決的責任。國民黨不是「自由華僑」的燈塔嗎？何況這是人道問題，是中國人的同胞情義。更重要的是，國民黨忘了它是國共內戰下的難民政權和難民集團。難民不同情同胞難民，國民黨的集體心靈令人齒冷！

中南半島的華裔難民，起因於當地共產主義革命。貧困的中南半島農民一旦建立政權，在革命前的社會中以結托當地和外國權力，在經濟上盤剝土著致富的華人，其遭到報復，勢所必至。而中共與蘇共的對抗，使這些華人更其成為柬共與越共輪番屠殺的對象。

儘管在歷史和階級關係上，華裔柬人不願回大陸，但是我們呼籲在自己過激的階段鬥爭中深受傷害的中共當局，向這些悲慘的難民伸出援手。

國民黨應該理解：對泰柬邊境華人命運的殘酷拒絕，那些華人一旦遭到殘殺，國民黨「仁義」、「反共」、「中華傳統」這一類的招牌將轟然倒塌，並招來內外各界人民最深的輕蔑與憎惡。

何偉康先生深入雲南災區，提供我們珍貴的現場照片（〈雲南災區至急報告！〉第一〇頁）。柯比（Kirby Coxon）先生深入泰邊難民營，為我們寫出營中難民的恐懼和困境（〈屠國餘生記〉第一〇頁）。我們為這些不幸的同胞呼籲，也向一個自相蔑視和殘酷的文化提出嚴重的批判與抗議！

日本裕仁天皇彌留期間，充分暴露日本統治階級、右翼暴力集團的封建與迷妄，但也讓人看見號稱「自由」、「進步」的大眾傳播的阿世媚俗，不能不重新評估和詰問日本「戰後民主主義」的本質。王墨林的〈菊花・幽靈・流氓〉（第一三〇頁），是天皇死前的日本現地報告。

初刊一九八九年一月《人間》第三十九期

客籍貧困傭工移民的史詩

〈渡台悲歌〉和客系台灣移民社會

敘事詩〈渡台悲歌〉

勸君切莫過台灣，
台灣恰似鬼門關。
千個人去無人轉，　轉＝回
知生知死都是難。
就是窖場也敢去，　窖場＝地下藏物處之地方＝墳場
台灣所在滅人山。　人會在台灣失掉之意
台灣本係福建省，
一半漳州一半泉。

一半廣東人居住，
一半生番併熟番。
生番住在山林內，
專殺人頭帶入山。
帶入山中食粟酒，　昔時山胞多種植粟釀酒
食酒唱歌喜歡歡。
熟番元係人一樣，　熟番已和漢族一樣，即已同化
理番吩咐管番官。
百般頭路微末處，　什麼行業也難做
講著賺銀食屎難。　賺錢不容易
客頭說道台灣好，　客頭＝是指帶路人做嚮導之人
賺銀如水一般了。　賺錢非常容易
口似花娘嘴一樣，　花娘＝媒人
親朋不可信其言。
到處騙惑人來去，

心中想賺帶客錢。　不擇手段只想賺帶路錢
千個客頭無好死，　客頭沒有一個是好人
分屍碎骨絕代言。　都是騙人之話
幾多人來聽信言，　好多人被騙
隨時典屋賣公山。　賣出祖產
單身之人還做得，　未婚之人比較簡單容易
無個父母家眷連。
涓定良時和吉日，　涓定＝選定
出門離別淚連連。　淚連連＝流淚不止
別卻門親併祖叔，　辭別親戚朋友
丟把坟墓併江山。　拋去家鄉之一切
家中出門分別後，
直到橫江就答船。　橫江＝潮州府下一地名
船行直到潮州府，
每日五百出頭錢。

盤過小船一晝夜，　　盤過＝換乘
直到拓林巷口邊。　　拓林巷＝地名
上了小船尋店歇，
客頭就去講船錢。
壹人船銀壹圓半，
客頭就受銀四圓。
家眷婦人重倍價，
兩人名下賺三圓。
各人現銀交過手，
錢銀無交莫上船。　　錢沒有付清不得上船
恰似原差禁子樣，　　如捕差看管犯人一樣
適時反面無情講。
各人船銀交清楚，
亦有對過在台灣。　　約定在台灣付清
大船還在巷口據，　　大船還停在巷口

又等好風望好天。　昔時戎克帆小船要看天氣

也有等到二三月，　可知台灣海峽之險惡

賣男賣女真可憐。

衣衫被帳都賣盡，

等到開船又食完。

也有乞食回頭轉，　錢用光了只好回家去

十分冤枉淚連連。

也有不轉開船去，

船中受苦正艱難。

暈船嘔出青黃膽，

睡在船中病一般。

順風相送都容易，

三日兩夜過台灣。

下裡大船小船接，

一人又要兩百錢。

少欠船銀無上岸，　欠船錢就不許離船上岸
家眷作當在船邊。　只好留下家眷去上岸拿錢
走上嶺來就知慘，　走上嶺＝登上陸地
看見茅屋千百間。　房屋都是很簡陋的茅屋
恰似唐山糞堝樣，　好像家鄉的廁所一般之房屋
乞食寮場一般般。　無異於乞食寮
尋問親戚停幾日，　在於親戚家停留幾日
歇加三日不其然。　僅住三日就顯出不高興
各人打算尋頭路，　頭路＝職業
或是傭工做長年。　長年＝一年為期之長工
可比唐山賣牛樣，　家鄉之牛市場一樣
任其挑選講銀錢。　銀錢＝價錢
少壯之人銀十貳，　銀十二圓
一月算來銀一圓。
四拾以外出頭歲，　四十歲以上較老的人

一年只堪五花邊。　只值五銀圓
被補蚊帳各人個，　個＝的之意
講著笞床睡摸蘭。　摸蘭＝毛籃，毛籃係竹編的淺底容器，有大小個
夜晚無鞋打赤腳，
誰知出屋半朝難。
自己無帳任蚊咬，
自己無被任凍寒。
做得己身衫褲換，
又要做帳併被單。
年頭算來年尾去，
算來又欠頭家錢。
若然愛走被作當，　如果想離開，就留下被作為抵押
再做一年十貳圓。
年三十日人祀祖，　年三十日＝除夕
心中想起刀割般。　看到人家祭祖就感傷

上無親侍下無戚，
就在頭家過個年。
初一嬲到初四止，
嬲＝休息之意
除扣人工錢一千。
過年休假日也要扣錢，僱主極刻薄
搶人不過亦如此，
台灣一府盡皆然。
人講台灣出米穀，
痾膿滑血花娘言。
痾膿滑血＝胡說八道
講著食來目汁出，
目汁＝淚水
手扛飯碗氣沖天。
氣沖天＝怒氣騰騰
一碗飯無百粒米，
一共蕃薯大大圈。
大圈＝大塊
三餐蕃薯九隔一，
九隔一＝十中之九＝九和一之比
飯碗猶如石窖山。
石窖山＝藏石堆一樣
台灣蕃薯食一月，

多過唐山食一年。
頭餐食了不肯捨，　台灣蕃薯可能比家鄉的好食之意
又想留來第二餐。
火油炒菜喊享福，　用油炒菜就很難得之意
想食鹹魚等過年。　過年新春才有鹹魚可吃
總有臭餿脯鹹菜，　臭餿脯＝魚脯乾
每日三餐兩大盤。
想愛出街食酒肉，
出過後世轉唐山。　那是再世後之事了
雞啼起身做到暗，
又無點心總三餐。　這麼長時間之工作竟沒有點心食
想食泡茶烳米仔，　烳米仔＝燥米
吞燥口涎遲疑叽。　很想很想食之意
一年三百六十日，
日日如是一般了。

落霜落雪風颱雨，
頸燒額痛無推懶。　　有病也不能休息
拾分辛苦做不得，
睡日眠床除百錢。　　雖然白天臥床也要扣除工錢
各人輕些就要做，　　病好一點就要工作
行路都還打腳偏。　　病未完全好，走路都不穩定
換衫自己雞啼洗，
破爛穿空夜補連。　　空＝孔，連＝縫
自己上山擔柴賣，
一日算來無百錢。
大秤百斤錢一百，
磧得肩頭皆又彎。　　磧得＝壓得
併去併轉三鋪路，　　併去併轉＝往復，一鋪路＝兩茶亭間之距離
轉到來時二三更。
除踼三餐糧米食，　　除踼＝除掉

長有只可好買菸。　長有＝存下的
奈何又著同人做，
又著同人做長年。
唐山一年三度緊，　家鄉一年僅有三次之忙碌
台灣日日緊煎煎。　在台灣每日都忙碌不堪
睡到子時下四刻，　下四刻＝凌晨一時
米槌樁臼在壟間。　起來就等著的舂米工作，壟間＝碾米作坊
三人樁臼三斗米，　舂好米後
就喊食飯扛菜盤。
蕃薯又燒難入口，　燒＝燙
樣般呑得下喉咽。　樣般＝如何
食得快來怕燒死，
食得後來難獵班。　難獵班＝跟不上人家
出門看路都不到，　還沒有天明之意
腳趾踢出血連連。

朝朝日日都如是，　每天都如此
賣命賺人幾拾錢。
客人之家還靠得，
學老頭家正是難。　學老＝河洛人
一年到暗無水洗，　沒有水洗澡
要尋浴堂就是難。
生成禽獸無異樣，
若係人身都會焆。　焆＝爛
所挑擔干兩尺半，　擔干＝扁擔
竹棍圓圓架在肩。
又要大條又併硬，
水牛洗軛一般般。　和牛拖犁之軛一樣掛在肩上
天下耕田用腳踏，　粵俗以兩腳蒔田
台灣耕田用手爬。
已多耕田愛欠債，　耕田之人多欠租

莫非後世報前冤。　可能是地主前世欠佃人之債？

耕田只可如揤草，　揤草＝拔草＝除草

走盡江湖不識見。　不識見＝沒見過

就比孝家接母舅，　父母死時之跪著接母舅一樣

恰似烏龜上石灘。

雙手用爬腳用箭，

天光跪到日落山。

面目一身泥鬼樣，

閻王看見笑連連。

一日跪到錢一百，

跪到三日膝頭穿。　膝頭會跪爛皮

半晝食了真點心，　水田之除草工作有點心可食了

鍋燴蕃薯滿菜盤。　點心是供煮熟之蕃薯

一年田禾跪兩次，

早冬跪孝盡皆然。

真係台灣人好巧，

何用唐山人可憐。

皆因前生有罪過，

今世天差來跪田。

若用頭顱去擂草，　戲謔之言

一年割穀當三年。　可能會大豐收之戲言

耕田頭家若不曉，

水牛洗角一般般。

試得幾年若是好，

又要奇巧好相傳。　和跪著除草一樣可傳下去

台灣之人好辛苦，

唐山牛隻好清閒。　台灣人不如家鄉之牛

切呀切時天呀天，　呼天呼地吐嘆訴苦之意

不該信人過台灣。

一時聽信客頭話，

走到東都鬼打顛。　陰府之鬼差也會怕怕
心中想起多辛苦，　想到此事心中很難過
目汁流來在胸前。　流下的淚水流溼了胸部
在家若係幹勤儉，　幹＝怎麼，怎麼勤儉的話
豬牯都有假褲穿。　家養的豬隻也會有綢緞可穿
在家若是幹檢點，　如此節儉的話
何愁不富萬萬千。　一定成為大富豪了
台灣不是人居住，
可比番鴨大海邊。　番鴨不是在於海邊生存討食的動物
馬牛禽獸無禮儀，　在台灣之人如牛馬般無禮貌
看起心頭怒沖天。
不敬斯文無貴賤，　斯文禮貌在此地一點都不值錢
阿旦和尚稱先生。　戲子和尚也是先生
農商轎夫併乞食，　任何職業連乞食都是一樣
相逢俱問頭家言。

讀書兒童轎夫樣，　連讀書之兒童也和轎夫一樣不通
比我原鄉差了天。
並無一點斯文氣，
赤腳蓬頭拜聖賢。
寒天頭布包耳孔，　耳孔＝耳朵
熱天手帕半腰纏。
到此斯文都飢賤，
看見心頭怒沖天。
迎婚嫁娶去恭賀，
未見一人有鞋穿。
赤腳短衫連水褌，　水褌＝黑色棉短褲，老一代台灣農民還在穿
洗身手帕半腰纏。
席筵無讓賓和客，　相爭座位不管三七二十一
搶食猶如餓鬼般。
且郎轎夫廳堂坐，　且郎＝擔送嫁妝之人

上等人客坐礱間。　礱間＝碾穀之地方
不知貴賤馬牛樣，
看起心頭似火煎。　看那情形非常不順眼
無論本族及外姓，
一介禮包食兩餐。
還有一起汙穢事，　留下了一大堆髒亂
心中怒恨不敢言。
若然傳轉唐山去，
當面被人呸口涎。　呸＝吐
那有男人併婦女，
相共水桶洗身焉。　僅有一擔桶
又愛擔水煮飯食，
食了都會衰三年。　女人洗過身之桶不祥之意
新正叩起天神福，
打粄奉神敬三官。　打粄＝作粿

這粄若然神敢食，　用不潔的桶水所造成的不祥之粄
亦非天上個神仙。　會食那種粄大概不是神仙之類，個＝的
燒香跪到膝頭穿，　對神非常虔敬之意
赤腳包頭拜神仙。　拜神也那個模樣
土地伯公有應感，　土地伯公可能很靈
處處一有伯公壇。　才處處都有伯公祠
所見祀神紅龜粄，　敬神都用紅龜粄（粿）
所見有妻烏龜般。　有妻之男人大概都是做烏龜（妻有情人）
大聲不敢罵妻子，
隨其意下任交歡。
拾個丈夫九個係，　係＝是
只有一個不其然。
野夫入屋丈夫接，
甜言好語侍茶菸。
范丹婦人殺九夫，

台灣婦人九夫全。　多位情夫之意
出門三步跟隨等，　情夫們侍候妻子
結髮夫婦無幹賢。　真的夫妻反而沒有怎麼相隨
總愛有錢就親熱，
聲聲句句阿哥前。
台灣婦人有目水，　目水＝眼光
看你長有幾多錢。
交得一年和半載，　半載＝半年
錢銀幹多也會完。　幹多＝怎麼多
幾多雞啼無半夜，
辛苦如牛一般了。
一介銅錢三點汗，　一分錢也辛苦賺的
一日賺人幾多錢。　一天才賺人多少錢？
後生之時身子健，
落身如牛做幾年。　像牛一般強壯勤快去工作

運數好時件件著，　　如果遇到好運成富也不難
嫖亦不得已多錢。　　想去嫖也無能為力，因需要多錢
心中想愛後頭事，
恐怕時衰運敗年。
一到無錢就各樣，　　各樣＝變樣
路上相逢目不見。
行前去問都不應，
皆因錢了斷情緣。
開聲就罵契弟子，　　契弟子＝不肖子，不長進的傢伙
鈀頭樗衫差了天。　　樗衫＝曬衫，鈀頭不是曬衫用的
疾病臨身就知死，
愛請先生又無錢。　　先生＝醫師，客族習慣上稱先生
睡在寮中無人問，
愛茶愛水鬼行前。　　鬼行前＝沒有人行前
病到臨頭斷點氣，　　死了

出心之人草蓆捲。　好心人施草蓆
當日出門想千萬，　出家門時滿懷希望、計畫
不知送命過台灣。　一點也沒想到會在台灣死去
台灣此是滅人窖，　台灣是如滅人的地穴、墳場
一百人來無人還。
若然個個幹知想，　大家都會這麼想的話
台灣婦人變荒田。　台灣婦人就沒有男人理她們了
台灣收割真各樣，　各樣＝不一樣
庄庄婦人鬧喧天。　女人就忙碌起來
聽見田中穀桶響，
打拌身扮就到田。
手拿摹蘭木搗棍，　摹蘭＝毛籃，木搗棍打脫穀子用的
開眉笑眼喜歡歡。
甜言細語稱司阜，　司阜＝工作工人敬稱為師父，客語同音
摹蘭凳子擺兩邊。

手拿木槌微微笑，
恰似玉女降下凡。
花言巧語來講笑，
弄得零工喜歡歡。
一手禾排打四下，
就丟去妹摹蘭邊。
放此台灣百物貴，
惟有人頭不值錢。
一日人工錢兩百，
明知死路都敢行。
抽藤做料當民壯，
自己頭顱送入山。
遇著生番銃一響，
登時死在樹林邊。
走前來到頭斬去，

當民壯＝守番漢邊界地的隘勇

變無頭鬼落陰間。
不論男人併婦女，
每年千萬進入山。
千誤萬差在當日，
不該信人過台灣。
李陵誤入單于國，
心懷常念漢江山。
我今至此也如此，
墨髮及為白髮年。
心中愛轉無盤費，　盤費＝錢
增加一年又一年。
家中父母年已老，
朝晚悲哭淚連連。
每年來信火燒死，　每年都來信催得火急
歸心如箭一般般。

若然父母凍餓死，
賺銀百萬也閒情。
又係百般微末處，　　很不容易賺錢處處都難
那見有人賺銀還？　　有否見到人賺錢回家麼？
人想賺銀三五百，
再加一年都還難。
歸家說及台灣好，
就係花娘婊子言。　　婊子＝娼女
叮嚀叔侄併親戚，
切莫信人過台灣。
每有子弟愛來者，
打死連棍丟外邊。
一紙書音句句實，
併無一句是虛言。

〈悲歌〉中所見客系台灣移民社會

台灣民藝品商人曾吉造先生約在一九七〇年代初，在竹東地區發現了長達三五三行的客家民間敘事詩，描寫北部客系移民生活之苦。研究台灣史的民間學者黃榮洛加以初步整理修訂後，加上「渡台悲歌」的題名，發表在中研院民族所的刊物。[1] 以下是筆者粗淺的讀書筆記。

〈悲歌〉的作者

能提筆寫詩，當然是知識分子。但這位夾在當年從大陸渡台謀生的客家破產農民行列的作者，當然只是略通文字的民間半農半書的「半知識分子」。〈悲歌〉的文字粗陋，可以說明這一點。這種士大夫知識分子的自覺，使他尤其無法忍受當年來台客系移民遭到層層剝削、和極端嚴苛貧困的生活。這可以從他嘲笑台灣移民社會粗暴無文、階級關係混亂、男女關係濫雜……都具見作者「半士大夫」階級的思想形態。因此他也顯得特別懷念「唐山」原鄉勞動強度比台灣低、士大夫社會系統比較完備的社會，相對地對於階級剝削嚴酷、對客系傭工佃丁深重歧視的台灣閩南系移民農業社會，充滿憎惡、痛苦之情。〈悲歌〉的寫作目的，在於力勸原鄉之人，不要再聽信勞力掮客的甜言蜜語，免得來台灣受盡苦辛。這敘事詩最後是以這樣的語氣結束的：「如果有原鄉子弟急著想到台灣來，父老可以把他們一棍子打死，連屍連棍棄置野外！」足見作者對移台的深惡痛絕。

勞力掮客

最近泰國、菲律賓男女勞動力，以非法居留的方式留在台灣，投入台灣社會最低層的勞動，為自己和家人餬口謀生。經濟滯阻、失業人口過多和貧困艱難地區的超廉價勞動力，流向經濟發達、工資相對性地高的社會，是猶如水之向下一樣的自然。廣泛亞洲貧窮國家的勞力，在近年大量流入日本、香港、台灣和新加坡，造成「外籍勞工」問題，就是最近的例證。當時大陸沿海地區破產的農村勞力，湧向新開闢的台灣省，當然連清廷海禁也不能遏止。

在這勞力流動的潮流中，產生了接近奴隸買賣的勞力掮客，即〈悲歌〉中所稱的「客頭」。

客頭先以花言巧語向大陸貧困農民說台灣生活之富裕，謀生之易。被說動的農民，以「每日五百出頭錢」的代價等船期。有了船以後，就得繳以人頭計算的船錢。冒禁攜眷者，還要繳加倍的船錢，否則無法上船。

繳定船錢以後，在等待適當的氣候開船期間，客家農民還得交「每日五百出頭錢」等船。兩三個月不能開船，農民盤纏日盡，就典當、賣兒賣女度日，等不下去的農民，以完全破產之身，含淚回去原籍。好不容易「三日兩夜過台灣」的農民，下船時又繳兩百錢。沒有錢繳下船錢的，必須把家眷留在船上質押，自己先下船賣身贖眷。

勞動力的商品性質，即使在前現代的嘉慶年間，也表現得淋漓盡致。客頭和船東對貧困客家農民的層層非情的剝削，以及農民對客頭深沉的怨悱，透過詩人拙獷的民眾性語言，做了激憤的抗議。

今天，台灣「外籍勞工」問題的背後，也隱藏著台灣在亞洲各地使館中不肖官員、台灣勞力掮客、資本家和東家對菲律賓和泰國男女勞動者黑暗的剝削和壓迫（關於在港台菲籍女傭最早的報告，見《人間》雜誌十二號，一九八七年十月）。〈悲歌〉以它「古典」的方式，為天下貧困農民向外流徙的勞動者做了悲憤的控訴，讀之動容。第三世界廣泛貧困農民向外流徙的潮流，即使在八〇年代的今天，愈演愈烈。因此〈悲歌〉也取得了鮮明深刻的時代性。

客家移民傭工的慘史

〈悲歌〉用了很長的篇幅，詳細描寫了客系來台移民的生活。〈悲歌〉中的移民，是移民中的最低層，即尚未「升」為佃農的傭工階級，是出賣最原始的肌肉勞動維生的、古典的農業工資無產階級。

客系移民傭工，下船之後，先住在若今日中南美洲莊園奴工工寮。粗陋低矮的「千百間」「茅屋」，「恰似唐山糞堈樣」，「乞食寮場一般般」。他們到勞力市場上去，「可比唐山賣牛」一般任地主挑選定價。少壯勞動力年薪十二銀圓。四十歲以上的人一年十二個月只能賣五個銀圓。以這微薄的工資，除了生活，還得購置最基本的生活日用如蚊帳被鋪，一年結算下來，還倒欠地主的錢。年冬休假四天過年，地主扣工錢一千個錢，生病臥床，每天扣一百錢。自己上山撿柴火賣錢補貼，一百斤柴只能賣一百個錢。一年到頭吃的東西，是台灣窮人最典型的蕃薯和不到「百粒米」的飯。凌晨一時就得起來勞動，勞動量大，沒水洗澡……

台灣移民社會地主階級，不論閩客，對於不論閩客的「傭工佃丁」的殘酷剝削，是台灣社會發展史中生動而普遍的現實。而剝削與反剝削的鬥爭，又以各式各樣「反清復明」、「倒滿」的形式，即「傭工佃丁」階級對依附大清權力的台灣地主階級的反叛，表現為與幾千年中國封建社會中農民蜂起完全相同的「三年一小反，五年一大反」的台灣移民社會史。現在有一些人喜歡以台灣移民「抗清」的農民叛變，來附會「台灣人反中國統治」的「理論」。〈悲歌〉的社會經濟內容，卻給予這「理論」以血淚的、生活的揶揄。

移民社會的勞動與生活

閩南農民以跪姿蒔田，而粵系農民卻站在田裡以靈活的雙腳蒔田。以閩南系移民為大多數的台灣農村勞動方式，對於客系農業傭工，自然很不習慣。寫〈悲歌〉的農民詩人更是一肚子牢騷，借題發揮，在滿紙辛酸淚的〈悲歌〉中，寫出幾行幽默的詩行。詩人說，跪著插秧蒔田，活像是「孝家接母舅」，「恰似烏龜上石灘」。詩人還說，如果一定要人跪著在田裡幹活，「雙手用爬腳用箭，天光跪到日落山。面目一身泥鬼樣，閻王看見笑連連」才能種出莊稼，那麼「若用頭顱去播草」，一定會「一年割穀當三年」了！

台灣移民社會形成的過程，從土地關係上去看，是大陸上土地關係，即「地主—佃農」關係的移植和延長的過程。在這形成過程的初期，自然地顯示出生活上和階級關係上活潑、混亂、重編的現象，而使階級關係和社會秩序顯示出饒富生命力的混亂狀態。這些現象，看在備受掠奪與壓迫，一肚子士大夫價值的農民詩人的眼中，尤其忿忿不平。

詩人埋怨赴結婚宴席的人衣衫不整，吃相粗野，坐席沒有尊卑上下，吃得滿地狼藉。詩人還說移民社會中「不敬斯文無貴賤，阿旦和尚稱先生」，「讀書兒童轎夫樣」，「赤腳蓬頭拜聖賢……」，對階級秩序的混亂，極不以為然。詩人也嘲笑男女洗澡都用同一個水桶。這水桶也用來挑水做飯給人吃、做糕敬神。基於士大夫階級對女性的歧視，視婦女為不潔，詩人對這種洗過女身的水桶與飲水用水桶不分的現象，十分憤恚。

但是從今日的眼光看來，台灣移民社會的封建土地／階級關係整編過程中，似乎有某種階級／性別格差「消失」或弱化的意義，甚至似乎也有一時的階級和性別上的某種「平等」的跡象。

封建的階級／男女關係之尚未森嚴化的現象，還表現在男女兩性關係上。由於清廷的對台移民政策，禁止女眷來台，在下層移民中，有嚴重的男多女少的問題。而其中以獨身的客籍農業傭工最多。因此，下層閩系移民的妻子，擁有買賣、金錢關係的情夫，俗成「客哥」，而以「客兄」之稱，遺留到現在的閩南語中，指謂有夫之婦的情夫。事實上，據說這種因生活的貧困，在下層階級中的「租妻」、「共妻」的習俗，也存在於大陸的若干貧困地區。

寫〈悲歌〉的客家傭工詩人，對於當時台灣貧困的下層移民社會中的「共妻」生活，有生動的描寫。十中有九個妻子蓄有經濟性的情夫。丈夫對妻子和情夫低聲下氣。而一旦情夫床頭金盡，「路上相逢」時看都不看一眼，此「皆因錢了斷情緣」。如果情夫還不識趣，苦苦相纏，就會討來一頓辱罵。

封建時代的「貞操」觀，來自土地成為私產。為了保證財產繼承給父系的嫡子，婦女的財產化、附庸化和絕對的「貞操」觀，以強大的法律和道德形式，強加於婦女。但對於家無恆產的低層閩客傭工階級，在苛酷的生活之前，封建的片面貞操體制瓦解。婦女固然以「愛情」換取生活資料的手段，但也正因為婦女有「經濟能力」，而獲致無法訕笑的「解放」，使她們能夠掙脫幾千年來加諸中國婦女的夫權、宗族權和瑣碎沉重的家務勞動與農田勞動的壓迫與剝削，並且有了「自由」戀愛的可能。然而，看在這位傭工詩人的眼中，卻嘖有怒言了。

另外一個苦惱著詩人的是，每到收割時節，一大堆貧苦婦女，「恰似玉女降下凡」，以「花言巧語來講笑」、「開眉笑語喜歡歡」的巧笑媚姿，挑逗和討好可憐的單身傭工，讓他們故意留下更多的餘穗，好讓她們撿回去當糧食。單身的詩人，對此顯得愛惱交加。「一手禾排打四下，就丟去妹摹蘭邊」，顯然是那些可憐的單身傭工暗戀求愛的方式吧。

漢「番」爭地下的冤魂

一部台灣移民史，其實也是一部移墾漢人掠奪強占台灣原住民土地的歷史。因此，漢族移民和台灣原住民之間的土地掠奪與反掠奪的鬥爭，在當時之慘烈，可以想見。清廷駐台官吏，為了平息這種族爭地的衝突，屢次劃清漢人和原住民間的地界。但是貪婪、為生活所逼的漢人，卻不斷地犯界犯禁，擴充自己的土地，造成兩個民族間為地為水互相殘殺。而原住民則以殺人馘首，以為報復。貧苦的客家傭工，不惜受僱當漢番交界的地方守衛和墾拓，甚至「不論男人併婦女，每年千萬進入山」。遇到原住民開槍抵抗，「登時死在樹林邊」，死後更遭原住民依俗割走頭顱，使死者「變無頭鬼落陰間」。客家傭丁死在漢族與原住民爭地的鬥爭中極多。近讀客籍著名先行代作家龍瑛宗寫自己家族移民史，祖輩移民竟有多位在土地爭掠中被殺馘首的。

但是，在漢人被殺斬首的對面，卻是台灣原住民被集體殘殺，大片土地被掠奪強占的血淚歷史。被閩系地主逼誘到漢「番」隘界，慘死在兩族土地掠奪和反掠奪鬥爭中的客籍傭工，固堪憐憫，但是如果擺脫台灣史的唯漢族中心和閩系中心觀點，對於至今還在為「還我土地」而淒憤鬥爭的台灣原住民，作為漢族系台灣移民子孫的吾輩，應該有什麼樣的反省，實堪深思。

貧困移民的史詩

〈渡台悲歌〉全長三五三行，恐怕是中國最長的敘事詩。這首長詩有這幾個特點：

- 篇幅很長。在中國文學獨特而奇異地缺少大河式長篇敘事詩或史詩的傳統中，〈悲歌〉自然地取得了重要的文學史、尤其是中國民眾文學史上的地位。
- 作者佚名，是一位「半士大夫」的貧困客家人、農業傭工無產階級詩人的作品。因此，一方面作品缺少經過士大夫階級作品的精緻雕琢，在藝術性上固有所不足，但另一方面卻表現出民眾文學的樸稚和粗獷的風格，有罕見於士大夫文學的遼闊和壯麗。
- 作品不在敘述才子佳人的際遇，不寫帝王將相宮闈深閨的故事，卻寫的是中國社會最底層的、破產農村的農業傭工無產階級的生活和感情，寫他們的痛苦、血淚、苦惱和希望，並且以民眾的現實主義手法，在無法充分掌握為士大夫階級所獨占的漢語的局限性下，寫成壯悍悲憤的詩篇，為無數早期台灣移民、從而也為廣泛的中國「下貧」農民的苦難代言，允為台灣鄉土文學史上極其重要而光輝的作品，對當前萎靡虛脫的台灣文學，起著啟發和批判的作用。
- 〈悲歌〉是中國貧苦移民的史詩。因此，它為後人留下十分珍貴的史學的、社會史的、政治經濟學的材料，使我們能藉以生動鮮活地重建（restore）台灣早期移民的具體生活和感情，和當時生產關係中的諸面向。進一步發掘移民時代的文學作品（如芝加哥大學文雄〔許達然〕教授之所事），重新以民眾史的觀點，重建台灣社會發展史的重要性，因〈悲歌〉的出土，而顯示其現實的意義。

初刊一九八九年一月《人間》第三十九期
另載一九九〇年七月《客家》第三十期

1 本篇所錄〈渡台悲歌〉，字句與註解乃依據黃榮洛版本。黃榮洛之相關研究後結集成書，題為《渡台悲歌——台灣的開拓與抗爭史話》，由臺原出版社於一九八九年七月出版。

解放與尊嚴

一九八九《人間》宣言

一九八五年底，《人間》創刊。她高舉了對於人的誠摯信仰、希望和關愛的火炬，走過台灣戰後戒嚴體制最後的一九八六年和一九八七年，以生活與勞動現場中民眾的視野，凝視了台灣的人、生活、生命、自然和社會。她甚至在那充滿禁忌和謊言的年代，以民眾史、報告攝影和文學創作的形式，初步揭開了台灣五〇年代初政治肅清（red purge）的荒蔓的歷史。

一九八八年，支配台灣生活近四十年的軍事戒嚴令解除了。面對全新的一九八九年，回顧台灣解嚴後歷史性的一年，《人間》深切反省到：她並不曾因為長期來政治、文化、思維與知性的枷鎖的解除，發動和建設更進步的知性與人文力量。解除戒嚴的體制方面的棋動，對《人間》創刊以來的進步文化觀點，形成前所未有的挑戰與嘲弄。

在解嚴之前，是《人間》向台灣四十年「冷戰／國家安全體制／服從美日霸權」結構下窒息、專制和歪扭的權力，提出挑戰和詰問；是《人間》對抗在「冷戰／依賴／專制的成長」下肥大的、特權食利階級的腐敗。但解嚴以後，那巨大的權力和支配機器，已經做出回應與反撲的姿態，向《人間》以及那些曾在過去的暗夜中呼喊了自由的異議者，揮出一記冷血而堅硬的拳頭：「當戒嚴體制解除，你們又能幹什麼？」

這是《人間》做嚴肅自省，痛切覺悟，並且雄姿英發地再出發的時刻。

《人間》不應該只是沉迷在「反壓迫勇者」、「弱者的代言人」之類的社會造型中；《人間》也不應該在不知不覺間，與戰後新的法西斯幽靈變身的壓迫者，形成「壓迫／反壓迫」的制約依賴關係。

當前的局面，讓我們想起一九三七年西班牙內戰時，巴黎作家們表達立場的一封公開信：

> 不採取立場、模稜兩可、象牙塔、弔詭、反諷式的超脫，都行不通了。……我們已經目睹了法西斯主義，在有組織地實行社會不義與文化死亡。

當佛朗哥將軍聯合了國際法西斯武裝，以顛覆西班牙人民自己的共和政府；當「自由民主」的西方，在法西斯強盜集團和西班牙人民自求解放與尊嚴的隊伍之間，可恥地選擇了前者；當時全世界堅信和平、正義與民主的知識分子、詩人、文學家、畫家、音樂家、醫生、革命家和工人，不惜以珍貴的生命與崇高的理想，投入了保衛西班牙和世界的和平與正義的鬥爭。其高志壯懷，到今天依然動人心魄。英勇地投入西班牙人民反法西斯鬥爭的畢卡索、馬羅、歐威爾、聶魯達、白求恩醫師和海明威……所展現「水晶般的精神」（the crystal spirit），正反照著我們今日整整一代知識分子的不用功、怯懦與失職！

四十年「冷戰／國安體制／附從美日霸權」的總結構，造成了一代知識分子墮落，不以「模稜兩可、象牙塔、弔詭、反諷式的超脫」為恥這樣一個血淋淋的事實！解嚴一年之後，人民看不見此間知識分子做出深刻、進步、富有建設性與生產性的、文化和知性上的總體表現。「當戒嚴體制解除，你們又能幹什麼？」成了權力和體制反拋過來的、辛辣的諷刺與嘲笑！

《人間》的反思，同樣集中在這個爭議的基點上——我們能做什麼、我們要做什麼，來回應解嚴以後的歷史和生活所提出來的各種艱澀的課題？

世界冷戰結構一時的緩解，台灣軍事戒嚴體制的解除，首先要求文化、知性與思維的解放。對過去在四十年「冷戰—戒嚴」體制下被湮滅、荒廢、歪曲、虛構和窒息的歷史、創意、英智、知性、思維和文化，應該逐步加以結算、分析和重構。在這歷史的轉折期中，《人間》要和人民一道解放四十年來「戒嚴次文化」中一切被謊言和虛構所歪曲和窒息的歷史、知性與文化，以便重新塑造新時期的思維、創造和文化的人格。

《人間》認為：歷史、知性和文化的全面解放，是人的一切尊嚴的基礎。戒嚴體制下長時期對歷史、創意和知性的窒息和虛構，戒嚴體制下人民和知識分子長時期的犬儒主義、妥協、模稜兩可、買辦心智和弔詭，深刻地凌辱和歪扭了台灣知識分子和人民心靈的尊嚴。以具體而艱難的工作、思想、批判和創造，從「冷戰／國安體制／附從美日霸權」的總結構中把自己解放出來，才是重建我們人格的尊嚴、文化的尊嚴、知識的尊嚴——以及民族尊嚴的不二法門。

是的。解放與尊嚴。在批判國際冷戰歷史尋求解放與尊嚴的運動中，重新建設新歷史時期的台灣——從而中國以及亞洲的新人和新文明。這是《人間》和她的讀者在嶄新的歲月中新的標竿。

啊！「解放與尊嚴」的《人間》。

《人間》如此實踐。社會如此前進。

一九八九年元月

初刊一九八九年二月《人間》第四十期

《人間》雜誌四十期・發行人的話

我們以十分喜樂的心情向《人間》的讀者報告：當《人間》迎接一九八九年，《人間》是以迎接編輯部和社務部新的管理者和指導者開始的。

為了保衛一個新聞工作者的原則與尊嚴，毅然離開了充滿金黃色的神話的巨大報業資本的著名編輯與記者楊憲宏先生，在《人間》為了繼續在解嚴後的台灣重編隊陣，進行艱難的重組的時刻，毅然、欣然地參加我們的工作，全面負起《人間》總編輯的任務。

楊憲宏先生的新聞倫理，表現在他的一篇膾炙人口的文章：〈台灣報紙的最後黑暗時代〉（《自立晚報・言論廣場》，一九八八年十二月六日），痛切地指陳兩大「民間」「自由派」新聞工業的資本成為資本私利的工具，並互為壓殺社會正義的共犯；新聞、評論品質在報禁解除後反而下降，「荒謬殘暴的黃色新聞」氾濫。最後楊憲宏先生提出作為「人民的論壇」、「第三代報紙」的新報業的展望。

楊憲宏先生的傳播、報導理念，和《人間》三年來以台灣生活與勞動現場的民眾的觀點從事報告、記錄與批評，並為這些民眾代言的宗旨互相契合。《人間》和她的讀者以最大的熱情歡迎楊憲宏先生，並且期盼在他動人的領導下，以嚴肅、艱苦而前進的工作，回答解嚴以後的歷史交給第三代新聞人、傳播人和文化批評工作者艱鉅的任務。

我們也以同樣的喜悅與熱情迎接《人間》的新任社長張志賢先生。他出身國立政治大學經濟系，對於管理和組織有傑出的才能與經驗。更為重要的是，他對於文化和文化企業，有深刻的認識，並與當代青壯輩重要的新聞人有密切的感情和認識上的聯繫。在文化事業的管理工作上，張志賢先生在獨立而自由的《新新聞》業務還待提升的時代，領導《新新聞》社務，使發行和廣告業務取得了顯著成長。

一九八八年，台灣解除了將近四十年的軍事戒嚴體制。一年以來，台灣的獨立的、體制的批評一方的文化和知性的回應，呈現一片混亂與荏弱。時代急迫的轉折，交給當前台灣在野的、革新的、民主主義的文化人物和廣泛的知識分子與公民同樣急迫的課題：嚴厲的自我反省與批評，勤勉的學習與補課，建設解放的、尊嚴的民眾文化和民族文化。

〈解放與尊嚴：一九八九《人間》宣言〉，就是在這歷史的急迫感下，《人間》全體同仁對歷史所提出的虔誠的誓約。〈宣言〉思想的主軸，是《人間》新任總編輯提出來的。

「解放與尊嚴的《人間》」。這艱苦的工程，沒有《人間》的讀者與台灣「後蔣氏・戒嚴」歷史中廣泛的台灣社會與民眾的支持與鞭策，將成為空泛而悲傷的空話。

初刊一九八九年二月《人間》第四十期

從寂靜深閨走入政治颱風眼

獨門媳婦當縣長，余陳月瑛的故事 1

日據時代「新和鐵工廠」和「東台製糖株式會社」的么女兒，上高女，學裁縫、插花、彈鋼琴，讀大小仲馬的小說，把醫生、學者當作自己的白馬王子的千金小姐陳月瑛，嫁為余登發家的獨門媳婦。余家那充滿民眾性的、獷悍、頑韌，堅定相信公平、正義、無私的民主政治的傳統，改變和塑造了余陳月瑛的一生。

去年春節，高雄縣政府以自己的行政權，實施「彈性休假」，連接禮拜六和禮拜天，讓公教人員連放了七天假，成為廣受注目的新聞。

隨著戒嚴令的解除，高雄縣以凍結經費的方式，徹底撤廢了各級學校的情報安全人員，即各校所謂「安維秘書」的布建。為了徹底實施行政中立，打破執政黨黨員在公教系統中的特權，高雄縣政府貫徹了撤銷公職人員履歷表中的黨籍欄。

去年八月，高雄縣單獨宣布在縣範圍內實施中央遲遲不辦的農保，使高雄縣八萬農民享有疾病、住院、喪葬保險。高雄縣排除萬難，堅持搞成了農保，「逼」得省府不能不提早在去年十月宣告在省範圍內正式實施農民保險。

高雄縣政府這些叫人刮目相看的新政，是台灣省地方自治史上頭一個女性、而且又是非國民黨系的縣長就任三年來的不少政績中，叫老百姓津津樂道的幾項。

這位傑出的女性縣級行政首長，是今年六十二歲的余陳月瑛。

從廚房到議壇

早在一九六三年，當時三十二歲的余陳月瑛，就被高雄縣著名的政治家、她自己的公公余登發推出來競選省議員，結果以高票當選，打破了國民黨長年獨占婦女省議員保障名額的局勢。

「老縣長(余登發)認為，同額競選，只有民主的形式，沒有民主的實質。」余陳縣長回憶說，「老縣長以一人和地方的小派系，單獨向國民黨的獨占體系挑戰。他到處央請黨外女將出來選，老縣長要出錢出力。無奈那個時候的政治環境，可不是現在這個樣。」在國民黨的威脅、恫嚇和阻撓下，幾個黨外婦女都不敢出來選。執拗的余老縣長，最後才把自己的媳婦推上競選台上。

在台灣民主運動史上，今年八十好幾的余登發，是一個極為特殊而又富於傳奇性的人物（見〈人民的政治家〉，本期《人間》第七四頁）。他堅定相信並且實踐「為民眾服務」、「為官應當清廉」、「勤政愛民」和「天下為公」的道理，大量變賣自己的地產，為高雄縣農民造橋、鋪路，為自己領導的水利會、縣政府同事發薪水。農民鄉親川流不息地直接撞進縣長辦公室陳情、央託，抽縣長的菸，吃縣長準備好的簡單的飯食。而菸錢、飯錢全是余登發掏自己的腰包，沒有一分和公帑沾上邊兒。

一九六〇年代，台灣政治情況的嚴苛，是現在的人所不能想像的。然而，高雄縣的人民從余登發的工作中認識了他，把他當自己最親的親人，信賴他，而且不計國民黨當局百般恫嚇與打擊，高雄縣人民用選票支持了老縣長。余陳月瑛高票當選上了省議員。

「那時候，我正懷著才四個月的我的么兒政道。」余陳月瑛說，「這以後，我連選連任了四屆多。有很長一段時間，我是帶著小兒女們到中興新村去開會的。」

沉重的責任

余陳月瑛的得票，總是在最高票的上下，而且總票數越來越多。除了余登發老縣長在高雄縣人民心中的威望，余陳月瑛很快地學習和承接了余家清廉、勤政、為民眾服務的光榮傳統，直接受到民眾的肯定與接納，也是主要原因。「你在每次選舉時，民眾不受威脅利誘，用高票數支持你，你感到責任真重大。」余陳縣長說，「特別是在那個時代，民眾熱情、勇敢的支持，是一種不可思議的力量，叫你竭盡所能，勇往直前……」

十八年的省議員生涯，一任立法委員。一九八六年，她以超高票當選為高雄縣長。「但是，即使二十三歲嫁到余家當媳婦，也沒想到我三十二歲以後的生涯，竟然是在政壇和民眾中奔波的生活。」余陳月瑛摘下淺色鏡框的眼鏡，一邊擦拭，一邊這樣說，「用日本話說，我是個『箱入り娘』(Kago ihri Musume)。普通話說，是千金小姐吧……」

原想嫁給醫生或學者的……

少女陳月瑛是日據時代罕見的台灣人工業資產階級家庭中十個兄弟姐妹中最小的女兒。她的父親陳再興先生，在日帝時代開「新和鐵工廠」，在台東地區經營一家叫作「東台製糖會社」的現代製糖廠。她的二哥陳水印醫師，是光復後台灣省醫師公會早期的會長，也是早期非黨的高雄市議員和區長。「要頂真說來，我的娘家也算是個非黨的政治家庭吧。」余陳縣長說。但是少女時代的陳月瑛，在嚴格的家教中，深居簡出。「學裁縫、學插花、學鋼琴，看書、看小說，也夠人忙的了。」余陳縣長說，「長榮高女畢業，原準備到日本去深造，但太平洋戰爭爆發，時局吃緊，計畫泡了湯……」但時局再亂，少女的陳月瑛從來不曾在早上六點以後起床的。「家教嘛。但嚴謹的家教，使我一生受用。」她說，「直到現在，每天五點多起床。七點就到辦公室……」

二十三歲那年，她嫁給余登發的獨生子余瑞言當媳婦。「姑媽提的親。說那個人學歷好。台灣大學法律系。說是一個道德觀念很強的人。」余陳月瑛回憶說，「婚嫁的事，能說不是命運嗎？」她說。少女時代的陳月瑛夢中的對象，是醫生，再不就是教授。「一直到訂婚當天，還有人來說親，全是醫生，青年學者……」她笑了起來。如果不是嫁到余家，她的一生怕就完全和現在不一樣吧？「那是當然的。」余陳縣長簡潔地說。她嘆息了。

天地旋轉

進了余家的門，整個天地就開始旋轉起來。「在娘家，門戶大些，堂奧深些，生活起居，有固定的規律。少女時代，平素也難得見到生人。」她笑著說，「進了余家的門，公公當時是水利會會長。他賣自己的穀子發員工的餉，催收水利費，調整魚池租金，改革水利工程投標……才是民國四〇年代的事，余家全天人來人往……」從寂靜不紊的深閨走進地方政治的颱風眼，她得成天備茶備飯，殺雞剖魚，還得記住許多和公公同輩的地方政界人物，倒茶讓座。「回到娘家，媽媽撫摸我的手說，當女孩的時候，菜刀都沒拿過。現在竟然就會殺雞剖魚……不知道媽媽這是嘉許，還是為我心酸。」余陳縣長說。

事實上，余登發的這位獨門媳婦，早在她「奉命」出來競選公職以前，就展現了她天生的理財理家的長才。她把余家一個長年虧空的輾米廠轉虧為盈，在那個年代，每月有五萬元盈餘。問她以什麼竅門經營，「也沒什麼，無非是認真經營，全心全意為顧客服務嘛。」她說。

當余登發先生的媳婦，並不容易。余老對待人民、朋友都很寬厚，對待自己就很嚴苛了。他有巨大的財產，但從來布衣陋食，竟日為民奔忙憂勞。他對自己的家人晚輩尤嚴，兒孫輩在他面前，往往畏敬恐懼。他的獨生兒余瑞言先生畏懼父親之深，是高雄民眾所熟知的故事。對於這樣一位嚴厲的翁公，余陳月瑛以她娘家的長年教養，為余老縣長捧茶、備餐、煮水，極盡孝敬之道，博得余老和親友的讚嘆。

余登發傳統

一九七九年元月二十一日，國民黨以明顯的政治構陷假案，逮捕了余老和他的獨子余瑞言，被判處十年徒刑。在一天之中，翁公和丈夫被當時人人聞而變色的情治單位抓走。在省議員任上的余陳月瑛，立刻在高雄、台北間奔波，到省、到中央去探聽、交涉，和黨外人士協商，請律師，送牢飯，打官司，為余老出版平生自述……整個社會和人民靜默而同情地關注著余家的大變，看著余陳月瑛勇敢地奔走，沒有不為之動容的。

從平靜、規律的娘家進了余家，余陳月瑛很快地感受到，在那個專政時代，像余登發這樣仗著人民的力量公然和國民黨整個特、軍、黨、政體系抗衡的家族所承受的重大壓力。國民黨不斷地在政治上、法律上壓迫余登發。「其中艱辛，很難有人理解。公公在家中權威很大。他跟國民黨對上了，全家也只能拉緊頭皮頂著。」余陳月瑛說，「但是，家人逐漸明白了公公的人格和他那大公無私、一心為人民、不惜頂撞足以破家亡身的權力的道德和勇敢。」

三十二歲那年，毫無從政經驗的余陳月瑛，「被逼」著走進議壇。「那時候，除了在議會裡仔細聽、仔細看，唯一的藍本，就是我嫁到余家後，親眼看到公公那種絕對的廉潔，那種幾乎毫無保留的為民眾犧牲、付出和奉獻，以及勤勞不知疲倦的服務。」余陳月瑛說。一九八六年，高雄縣人民以高票送她走進高雄縣政府的縣長辦公室。她提出三項縣政的指導原則：「勤政、清廉、全民當政。」事實上，這三個原則，是從余登發老先生的「清」（廉）、「勤」（政）、「大公無私」和「為民服務」經過她二十年在省和中央議壇的實際經驗中結晶出來的。

因為她是女性……

一個長期鍛鍊出來的婦女縣政首長，她的性別特點，在實際工作上，會帶來什麼特殊的性格呢？

余陳縣長想了想，說：「為了親自參加全縣二十七個鄉鎮、四一二個村里的村里民大會，每天都得弄到晚上十一、二點鐘才回家。長久以來，我沒有私生活。這對於男性，恐怕就困難了。」

另外一個特點是女性首長比較細心，比較會計算。會想到春節彈性放假，是因為余陳縣長從「初二女兒歸門」的需要想出來的。「每年調動各級學校校長，縣長一定要我們兼顧校長的家庭生活，」張主任秘書說，「我體會到一個婦女縣長當過母親和妻子的人的細心。」余陳縣長關切縣府同仁的各種福利，照顧主管的健康，強行健康檢查，也可以說是出於一顆豐富的母親和女性的心。

「但是，婦女也有婦女的強的一面。凡是她決定的，她就堅持。」張主秘說。舉個例子吧。「高雄縣商界對行之已久的教育捐嘖有煩言。縣長想取消教育捐，也同時想到以庫款利息來抵補教育捐每年一．五億元收入。」張秘書說，「台灣銀行派人專程來高雄說項。縣長堅持台銀付庫款的利息。」

協調林園事件時，有些村埋怨縣長偏心。「那幾天，我每天才睡三、四個小時，盡量調停，深怕政府動手抓人，老百姓吃虧，他們還這樣說閒話。」余陳縣長笑著說，「心裡委曲，就哭了。」「但是余陳縣長也為林園的事，和工業局、經濟部拍桌子吵。」張秘書說，「我們看見婦女的溫柔和強韌。」張秘書說，有時縣長在故人的告別式上讀祭文，傷心處，也會落淚，不能竟篇。余瑞言先生過世，她有時在我們跟前談到她新逝的丈夫，也不禁失聲。「有時候，我羡慕女性的哭的『權利』。在情無以禁的眼淚中，我看見了婦女的人的真實面、溫婉面，也看到了真實的性情。」四十二歲的張秘書說。

啊，母親！

作為母親，余陳縣長說，「一直到現在，我沒法不覺得對不起孩子們。出來當省議員，孩子全小著，選民來央託，不分貴賤，不分日夜，我拎著皮包就出門去。一直到今天，全家母子母女相聚的時間少之又少。也不知道他們是怎麼長大的。」

余陳縣長有四女二男，全都受過良好的教育。「我從小就很少和媽媽長聚。小時候，羨慕別人的媽媽都在家裡。」從台北醫學院藥學系畢業，才當完兵的余政道說，「可是媽媽總是打電話、叮嚀我們用功讀書，要我們體諒她的忙碌。年紀大了，就越知道媽媽的苦心。我知道我們有個好媽媽……」

對於現任立法委員余政憲來說，他怎也不能忘記母親帶著他到中興新村開會的日子。有一天，他在高爾夫球場上挨了一棍子，頭破血流。「母親從議事廳蒼白著臉向我奔來，抱起我瘋狂地奔向醫院求治。」他說，「後來自己也成了家，也從政，母親當時亦內亦外的焦炙，我是越來越能理解了……」

現任省議員余玲雅是余陳縣長的長女。余陳縣長從廚房初進議壇的時候，余玲雅議員十三歲。「生長在一個黨外反對派家裡，有沉重的壓力。從小學一、二年級開始，報紙、雜誌上，老師和同學，都說我爺爺是壞人，是共產黨，在我幼小的心靈中，造成那些粗暴的大人所不能理解的傷害。」余玲雅議員說，「那時媽媽出來當省議員，照料五個弟妹的責任全落在我身上。」

有人說「窮人家的孩子早當家」。余玲雅議員說，在一個政治環境嚴苛的時代，反體制運動家的孩子也會「早當家」。她不但讓自己更用功讀書，也嚴肅地負起照料弟妹的責任。「回想那一段日子，玲雅幫了我最大的忙。」余陳縣長說。余政憲委員說，「那一段時日，大姊最吃苦。我們弟妹五個，全仗她照料。」

「一貫作業」

一九八一年，余玲雅當選省議員。一九八六年，余政憲當選立法委員。余家母子女三人，在縣、在省、在中央出任公職。「從縣政上講，在中央的政憲和在省的玲雅，為高雄縣縣政的推展做出相當好的貢獻，」余陳縣長說，「省和中央有什麼政策，有什麼預算，我能知道。縣裡向省、向中央提的計畫、要求，他們幫我去盯，去提質詢。我們余家，中央、省、縣一條線，我笑說是『一貫作業』。」

前些年，不但是國民黨，連黨外內部也批評高雄余登發在搞「家族政治」，搞「余家班」。「我公公早在日據時代就跟日本人對著幹。光復不久，『二二八』才過，民國四十九年，國民黨大抓匪諜。是那個時代呀，余登發一個人，賭上他的地產和全家人的性命，單憑他老人家對民主政治的信念和對人民百姓的無限赤誠，和強大、冷酷的國民黨對上，他老人家沒退縮，頑固地向權力頂過去。」余陳縣長說，「那個時候，怎麼沒人說他搞家族政治？」

「別人從政，只要一任兩任下來，就是萬貫家財。事業有了，房子有了，汽車有了……」余玲雅議員說，「我們余家搞上政治，沒有一個利用職權搞企業，我們的財產不斷地減少，繳的稅也越來越少。一九七九年那回，我爺爺、我爸爸都被帶走了，整個家庭就在破滅的邊緣……」

縣政的焦點

高雄縣的特點，在於農民多，工人也多。高雄縣算是個大的農業縣，可也同時是個大的工業縣。余陳縣長雖然不是出身農家，但是入了余家的門，看見公公余登發的群眾全是樸拙貧困的農民。「縣長知道農民在工業擠壓下日益艱苦。這就是她為什麼堅持要率先搞農保的原因。」張秘書說。

集中的加工出口工業和無數大中小型工業不但帶來潛在的巨大勞資爭議，也帶來了嚴重的環境汙染問題。「環保工作一定得做好。這個問題上沒有討價還價的餘地。」余陳縣長說，「我和王永慶，也算是朋友吧。而對於他生產國際上禁止生產、運送和使用的氟氯化碳，我堅定反對沒有商量的。」

為了因應勞資爭議，她在縣政府特別設立專責機關。「不論是勞資問題，是環保問題，政府要真誠為人民做事，解決問題。要合情合理，要公平公正。」她說，「否則民眾忍無可忍，起來抗議，那就是人民已經對公權力失去信賴和尊敬的時候。公權力的威信，是從為民服務，公平公正來的。」林園事件當中，她以行政長官的立場，出來為抗議民眾代言，就是認為中央沒有解決問題的遠見於前，又因循怠忽於後，所以她應該站在老百姓這一邊。

然而全面地看來，高雄縣的遠景是十分樂觀的。「幾個重大的計畫案正在評估、設計和完成中，」她說，「不必幾年，高雄縣將成為經濟上興旺、文化上發達的一個縣。」

據余陳縣長說，高雄縣觀光資源很豐富。一個國際級的狄斯奈樂園正在籌畫中。大崗山的觀光開發，桃仔圓的少年溪觀光開發都是今後的重大開發案。此外，有兩個巨型高爾夫球場也在高雄縣內覓地規畫中。

在文化方面；未來幾年預計有六個大學、醫學院、工學院等大專院校來高縣發展。中山大學的擴建，高雄技術學院、高雄師範學院、高雄醫學院(高雄大學)的新建與擴建，以及其他幾個專科學校向高雄縣集中，「將重大地提升原先基本上為農業與工業縣的文化水平。在社會福利方面，教育設施的擴大和補充，婦幼中心的建設，老人健保的實施……都應該為高雄縣民眾的精神面貌帶來新的變化……」余陳縣長說。

他們對我們是支持的

今年元月三日，財團法人「民意調查基金會」向台灣全省二十三縣市（包括台北和高雄兩省轄市）共約一萬民眾做了一次調查。結果宜蘭、嘉義和高雄三個黨外、民進黨縣長當家的縣政，被列入前五名民眾高度滿意的縣分。

「發展台灣的民主政治，選出立法委員在立法院爭，當然重要。但是抓縣市行政權，也很重要。抓縣市行政權，可以抓預算，可以做事，直接在日常生活的水平上為民眾服務。」余陳縣長說。對於一個非黨縣長，國民黨掌握的省和中央，會不會格外刁難？「從前是刁難得很厲害喲。我公公在任上第三年，就被國民黨硬拖下馬，便是個活生生的例子。」余陳縣長說，「現在真的好多了。在省、在中央，不少國民黨部會首長、中基層幹部，對於肯實幹、勤政的黨外縣市長，基本上是支持和幫助的。這一點我們要憑良心說話。」

事實上，不少國民黨籍縣市長，除了少數幾位優秀之士，大多是自己花了大錢選上的。「選上以後，『老子自個兒花錢選上』的意識，不免恃財以驕，對黨內部會首長不怎麼順服買帳；對選民服務態度和認識，不能不差些。」一位熟悉地方政治的蔡先生說。

艱難的道路

民進黨中央宣說今年底大選，民進黨要拿下十一個縣市。「這個志向很好，可是現實上怕不頂容易。」余陳縣長說，「平時，我們和在省、在中央的國民黨官員相處不錯。可是一碰上選舉年，不免『兩軍交鋒，各為其主』，沒有情面好講。」據余陳縣長說，國民黨已經把高雄縣列入重點「收復」縣，準備以密集財力、文宣和人力，同施政上深獲民心的余陳縣長一斷勝負。「年底的競選，會十分慘烈。我們余家從來不曾賄選，以後也永遠不會。加上高雄有七、八萬軍眷國民黨『鐵票』呢……」余陳縣長說，「越是幹得好的黨外縣市，國民黨越是非卯上最大的人力物力奪回來不可。不能掉以輕心啊。」

以黨政軍特的強大力量，對勤政愛民、宵旰奉公的非黨縣市長、各級代議士橫加壓迫、構陷和打擊的時代，大體上已經過去了。這是一條由一九五〇年代全面政治肅清、拷問和刑殺，而後由郭國基、李萬居、雷震、殷海光、郭雨新、余登發這些先行代台灣資產階級民主運動家，以及一九七九年「高雄事件」一路開闢出來的，台灣戰後民主主義初階段的艱難的道路。然而從縣市行政的民主化看來，獲得縣市民眾的擁護，竭盡心力為民眾服務，徹底施行廉政和勤政，在一縣一市的範圍內，在人民每天的生活上，在草根的水平上，去推展民主政治，其工作之艱辛，責任的沉重，從某些方面來說，恐怕遠在中央議壇上呼風斥雨的言論鬥爭之上。「要幹好地方行政首長，除了全心全意、全時間、全方位為民眾做事，絕對沒有別的辦法。」張秘書感慨地說，「也許有人羨慕余陳縣長：一個傑出而成功的婦女縣長；在勤勉奉公之餘，盡量抓住機會在國內外短期大學進修；兒女們不但都受過高等教育，還出了一位當任的立委和省議員……但是這幾年，我們跟著她工作，如果依目前一般人講究富裕、舒適、享受的看法，余陳縣長是個『歹命』的女人。我們幕僚不能不對從老縣長到余陳縣長這一脈相承、為民眾奉獻的精神由衷起敬，理由也在這裡。」

初刊一九八九年二月《人間》第四十期

1　本篇為「黨外執政」系列之二。

《人間》雜誌四十一期・發行人的話

近一年多來，連續幾件重大新聞，使解嚴後的社會對台灣的軍方勢力側目。

一九八七年，國民黨「七七」十三大中，軍／情治方面的黨代表，儼然形成一股巨大勢力，足以影響黨內的民主。

也在去年，軍・國防部的情治系統，悍然宣稱將沒收存檔中的雷震獄中日記「焚毀」，拒絕將日記交給雷震的遺孀，監察委員宋英女士。

去年末，在媒體、孫立人將軍在島內外的舊部呼號奔走下，展開孫立人將軍翻案運動，暴露了一段廣泛牽涉到美國、蔣氏家族、黨和孫立人之間的苛烈的鬥爭和漫長、可怕的沉冤。

一九八八年開春，原籍苗栗的空軍中校林賢順「叛逃」大陸。事後，軍方對林賢順叛逃背後暴露出來的空防、地勤結構不可思議的疏怠，百般諉詞飾過，林氏家族似乎受到某種政治壓力，林妻陳雪貞在案發後，神秘「失蹤」數日……

叛逃事件的次日，桃園空軍懷德軍事監獄發生暴動，鎮暴武裝開入獄中鎮壓，但次日開始，消息中斷，也不見調查和追究真相的行動。

中央民代退職方案遭到國民黨系老代表強烈抵制，其中軍系老中央民代更形成一個集團，積極以影響明年總統選舉為要脅抵制離退方案。

一九四九年，在內戰中失利的國民黨黨、軍、政部門和難民組成的巨大的系統，撤退到台灣來。一九五〇年，韓戰爆發，美國為圍堵赤化的遠東亞洲大陸，在亞太地區形成「半月形封鎖」戰線和層層疊疊的反共安全軍事協防網。台灣被編入封鎖戰線的前線基地。國民黨一面雷厲地展開冷酷的肅清，一面在美國反共軍援下，整頓、重編了強大、組織嚴密、政治上「純潔」、而具有超級特殊政治地位、除台灣最高權力不受任何行政部門監督的軍部勢力。

在將近四十年的戒嚴體系中，台灣軍部，是執行戒嚴的主要武力。武力支持了戒嚴體制，而戒嚴體制使軍部勢力和組織不斷地肥大、不斷地神秘化、不可聞問化、特權化——以及隨台灣經濟的富裕化而腐敗化、顢頇化。

一九八七年初，全軍最有威望的「領袖」蔣經國宣布解除戒嚴體制，國民黨的政、黨、軍各部門，於是開始了現代資本主義管理化國家形成過程中艱難、痛苦、複雜的蛻變和一系列「挑戰—對應」的過程。

上述去年以來軍方一連串事件，就是這過程中必有的「紕漏」。

當軍中政治和思想結構在社會的富裕化、物質化，最後並在豁然的解嚴中崩萎，當「共匪」成了「中共」，當士兵將校的父兄越過「前線」到「敵區」探親訪友，當整個黨和政兩個部門都在無法規避地走向「土著化」、資本主義管理化，握有強大現代武裝的支配裝置——軍部，在思想、政治、組織和管理各方面的全面改造，已經成為國民政府和廣泛民眾所面對的、緊迫而巨大的問題。

《人間》雜誌本期軍事專號，便是在這樣的認識和問題意識下展開艱苦的編輯工作的。因此，我們的目的，絕不在激怒軍方以譁眾，而是挑開四十年來冷戰邏輯的硬殼，審視問題的核心，希望對於由美國遠東基地國防與中國內戰國防重疊的台灣武裝，向冷戰歷史的緩解、民族分斷歷史的趨於結束這樣一個歷史時期的台灣武裝，順利蛻化和重構，有積極的意義。

新年以來，《人間》編輯方針變的一面，無寧是明顯的。但《人間》更多地是她不變的，以台灣的人與土地為關心焦點的精神。在嗣後的計畫中，我們將推出讀者久已熟悉、卻更為深入的《人間》式的人文報告。

初刊一九八九年三月《人間》第四十一期

徬徨的武裝

美國遠東基地國防與國共內戰國防的重疊與崩解 1

為誰而戰？為何而戰？已經是一九八九年民主運動下，人民對國家安全體制必然的歷史審問。沒有戰爭的四十年，軍隊成了穿軍服的官僚集團。

在社會科學上，軍隊，和警憲、法院、監獄，同為作為階級支配重要工具——國家的組成部分。一九四五年，在台灣民眾從日本殖民地解放的熱烈情緒下，國民黨第七十師受到盛情歡迎，進駐台灣。一九四七年「二二八」事變勃發，國民黨派遣第二十一師來台鎮壓，從北到南進行台民不曾一見的恐怖綏靖。一九四九年，數十萬國民黨軍隊撤來台灣。一九五〇年韓戰爆發，美國公開干涉中國事務，美國太平洋艦隊第七艦隊封禁海峽，國民黨宣告軍事戒嚴，並展開了為期四、五年之久的慘烈政治肅清。這戒嚴肅清的背後的武裝力量，正是「六十萬」國民黨武裝力量。

鎮壓二二八事變，並在鎮壓的餘威下推展土地改革，成功地消除了台灣地方地主資產階級，同時展開嚴厲的政治逮捕肅清；國民黨軍隊武力的威嚇力，在美國支持下，確立了國民政府在台灣的作為國家機關的統治。

一九五〇年以前，美國早就在一九四一年太平洋對日反攻跳島戰略設計中，注意到美國在台灣的「利益」。隨著國共內戰日烈，眼看國民黨敗相昭著，美國軍部開始了占有台灣、封鎖大陸的計畫。一九四七年徐蚌會戰後，美國加緊在亞洲、國際和台灣島內推展台灣「聯合國託管」、「台民自決」和「台灣獨立」的方案。一九四九年，美國軍方與白宮力圖阻止國民黨流亡軍隊與難民過量入台，並著手策動留美將領孫立人附美，以使美國支持倒蔣並促成台灣獨立時，可「分化」國府在台兵力。美國的陰謀不為孫將軍接受，卻不幸種下孫將軍半生含冤被蔣介石幽囚的悲運。

美國在台基地國防的形成

美國對中華民國軍事的介入，應該是第二次大戰中開始，而在戰後國共內戰轉劇後加深的。但到了一九五〇年以後，美國國防部和白宮，開始明顯、公開、深刻地介入台灣的軍事。

一九五〇年六月二十五日韓戰爆發，美蘇兩大霸權間的陣營對立，把世界冷戰推到了高峰。六月二十七日，美國第七艦隊開始巡防海峽，直接介入了國共的內戰。這以後的數年間，台灣迅速地整編到美國全球性反蘇反共的圍堵戰略，以《中美協防條約》和《中日和平條約》的國際性法律，炮製「台灣地位未定」說，從而在聯合國、在廣泛的國際事務中推展兩個中國、一中一台和獨立台灣的政策。

從一九五一年元月到一九六五年止，美國向台灣派遣了軍事援助顧問團，並且提供了價值四三・二億美元的軍事援助。一九六五年以後，美援終止，美國對台軍援，開始以軍事貸款的方式供應。截至一九七八年美國準備與大陸建交時，軍貸款項已高達五・五億美元。美國對台加緊軍售，至一九七九年美國與中共建交時，軍售總額已近六億美元，計占台灣自外輸入武器總量的九〇%。《八一七公報》限制美國對台軍售後，一九八六年國府開始改以向美國「民間」進行高級軍事科技轉讓的計畫，預計在一九九〇年突破台灣當局軍事力量。

因此，從一九五〇年到一九七九年的時間中，台灣的軍事與「國防」，基本上是作為美國防堵中蘇共遠東太平洋戰略構想的組成部分。這個全球性美國防共、反共「基地國家」——台灣的軍事戰略，在政治上，則表現為拒絕承認台灣為中國領土等一系列「兩個中國」的政策。

從一九五〇年到一九七九年美國軍事介入台灣事務期間，產生了極複雜的政治內容：

・美國協助國民黨整編、訓練並裝備了數十萬現代化軍隊，這隻軍隊成為一九五〇年後戒嚴體制中對人民的主要威嚇力量，協助國民政府不斷鞏固其支配，並鎮壓工農階級，達成軍事戒嚴專制下的經濟成長。

・在反共戰略利益優先之下，美國持續支持以「反共國家安全」為藉口的國民黨權威統治。美國與國民黨對台灣軍隊的支配與反支配的鬥爭，美國同時支持國民黨與反國民黨民主派的兩手策略，在台灣造成心照不宣、暗中較勁的激烈暗鬥。

・在美國默許下，國府向人民隱瞞它在《中美協防條約》中基本上放棄反攻大陸的承諾，仍以「反攻復國」的大義名分，施行長期威權統治。但美國又裝出一副菩薩面孔，支持台灣本地親美反蔣民主人士。但是當國民黨對孫立人、雷震、彭明敏等伸出鐵拳頭，美國永遠是一副愛莫能助的模樣。

・在美蘇雙霸對峙局勢下，美國在台灣的軍事利益，與國民黨在國共內戰情勢中的利益相吻合，形成美國與國府間長期互相猜忌防範，又互生共利的關係。

・從遼闊的東亞到東南亞形勢看來，美國對東亞各國的反共干涉，造成韓國、中國和越南的民族分裂。這分裂因冷戰的長期化而長期化，帶來深遠複雜的傷痕，並造就了龐大的、依附美國干涉主義和民族分裂構造而肥大的階級、集團和黨派。

一個龐大的獨占支配構造

當國民黨內戰(反攻復國)國防，與美國亞太戰略的基地國防互相重疊，形成了一個強大而龐大的反共安全軍事體制，直接支撐著一九五〇年以來巨大的「冷戰／民族分裂／國家安全／對美日附從」的結構。這龐然的結構，逐漸形成國民黨「軍─黨─政─特─商」的獨占特權共同體，壟斷和分潤台灣戰後資本主義所產生的高額剩餘。

從一九四九年到一九六一年，國府每年國防預算占台灣每年總預算的七〇至七五％。一九六二年，蔣介石企圖從越南戰場「反攻大陸」的計畫被美國制止後，國防預算在全年國家預算中下降為五〇％左右，但是在絕對金額上則有增無已，即從二十多億美元上升到四十四億美元，成為世界上軍事預算超高的奇特體制。

長期不受行政院、立法院和監察院監督的國民黨超高軍事預算，據著名的軍事記者楊君實指出，內包著對於安全局、情報局、黨中央文工會、海工會、陸工會、青工會和救國團的支出，卻把軍校教育預算列入國家教育預算，軍人福利則列中央和地方社會福利預算……。而軍事國防預算中的軍事工程預算，卻專由幾家「軍商」企業、土木工程及幾位特殊的中央「民意代表」所屬營利單位承攬。

為了支付這巨大而怪異的「軍－黨－政－特－商」獨占共同體的巨額開銷，國民黨不能不更加抓緊「國營」和「黨營」獨占性金融和產業單位進行高額掠占，同時以對環境保育、公共部門和社會福利部門的荒廢與不投資，來擴大它所獨占的高額剩餘。

依附在美國帝國主義亞太反共戰略基地國防上的國民黨反共內戰國防，以「亞洲太平洋的自由與安全」的偉大名義，在台灣戒嚴體制下，成為巨大的、政治的、黨的、社會的、經濟的獨占體。但放眼世界，美國在韓國、在泰國、在菲律賓、在亞非大陸許多反共軍事政府，都以美國獨特的軍援和「安全協防」體制，把美國的國防與各地的軍事獨裁與腐敗做了光榮的結合。

沒有戰場的武裝

一九五〇年以後，除了八二三炮戰和其後金馬前線上的象徵性的相互炮擊，國民黨建軍以來最現代化的軍隊，在完全沒有具體戰爭的情況下過了四十年。

這沒有戰爭的四十年，將校不以戰功晉升，官兵無法從戰役中表現軍事的才幹。久而久之，軍事上的政治性官僚和派閥形成，武將政客化，軍隊成了穿軍服的官僚集團。

四十年無戰爭。「反攻大陸、消滅共匪」的武裝力量，基本上只成對內、對人民的國家強制力的表徵。尤其是巨大的陸軍，更成為四十年軍事戒嚴的主要武力。

隨著六〇年後半加工出口工業的發展，國稅不斷增大，軍隊待遇巨步改善。昔日「克難」、艱苦的軍人，今日與公教人員一樣在人口統計上被分明地列入中產階級，成為國府長期來最忠心、穩定的社會與政治基礎。

台灣經濟的發展，使「軍－黨－政－特－商」獨占體所掠占的社會剩餘在不斷擴大。軍事採購和軍事工程的肥大預算，造成波紋越來越擴大的軍部本身和「軍－商」、「軍－民意代表」的獨占集團，分潤龐大的國防總預算。這結構性的腐化，銳不可當地開始腐蝕四十年沒有戰事的軍事體系，成為今日台灣軍事部門骨髓深部的隱憂。

解體和重組的歷史

一九七八年來，美國宣布與中共建立外交關係。同時，中共「人大常委會」發表《告台灣同胞書》，鄧小平提出「三通四流」的號召。一九七九年元月中共停止對金馬炮擊。一九八六年，又停止對台施放宣傳海漂。一九八七年，撤銷專門針對台灣的「福建軍區」，並開放金馬射程內的廈門地區為經濟特區，大興土木，大搞投資，明不戰之意。

中共的和平戰略，加強了海峽上美國與中共的冷戰對峙一時的緩和。長達四十年的冷戰構造開始重新整編。美國在「三大公報」中承認台灣問題的中國內政性格，表明美國在台灣問題「和平解決」條件下不介入中國事務，同時卻以立法部門的《台灣關係法》企圖對台灣事務續行干預。但是，不論如何，歷史的發展，使美國從全面干預台海事務的立場，迫不得已地向「有條件地不干涉」立場傾斜。

一九八七年七月十五日，蔣經國宣告解除台灣地區軍事戒嚴令，並解除組黨禁令。九月，又宣布開放前往大陸探親。海峽形勢，發生了一九五〇年美國第七艦隊封斷以來歷史性的巨大變化。

軍中的政治宣傳，雖然大部分仍以「共匪」稱海峽對岸的政權，但在社會上，官方說詞、報章雜誌，不知什麼時候起改稱了「中共」。偉大、堅定反共、自由世界的干城美國，一夜之間遺棄了「戰略地位重要」、「有長久反共洞見」、「美國最忠實的盟友」台灣，與「賊」為伍。《中美協防條約》、《台灣海峽決議案》一夜之間廢除。枕戈待旦的金馬前線忽然沒有了戰事。尤有甚者，台灣的民眾商人紛紛到大陸去探親、旅遊、經商。民眾「自由」地越過「前線」，到「敵人」的領域遊走營商。許多退伍老兵老官回去探親掃墓，回來把老家種種告訴軍、士校畢業，現役軍伍的兒子女婿。數十年來，以「消滅萬惡共匪，收復錦繡河山」的仇共、恨匪思想教育支撐全軍的國府軍隊思想，面臨根本性的挑戰。

一九八八年初，蔣經國孤獨、抱憾以終。蔣氏家族，在相應於台灣戰後加工出口資本的成長而出現的現代資本主義管理「國家」的形成，迅速從黨、政、軍舞台上消失。一個締造了「國民革命軍」、台灣軍部數十年來所宣誓盡忠的蔣氏家族從軍中政治視野上無法置信地消失，使當今職業將校官兵在歷史上、思想上和政治上失去了重心。

留美派權將郝柏村領導的國防部，迅速與留美總統李登輝和他的留美「精英」內閣癒合。美國似乎極為成功地掌握和促成了「後蔣」時代台灣「軍／黨／政／特／商」獨占性支配結構的美國化和「台灣化」過程。長年來宣傳消滅「共匪」、反對「台獨」的軍隊，面臨著隨李登輝體制全軍美國化和台灣化所必造成的思想、教育和結構上的混亂。

歷史和人民的審問

國共內戰尖銳對立的情勢，無論如何，已經無可倒退地向和緩的方向發展。世界冷戰結構，呈現冷戰歷史中最大幅度的鬆弛化。蔣氏父子相繼去世，結束了一九四九年以來軍隊集中效忠蔣家的倫理和政治的構造。國府軍隊在組織上的歸屬——國民黨，也在展開脫離蔣家黨的一系列變化。國府軍隊在歷史上、國際關係上、思想上、政治上和組織上的傳統條件，正在開始全面的、無法以主觀意志為轉移的變化。

雖然捂蓋在台灣軍隊問題上的沉重的鐵蓋子，依舊頑強地不肯鬆動，但是當同民族對立和分裂的歷史開始轉變它的方向，台灣軍隊的根本目的、性質、功能與任務，都需要重新界定，從而整個軍令和軍政系統，以及相關的軍事管理、教育、訓練、軍事生產和全套軍隊思想和倫理……都面臨全面檢討、改組的重大課題。

如果台灣「後蔣」時代的國民黨和「國家」，順利完成「本土化」行程，國民黨和台灣的「國家裝置」將更為充分地成為不分省籍的台灣資產階級的支配工具，從而台灣軍隊也將更鮮明地成為台灣資產階級的軍隊。

遠東冷戰構造解體和改組後亞太地帶在政治、軍事和國際關係上全面重編情勢下，台灣作為美國干涉中國的軍事基地的性格勢將逐步消萎。則台灣軍隊的存在，是為什麼而戰、為誰而戰的問題，已經難於避免越來越強烈的、來自歷史與人民的審問……

初刊一九八九年三月《人間》第四十一期

---

1 本篇為「台灣職業軍人」系列文章。

《人間》雜誌四十二期・發行人的話

三月十七日，在《人間》第二十六期（一九八七年十二月號）報導過的馬赫俊神父，被台灣情治單位強行押解離境，引起廣泛的注意和關切。

在戰後的台灣歷史上，長期和權力保持相溫存關係的台灣天主教會，對於這一件事，基本上採取了很不同意和批評、抗議的態度。台灣天主教會主教團當局，明白地肯定愛爾蘭籍的馬赫俊神父長年來在桃園地區為台灣勞動者重建工人自尊、爭取工人權益的工作在神職上的正當性，肯定教會的工作不應該局限在教會信徒的圈子裡，而應該進一步關切現實社會生活中的正義。

事件發生以後，固然有相當多工人、學者、學生和教會人士表示了對馬神父的支持，譴責了驅逐馬神父的不當，但也有人對外國神父「干涉內政」，表示憤慨。

這些「憤慨」的人們當中，固然有一些人，是以斥責「洋人」和「外國干涉」為口實，為那罔顧社會底層勞動者人權的獨占資本、以及為那資本作倀的權力代辯。但是也不能排除有另外一些人是出於對實踐的基督信仰理解不足，出於民族感情和民族尊嚴，而指責了馬神父和教會的。

對於這些人，近百多年來，中國民族在帝國主義列強的侵奪下悲慘的歷史，和「洋人」、「洋槍」、「洋炮」、「洋艦」和「洋教」是分不開的。

而明代以來，基督的教會在中國布道的歷史中，確實有忠於基督的、傑出的傳道人，為中國做了不能磨滅的貢獻。但是同樣不能否認的是，在中國面臨帝國主義殘酷壓迫的時代，一些教會、一些傳道人和基督徒，不但沒有負起先知的職能，和中國人民同擔苦難，斥責帝國主義的滔天罪惡，甚至反而和封建的、法西斯的、帝國主義的權力互相結托，荼毒中國人民，深刻地傷害了基督。一九四九年以後，基督的教會，受到中國人民和真實的基督信仰者的全面批判，遭到明代在華布道以來最嚴重的鞭打。然而，西方在華教會，基本上沒有悔罪，基本上傲慢，基本上把大陸教會遭遇的巨變，看成無神論萬惡共產主義者對基督的「迫害」，繼續和帝國主義和它在中國的僕從站在一邊。

戰後的台灣教會，四十年來，對於台灣在冷戰結構下以人和自然的全面掠奪的「專制下的成長」所造成的政治上、社會上、國際關係上的深刻傷害，沒有先知的反省和批評，並且在權力的優容下，在漫長的戒嚴歷史中，享受了「集會、言論和出版」的「自由」。

戰後兩霸對峙下的世界所造成的複雜矛盾，從六〇年代開始，讓教會有了反省。但這反省和悔改，一般對台灣教會不起作用。在不久以前，德勒莎修女的仁愛布道會一直沒有中國籍神父和修女參加為基督懷抱窮人、瀕死者和棄嬰棄兒的工作。在天主教幾個關懷台灣工人的組織中，全是外籍神父和修女。在台灣的神職人員，是這樣地怠忽了基督懷抱盲者、被壓迫者（《聖經》上稱為「奴隸」）、被囚者、赤身露體者、飢渴者和病殘者的吩咐。

也許這就是馬赫俊神父是愛爾蘭人的台灣教會深部原因吧。如果馬赫俊神父是中國人，「外國干涉」，就不是阻止教會干涉生活的很方便的口實吧。

然而，在台灣，還有某一個基督教會的一部分神職人員，以「城鄉傳道會」（URM）和「亞洲基督徒會議」（CCA）的關係和方法論，在台灣推動以公開、明顯的民族分裂主義為宗旨的社會及社區運動。URM和CCA，在遼闊的亞洲地帶，為新殖民主義荼毒下的民族和人民，實踐社會和人的解放福音。台灣的某一個教會，把「中國民族」（即外省人）而不是把美日新殖民主義和它們的代理人看成壓迫者，在他們組訓的結業證書上，鮮明地印著「人人有主張台灣獨立的自由」。

如果台灣的基督教會再次插手明顯具有帝國主義干涉中國、霸占台灣的歷史的民族分裂主義，我們憂心：基督在中國布教的計畫，將在廣泛非教的反帝民族主義怒潮下遭到第二次嚴重的鞭打。

長年物質化、自得自滿、庸俗化、怠忽了先知職能和喪失中國主體性的台灣眾教會，竟而在掛在十架上遭受痛苦磔刑的基督身上，截了一記又一記槍痕，長達四十年之久……

初刊一九八九年四月《人間》第四十二期

台灣經濟成長的故事

台灣公害的政治經濟學 1

為了追求利潤、成長和繁榮，盡情地對人、對自然環境進行不知飽足的剝削與掠奪……不斷增幅與增殖的台灣公害背後，有複雜的、歷史的、政治的、經濟的、甚至霸權支配下的國際關係因素。除了習慣地、方便地指責國民黨，人民應該開始思想台灣公害與汙染背後的深部構造……

一部台灣戰後公害史，其實就是台灣戰後資本主義發展史的組成部分。而台灣戰後資本主義發展過程，又有十分鮮明的島內和國際政治的因素。

「獨裁下的成長」與「公害下的成長」

一九五〇年韓戰爆發，台灣被正式編入美國圍堵赤色亞洲大陸的戰略配置。在經濟上，美國以軍經援助，對台灣進行美式資本主義改造的兩大基礎工程——土地改革和匯率改革。

土地改革使大量獲得解放、新得土地的佃農，成為中小自耕農，急劇提高了農業勞動生產意欲，從而顯著提高了農業部門的剩餘。匯率的改革，為台灣低工資加工輕工業在六〇年代編入世界分工系統的出口，準備了具體條件。

國共內戰和美蘇對立下的兩極對峙，造成台灣海峽的高度緊張。瀕臨潰敗的國府政權，至此而獲致戰後資本主義強國美國的支持，形成極端反共的國家安全體制，斷行威權獨裁政治。

國民黨威權獨裁政治，震懾了地主階級，順利完成土地改革。

國民黨威權獨裁政治，是使土改後農業剩餘向工業生產部門「擠壓」的鐵腕。

國民黨的威權獨裁政治，使得相應於台灣加工出口工業的發展，台灣農村不斷局促化，並且向工業部門吐出大量低工資勞工預備部隊時，長期鎮壓下維持了一隻龐大的、超低工資、馴良的工人階層，為六〇年代以後的闊步發展，提供他們的血脂膏汗，成就了積累。

國民黨的威權獨裁政治，使得依靠自日本輸入大量使用石油能源的生產技術，從事加工出口生產，從而必然性地造成廣泛、嚴重的工業汙染與公害時，可以鎮壓居民的反對，斷然採行以鄰為壑、竭澤而漁的「公害下的成長」政策。

世人稱此韓國／台灣式的成長為「獨裁下的成長」。

但韓、台的獨裁成長，離不開韓戰及東亞冷戰構造下美國在遠東的反共戰略，因此也可以稱為「冷戰下的成長」。

被資本主義國際分工所決定的台灣公害

在人的社會裡，因為生產工具的擁有與否，產生了「役人」者和「役於人」者、「勞心」者與「勞力」者、「資本家」與「工人」的社會性分工。這社會分工，形成了階級，形成了榨取與被榨取的關係。

同樣，在地球規模上，因著現代資本主義以世界的範圍進行生產與擴大再生產，而形成世界規模的分工與階級的編組。

以東亞地區的美國、日本、和包括台灣在內的所謂「新興工業國」（NICs）的關係而言，依照台灣旅日學者涂照彥的分析，美國從事技術的基礎開發與研究，提供金融資本，對外進行投資，開放自己的市場；日本則從美國輸入高等技術，經民生日用化後分別向美國及NICs再輸出，進行對外投資並開放部分市場；「四小龍」則全面依賴對美輸出，自日導入生產技術設備和外來資本，在威權體制下追求成長。

台灣從日本輸入「一次能源集約」的技術設備系統，意味著連這種技術設備系統所造成的嚴重公害也照單全收。

此外，台灣加工出口產業，由無數規模小、資金短缺的中小企業所構成。他們依靠龐大的地下工廠、勞動轉包等「非正式部門」系統，依靠超低工資、超長勞動時間，取得利潤。全省星羅棋布的簡單、粗陋的中小工廠，絕對無力投資昂貴的廢水、廢氣處理裝置。

於是，在世界分工制度下，台灣從日本輸入高汙染、高公害的技術設備，依美國所需要的數量、規格、品質、價格，利用台灣自己的低工資階層，（經由無數的中小企業）從事生產，對美輸出。隨著「美—日—台」三邊分工關係的發展與運轉，台灣的土地、水和空氣，難逃全面汙染的宿命！

地方自治體的扼殺與公害

著名的日本公害政治學者宇井純（Uhyi Jun, 1932-）認為，除非有實踐草根性、民眾性民主主義的地方自治體，否則無法制衡強大的國家獨占資本所造成的公害。他進一步指出：

地方自治這樣一個概念，是和中央集權相對立、矛盾和抗爭的，形成現代國家的辯證法應存在，而絕不是為在中央集權制的基礎上受到限制的矛盾所設置的安全瓣。沒有地方自治的中央集權，正是獨占資本存在的基盤，也是在政黨政治中，連反對黨也被組織到統治體制中去，成為它的一部分之秘密所在……

在一九五〇年展開的苛烈政治肅清後，國府以「地方自治」之名，以愈來愈肥大的利益，製造、賄買並分化台灣的地方勢力，成為國府威權獨裁政治的末端裝置，施行有效的統治。隨著台灣經濟的發展，國府以地方土地、營造、客運、色情業四方面的獨占利益為餌，讓各地方國民黨系地方派系長期對立、爭奪和分贓。地方自治體成為地方士紳、地方資產階級爭權奪利的場所。地方派系為了確保自己的權位與利益，不能不對上級黨政體制奉命唯謹，而全面忽視和蔑視地方上的草根人民群眾的權利與利益。

在「反攻大陸、消滅共匪」、肅清「匪諜」和「台獨」的大義名分之下的獨裁性經濟發展，才有可能達成不以地方民眾的生命、財產和環境的利益為顧慮的「公害下的成長」。

將近四十年間，一旦公害產生，地方民眾不堪其苦，一再提出陳情，訴苦，要求地方行政人員、地方勢力、地方民意代表和製造汙染的廠方斡旋協商，其結果幾乎百分之百註定民眾一方的失敗。

公害法令不周全，資方和地方行政人員、警察相結托，宣稱沒有明文的法條可以取締；官商勾結，偽造工廠排水或排氣安全的檢驗報告，使公害因果關係的鑑定繁瑣化和曖昧化、爭論化，拖延時間；對於明顯嚴重的公害，資方以「補助」之類推卸法律責任的名義進行局部賠償，軟化居民反公害抗議，取得妥協，不了了之。

地方派系、地方行政系統、國民黨地方黨組織、地方情治系統和地方汙染源資本形成一體，壓抑民眾的反公害要求與行動。

當民眾忍無可忍，起來組織反公害行動，地方警察和安全人員立刻前來施行政治恐嚇、威脅、利誘和分化，百般阻撓。黨、政、地方資產階級派系和地方汙染工業資本儼然形成一體，肆無忌憚地以製造廣泛公害的代價，賺取肥厚的利潤。台灣「地方自治體」完全不掌握在公害當事人的廣泛民眾手裡，而是掌握在黨、政、地方勢力和資本的手中。到了八十年代，在上述「黨．政．地方勢力．汙染資本」綜合體的肆意為虐情況下，台灣公害不斷增幅和增殖，已經形成嚴重的社會問題。然而，不知反省的黨、政、獨占資本的聯盟，正在企圖把八〇年代台灣經濟生活中投資停滯的責任，轉嫁給民眾的反公害運動呢！

資本與公權力結合下的公害

在「國營」事業的名義下，台灣巨大金融、工、商業的獨占資本，在戰後極端反共國家安全體系下，具有政治上的威權性和秘密性。台灣國營巨大廠礦嚴重而廣泛的汙染，因此不受任何來自民眾和行政系統的監督、舉發和控訴。其中以台灣電力公司的核能電廠，最具突出的典型性。一直到解嚴後的最近，逐漸獨立化的原子能委員會，才開始對詭譎、神秘、傲慢、密閉而充滿無從想像的危險性的核電體系，發揮初步監督和干涉的作用（參見本期第八十頁，方儉〈台電、西屋草菅人命〉）。

類似王永慶等巨大財閥，在覓地設立有汙染可能的工廠時，除了獲致中央財經行政系統的支持，還透過賄買地方派系、民代和記者，一面收購當地民眾的土地，一面大造輿論。以資本而不是民眾的利益，徵購土地、設廠、生產和開發……戰後台灣資本主義的發展，在「反共的威權獨裁」體制下，公權力無忌憚地和各種獨占資本結合，以忽視和製造深刻而嚴重的公害和環境生態的潰滅性破壞，掠取高額利潤，完成台灣的經濟成長「奇蹟」。

台灣地方自治體的弱小，民眾的無力，地方草根性住民民主主義的闕如，使國府的「開發」和「成長」計畫絲毫不去顧慮民眾的具體利益。結果，國府的「開發」與「成長」政策，從計畫的設定、決策的形成、執行上的評估、修訂……充滿了脫離實際、脫離民眾的顢頇、無能、好大喜功、官僚主義、政治和經營管理上的無責任和紀律廢弛。惡名昭著、充滿神奇的笑柄的「彰濱工業區」開發計畫，費時十年，花掉四十多億新台幣的公帑，結果「工業區」至今依然是一片荒煙蔓草和礫礫黃沙（見本刊本期第六十三頁，王麗美〈坑陷六十億資金的噩夢！〉）。

威權政治的「非民眾」、「反民眾」性，企業與黨、政和地方資產階級派系緊密的結合體，使公權力公然和汙染的製造者、汙染上的加害者狼狽為奸。資本對市場的獨占與國家行政相結合，固為現代資本主義國家的通則，但市場獨占與國家行政的結合之不受任何掣肘、干涉與監督，一若台灣者，卻為資本主義先進國所罕見。

因此，每當公權力出面調停力量差距對比太大的企業與民眾間的公害爭執時，其結果不問已知。

一直到今天，國府對於認真修訂一切相關公害防制法規，明確規定有關工廠廢水、廢氣排出的規定，並明確規定監督、舉發、檢驗、因果鑑定、審判和處罰等條規，充實公害行政的機關、人員與預算……毫無誠意，並且反而以「伸張公權力」為藉口，意圖鎮壓日益勃發的住民反公害運動。經濟部和企業，最近甚至聯合一致，將充滿了矛盾，面臨投資猶豫、加工出口產業停滯化的八〇年代台灣資本主義再發展的難題，企圖嫁禍於台灣住民的反公害運動。

地方自治的革命與反公害運動

台灣公害問題變成普遍的社會問題以後，一般反公害的焦點，習慣性地集中在國民黨身上。當然，國民黨和政府，在關於台灣公害問題上，絕對無法推卸它重大的咎責。但正如上文的分析，台灣公害的形成，其實涉及冷戰結構、反共專制性的成長和世界分工體系，也牽涉到在「黨、政、企業、地方勢力結合體」下的成長與發展。獨占資本和國家行政的結合，顯現出譜系廣泛的公害加害者：以結構性公害為本質的國際分工，美國霸權支持的「專制性成長」，台灣的「國家獨占資本主義」的形成，台灣的「國家行政體系」，地方特權資產階級派系和廣大的警憲安全系統……

在狹小的島嶼上，每平方公里人口密度在一千人上下，經歷快速的經濟發展，今後台灣公害只有變本加厲、每況愈下，在台灣草根民眾生活中勢必具體地面對情況更見嚴重的空氣、飲水和土壤的汙染。

日本公害學者宇井純的話是深具意義的：「在公害問題上，除了加害和被害雙方，還沒『第三者』。每一個公民，都是資本主義公害問題的潛在性被害的當事人。」因此，除了地方上每一個民眾，沒有人會真正關心公害問題。宇井不斷地告訴人們：除了草根汙染現場的民眾，世上沒有真正的公害方面的「專家學者」。工業公害到底對人畜有沒有害處、安全與否，標準不是由國家、企業和「專家」決定，而是由公害現場的居民決定。

因此，民眾必須積極參與地方自治體，在地方行政內外，組織公害調查、研究、聽證、調停和申訴的民眾組織，並進一步參與地方（鎮、鄉、村）民意代表選舉，參加地方議會。隨著戒嚴體制的結束，和勢必愈演愈烈的公害，過去地方資產階級依附黨政特權獨占地方利益的時代，也會逐漸改變。四十年來冷戰威權獨裁體制，在涉及公害、國民住宅、捷運系統、社會福利、農業等的各種公共政策上罔顧民眾利益和權利所造成的惡果，正在不斷地增殖和擴大。經過改革和參與地方自治體，強化草根的、民眾的民主主義，瀕臨全面崩盤的台灣環境與生態，才有復甦和重建的希望。

初刊一九八九年四月《人間》第四十二期
另載一九八九年十月《統一論壇》（北京）第三期

1　本篇為《人間》雜誌「公害政治」系列：總論。轉載於《統一論壇》時，題為「台灣的經濟發展與公害」。

中國統一聯盟執行委員會主席報告

榮譽主席胡秋原先生、各位來賓、各位中國統一聯盟的女士和先生：

我謹代表中國統一聯盟的執行委員會，向光榮的中國統一聯盟第二屆大會提出關於一年來的形勢、工作、和工作檢討報告。

關於一年來中國統一運動的形勢，本屆大會宣言中，已經有比較詳細的分析。現在，我只從中國統一運動的機會和問題兩個方面，提出概括性的報告：

中國統一運動的形勢

中國統一運動的機會，在過去一年來有明顯發展：

——世界冷戰結構在繼續鬆化，美俄緊張關係在世界性裁軍、撤軍行動中具體緩和；

——美國總統布希被迫表示不支持台灣獨立運動；
——朝鮮半島統一運動有戲劇性的發展；
——本聯盟榮譽主席胡秋原先生公開訪問大陸，最近台灣佛教領袖、國民黨中央評議委員星雲法師訪問大陸，對兩岸接觸與交流，做出巨大貢獻和促進作用；
——環太平洋經濟圈正在快速形成。台灣與大陸間民族分工與發展結構正在形成；
——一年來有更多民間性的、促成中國統一運動的組織、團體和政黨紛紛成立。

一年來，也有若干對中國統一運動造成困難和阻力的條件：
——美國的干涉主義，仍然在繼續自一九四〇年以來，製造親美、反中國的台灣自決、台灣獨立、一中一台和兩個中國的陰謀；
——國民政府，仍然不願放棄「獨台」主義的三不政策；
——台灣獨立運動，在島內繼續發展；
——少數「自由派」學者，鼓吹形形色色的獨台言論；
——中國大陸在經濟、社會和政治上的官僚主義、貪污、腐化，直接與間接不利於民族團結與統一。

各位先生、各位女士：

兩岸關係的進一步發展，基本上是一個不能倒退的趨勢。中國統一聯盟，要和兩岸和全世界中華兒女一道，堅強團結，共同發展和促進有利於民族和平統一的條件，共同消除不利於我們民族統一與發展的因素。

一年來的工作

關於一年來我們聯盟的工作，我們在去年年底已經向我們盟員發過一份工作報告，詳細報告了我們截至去年底止的工作概況。這裡再做今年元旦以來的一些工作的報告（請見秘書處工作報告全文一九八九年部分）。

一年來的工作探討

一年來，我們的工作上，也存在著一些問題，一些缺點：

（一）關於執行委員會的工作

一年來，受到上一屆大會委託推展盟務的執行委員會，開過十二次執行委員會議和兩次臨時執行委員會議。會議的平均出席率是七〇%弱。許多執行委員，每次從新竹、台中、高雄來開會，基本上認真負責，對推展盟務做出貢獻。

為了增強執委會的機動性和時效性，在去年九月以後，在錢江潮執行委員的推動下，每週四晚上開工作會議，由主席及各部部長出席，使執委會的工作，比較能跟得上時局的變化，比較能發揮推動工作的效果。

我們同盟是以促進中國和平、民主統一為最低共同綱領組成的團體。在廣泛的具體問題上，自然存在不同的看法。在過去的一年中，執行委員會有過對個別問題的不同意見的分歧與爭辯。但是總的看來，執行委員會具體地從經驗中，從相互討論、爭論、溝通與妥協中，學習民主討論、互相體諒的功課。其中錢江潮委員、劉源俊委員，對於增進執行委員會的民主、團結，貢獻最大。有更多的委員，則以容忍、互相勸勉和堅持團結的態度，維護和發展了執委會的團結與工作，實可感謝。

作為執行委員會主席，因個人才疏學淺，缺乏經驗，沒有做出較好的領導。所幸各位執行委員的才能和器識，補足了我的不足，個人深為感謝。

（二）關於一年來的組織工作

一年來，統聯的組織工作，在謝學賢副主席兼組織部長的領導下，整理盟員盟籍，擬定各種組織、選舉辦法，修訂章程，籌備第二屆大會等工作上，有顯著的貢獻。

但是由於經費的限制，影響本聯盟的宣傳與活動，所以在擴大組織，特別是擴大年輕盟員、智識分子盟員的工作上，力不從心。我們希望下一屆執委會在盟員的協力下，能更有效地展開組織工作。

(三)一年來的宣傳工作

一年來，統聯透過舉辦各種講演會、座談會、請願、遊行和聲明的發表中，宣傳、發表和促進中國統一的理念。迎接胡秋原先生返國的系列講演與行動，最近召開的「海峽兩岸關係問題學術討論會」，是在負責本聯盟宣傳工作的執行委員會領導下比較重要的工作貢獻。

但是由於嚴重缺乏經費，從刊行宣傳中國和平民主統一的刊物，到中南部舉辦各種活動等願望，皆難以為繼。此外，在研究和發展民族統一的學術、理論和思想的工作，也有待加強。兩岸之間，海內外之間關於中國統一的學術文化討論與交流的工作，也有待積極開展。

(四)一年來的兩岸交流工作

一年來，從胡秋原榮譽主席訪問大陸以及本聯盟執監委與盟員以個人身分對大陸訪問、開會和交流活動，頗為活躍，交流的性質，應須包括經濟、貿易、學術、文化和政治等不同的層次，並且取得一定的成就，受到兩岸社會的重視。

但是，因為格於客觀的政治禁令和經費等限制，我們尚未舉辦過代表本聯盟，集體的、突破當前政治限制的交流活動。深盼新一屆執委會，能因應未來一年的形勢發展，對於促成兩岸重大交流，有所貢獻。

（五）一年來的財務工作

一年來，因為盟費收入有限，工作的展開，承蒙大部分執監委員個人和其他盟員、社會人士定期與不定期捐款，使我們的工作得以展開，個人對這些奉獻，尤覺感激。

本屆財務部長耿榮水先生，在執監委支持下，成立了一個「統聯基金會」，以五十多萬基金，已經初步可以為統聯創造每月五萬多元的盈餘。

我們盼望新的一屆執委會，在財政工作上，有更好的展開，使統盟的工作，更加活躍和興旺。

最後，作為上一屆統聯執委會主席，必須為了過去一年內，因個人才德所限，未能做好領導、協調、發展的工作，向大會深表歉意。

但是一年來，我也要向以下的人們表示個人深切的感謝。

我感謝全體盟員一年來對統聯的支持、關切與督導。各位女士、先生在經濟上和行動上給執委會、監委會的支持與鞭策，對統聯的發展，極為重要。

我感謝全體第一屆執委會、監委會同仁的合作，與對我個人指導與批評，使我個人和聯盟皆受益良多。

我感謝謝學賢、黃溪南兩位副主席，在過去一年中給予我個人的協助、合作與幫助。

我感謝許多不及一一指名的執行委員、監察委員，在推動盟務，促進團結、發展工作上所做的，令人難忘的貢獻。

我所直接帶領的秘書處，在過去一年中，由於缺乏經驗，在工作上存在過具體的問題與缺點。但是，秘書處在處理日常工作、推動執監委員會交辦工作上，為我個人分勞、為聯盟展開工作，我個人也要藉此向秘書長劉國基表示感謝之意。

我也感謝一年來，社會、傳播界和其他各領域朋友們、先進們給予我們的批評、支持與勉勵。

最後，我衷心祝願新一屆大會為中國統一聯盟創造更為團結、更年輕、更開展的結構，把中國和平、民主統一的偉大事業，帶向一個全新的領域。

謝謝大家。

初刊一九八九年五月《中華雜誌》第二十七卷總三〇九期

語言的政治：共生、共榮[1]

歷史地看來，中國是個多民族的統一國家。加上幅員遼闊，她也是一個多民族、多語言和多方言的統一國家。

因為方言龐雜，分布在廣闊土地上的漢族內部，幾千年來依靠統一的共同文字，維續了民族在文化上的統一，並且得以因這一套共同的文字，發展和創造了中國的思想、文學和知識；並且使這些民族的智慧、知識和創意能夠記錄、積累和創發，從而使中國在數千年的演變中，維持遼闊土地上中華民族文化的堅強深刻的統一。早先秦朝前後的中國文字統一化過程，對我們民族做出了無可估計的貢獻。

文字的統一，造成書寫語言的統一；書寫語言的統一，解決了中國繁複多樣的方言所造成的民族內部溝通的一部分困難。十九世紀中後，帝國主義對中國酷烈的侵凌，民族面臨了存亡的危機。到了五四運動後，「外抗強權，內除國賊」的救亡、民族獨立和國家統一的強大要求，促成建設民族共同語的運動。白話文學運動，就是這民族共同語的一環。

民族共同語的建設，似乎有兩種不同的過程和內容。

最早是工業革命之後，西歐城市工業中產階級替代古老農業封建莊園貴族階級而興起。為了打破封建壁壘和城堡，以便在民族內部打開暢通無阻的工業商品市場和工業原料的來源；為了解放農奴，以便為新興資本主義工業提供大量「自由」的個別契約人工；為了對內扶持資產階級，對外擴張市場與材料的來源，西方民族國家運動熱烈展開的同時，也展開了各民族國家共同語建設運動。西方資本主義民族國家運動中的共同語運動，是為資本主義、以及嗣後的擴張主義服務的。

但第三世界的共同語運動，幾乎和「反帝」、「反封建」的救亡圖強運動分不開。第三世界的共同語，是為了喚起民眾，為了促進民族團結、一致對外；是發揚反帝、解放和獨立的民族主義的組成部分。中國的共同語運動如此，印尼、菲律賓者亦復如此。

帝國主義者和反帝民族主義者同樣明白第三世界共同語對於民族解放和獨立運動的重要性。因此，被西歐民族主義者支配一、兩個世紀的第三世界中若干民族，在殖民主義者刻意阻撓和破壞下，造成複雜而深刻的、民族的、語言的和宗教的矛盾，至今成為這些前殖民地民族無法團結前進的巨大阻礙。

國民政府來台灣以後推行的「國語」運動，其實就是共同語的運動。在中國，沒有一個非北京語系省分的普通話（共同語）推行得比台灣省更成功。不能忘記：一九四五年台灣光復後，台灣知識分子、民眾的主動熱忱學習普通話，是台灣推行中國普通話成功的重要精神基礎。

然而，國民政府在台灣省推行普通話，有錯誤的政治動機。人員龐大的國民政府、黨、軍集團，撤退到一個與北方語系幾乎完全無法做語言溝通的閩南語系的台灣，進行獨占、集權和控制支配。支配者的人數遠遠少於被支配者，語言不通，環境陌生。雖然在美國強大支配下，以武力確立了統治（「二二八事變」和一九四九年到一九五四年的異端撲殺），但國民黨集團心靈的深部仍戰慄著獨裁者的巨大不安與恐懼。國民黨在台推廣「國語運動」，其實是一種「不讓被支配者講支配者聽不懂的話」的政治措施。正是從這個孤單膽怯的獨裁者的政治出發，才有以侮辱性的懲罰推行小學普通話教育，嚴格限制台語、客家語電視傳播的劣政惡法。至於對台灣少數民族十種語言在政治、教育、文化上的鎮壓與歧視，老實說，不但國民黨如此，連天叫嚷「還我母語權」的漢人（無論如何，對台灣少數民族而言，外省人和台灣人全是壓迫者「漢人」，無軒輊之分）也是這歧視構成的共犯！

語言人類學告訴我們，任何民族、任何種類的語言，都有它獨特的優美性、複雜性和創造性。認為那個民族的語言最優秀、最美好，是因為民族認同、尤其是被壓迫民族建立自尊之所繫，但也是民族沙文主義的根源。

我們主張虛心認識中國各語言、各方言的美和喜悅。我們擁護進一步正確地發展中國共同語，我們反對國家機關因階級、集團的獨占利益，假借推行共同語之名，行壓迫、歧視少數民族語言和漢系不同方言之實的惡政。我們主張在少數民族中發展和保存他們的語言，以各少數民族語為教育上的另一語言。在漢系語言問題上，主張共同語與方言共存、互相豐富和發展；在少數民族語言問題上，我們堅定反對漢語沙文主義。而在中國共同語問題上，我們同時反對共同語獨裁的地方方言沙文主義。

《人間》雜誌的「母語之美」晚會，正是這理念的初步實踐。互相虛心地認識各語言、各方言的美妙，從互相欣賞而互相尊重，在人民的層次上發展不同語彙，展開的共生、共榮和深刻的團結。我們如此期盼，也如此祈禱……

初刊一九八九年五月《人間》第四十三期

1 本篇為《人間》雜誌第四十三期「發行人的話」。

望鄉棄民

一場尚未結束的戰爭

第二次大戰在一九四五年結束，但戰爭的傷痕不但留在被侵侮民族的歷史上，也烙印在侵略者最底層的民眾的生史上。到東北拓殖的日本貧困農民，在戰敗後把二十八萬個小孩賣給中國人。在炎熱的東南亞和南太平洋島嶼上，有數千個日本軍人逃脫軍隊，自願捨棄祖國，永為望鄉的棄民……

在舊式帝國主義的時代，日本占領台灣、朝鮮，並且在二次大戰中向中國大陸和東南亞、南太平洋擴張。「在那個帝國主義的時代，日本軍隊到處擴張，當然也遭遇到各地的抵抗與反擊，而終至於遭逢歷史性的戰敗。」日本的報導攝影家三留理男說，「日本向世界擴張而又戰敗的歷史，固然損害了別人，也造成了以各種形式被日本國策所棄絕於中國的東北、威海衛、東南亞、南太平洋和台灣的人。」

最早被日本擴張主義損害和遺棄的日本人，可以追溯到明治時代的karayukisan，即遠赴南洋賣淫，以養活在日本的貧困家族，間接協助了明治資本積累的貧困農村女性。「如今，她們的墓木已拱。」三留說，「此外，被迫到戰場去當軍妓的『慰安婦』、軍伕、『農工兵』（即到日軍占領地去開墾拓殖的日本低層農民）……這些人被日本侵略的歷史犧牲、遺棄、遺忘了……」

「被國策遺棄的日本人」

這些被遺棄的日本人中，最為特殊的一種人，是大量被遺留在中國大陸的當年日本小孩，今日在日本被稱為「殘留孤兒」。三留認為「殘留孤兒」的名稱，表現了日本人片面的帝國主義思想。「其實，他們全有中國的養父母，怎可稱為『孤兒』？」他以為他們是日本的「僑民」。其實，僑民多少有其到僑居地的自由意志。這些人，畢竟是當年殘酷的歷史和日本侵略戰爭所造成的人間的黑暗所遺棄的孩子們……

三留理男花了將近八年的時間，斷斷續續在中國東北、南洋、東南亞去拍攝這些「被日本國策所摧殘和遺棄」的日本人。生於一九三八年的三留理男自己就隨著日本殖民技術官僚的父親，在今日平壤生活了三年。「平壤再往北走，就是中國東北了。我是被日本殖民主義派到朝鮮的日本人的兒子，在戰後隨難民被遣送回日。」三留說，「今日所謂『殘留孤兒』，年齡上正是我這一代人。只要因緣略一差池，我也很可能成為『殘留孤兒』。」他說或許這種對當年歷史的共同體驗成為他拍攝包括這些日本人在內的世界性的難民題材的契機。「其實，回想自己長年來的工作，作為攝影家，我總是在從事一種不讓戰爭再度發生的表現。」三留說。「不讓戰爭再度發生」的思想與行動，恐怕才是三留理男半生的工作動力。「不過，我並不是整天挺著胸肩在做……我這個人好色，而且老愛開玩笑……」他笑著說。

「殘留孤兒」

為什麼有那麼多的「孤兒」「殘留」在東北呢？

據統計，日本拓殖農民在東北「留下」來的孤兒就有二十八萬人左右；一般的日本人「留下」的，有一一八〇人。對於二次大戰所造成的世界性難民問題頗為熟悉的三留理男說，日本「孤兒」「殘留」東北的情況很複雜。

「有的是中國人向戰敗後處境艱難的日本人要來賣的。中國歷史上，每有荒年，民間常有賣小孩的習俗。在日本人方面，戰敗時處境艱難，需要把自己的兒女賣錢，才能吃飯，才能回到日本去的情況，十分普遍。」三留說。

戰敗後日本人在東北賣兒賣女的窘狀，在戰後成為巨富的日本，反而不肯去面對。「日本人賣兒女度日是事實，大陸上還有當時賣兒契約可以證明。日本人在今天不肯面對『必須賣兒女度日』的可恥，所以我的報告，受到這種讀者的批評。」三留說，「他們想掩蓋，想忘記過去的醜惡……」

一般而論，「這些日本小孩，可以說都在中國父母愛護下長大成人」，三留說。他們和同時代的中國人一樣，歷經戰後中國內戰、八路軍、革命和文革。在文化大革命時代，許多這些日本人因為他們的日本血統受到欺侮。「他們和全世界的孤兒一樣，只因為他們是孤兒而被冷淡、虐待，也有因為孤兒而被特別疼惜。」

兩年前開始，這些「孤兒」到日本找親生父母。時移事易，不少生身父母因婚姻家庭關係的變化，因財產分配問題，不肯出來認四十年前被自己出賣的骨肉。有不少「孤兒」寧可留在大陸孝順中國養父母，而日本政府竟也可以對不願回日本的「殘留孤兒」不予分文「贊助」。而因為嚮往日本物質豐裕回到日本的人，也造成嚴重的親族、社會和經濟問題。受到戰爭殘害的人，總是不分發動戰爭者和被侵略者的、最低層的人民……

望鄉棄民

二次大戰結束以後留在東南亞和南洋的日本兵，滯留不歸的原因也很多。有些人是在戰爭期間，因為日軍被困，戰況艱難而慘烈，遂在森林中脫隊逃亡。「有人在逃亡中被土人收留，遇到親切對待自己的土著女性，遂結婚成家。」三留說，「有些人原來反天皇、反軍部思想，或者在慘烈的戰爭中悟到天皇和軍部的可惡，因反戰而脫隊逃亡……」

這種沒有回到日本的原日本兵及相關人員，散在蘇聯、東北、北朝鮮、東南亞、緬甸和南洋。以個別地區而言，則以滯留印尼的八百人為最多。

「當時日本兵才占領印尼，戰爭就結束了，因此死傷很少。戰爭結束，日本兵很快地加入蘇卡諾的陣營打獨立戰爭。」三留說，「因此，印尼獨立後，這些日本兵反而因開國有功，在戰後可以公開、光榮地生活在印尼。他們在印尼成家立業，領國家支給的薪俸過日。」

台灣原日本兵的天皇觀

台灣人「原日本兵」也是三留報導的題材。

「當然，台籍原日本兵，和北朝鮮原日本兵一樣，不是日本人。」三留說，「但是，到目前為止，日本當局對兩地原日本兵還沒有採取具體的補賠處理。」

台灣原日本兵，幾年來為爭取日本當局補賠，到日本打過官司。在形式上，第一審「敗訴」，但判決上指陳應由日本國會特別為此案立法，而在國會也通過了處理台灣原日本兵補賠的決定。

目前的決定，是每人賠二百萬日圓。戰歿或已歿者，可由其三等親支領。「問題」變得很複雜。據統計，只有七〇%的台籍原日本兵可以拿到錢。身分證明、三等親……這些條件都是苛酷的限制。「此外，時間久了，當年的文件也不會全。」三留說，「問題是，『支持』這賠償的律師和議員，很多是自民黨系。他們主張每人給二百萬，條件是不要再上訴。台灣這邊領導一些原日本兵的人也是國民黨，他們也說，拿了錢就不錯了，別再鬧下去……我以為這很不應該。你們要繼續爭。問題不是錢，是歷史是非。」

三留理男對於台灣原日本兵的天皇觀，感到吃驚。他遍訪大陸、東南亞、菲律賓，他發現只有台灣人原日本兵對日本天皇印象最好！

不知道自己的被害，對加害者保留好感，是另一種深刻的被害。「概括地說，山地籍原日本兵，以其在南洋驍勇善戰，頗受優遇。也許光復後，台灣山地人受到歧視的境遇沒有改變，所以他們都以為『日本時代比較好』。」三留說，「但是也有採取日本批判立場的台灣原日本兵。有一位洪先生，就不願意使用日本話接受訪問。問到對天皇之死的感想，他說他無動於衷。他說這個天皇對台灣原日本兵從來不曾關心過……」

三留理男說，其實他也了解一些台灣原日本兵對日皇不願批評，是出於中國人和東方人對死者的赦免與禮貌，不能完全說那些人很喜歡日本和日本人。但確實有人諛美日本過了頭的。

比起德國人，日本對戰爭責任，沒有認真反省的態度。這到底原因何在？

「日本人似乎有一種必欲遺忘自己不愉快、醜惡記憶的素習。日本企業，每年歲暮，必有一個『忘年會』，大家喝酒作樂，把一年來的失敗，不愉快的事全忘掉。」三留說，「昭和死後，我仔細觀察了日本的反應。不可否認，日本人對天皇確有一份感情。自民黨也供著天皇，作為逃避政治責任的機器。」三留認為日本天皇當然有戰爭責任。「但對於那個戰爭，其實全日本國民都有責任。我搞報導攝影多年，這種認識就越深……」他說。

希望台灣年輕一代反日

談到未來世紀中日本與亞洲太平洋諸民族的關係，三留竟而有些激動了。他認為，台灣年輕的一代，該起來支持像台灣原日本兵索賠這樣的問題。

「他們都老了，今後恐怕凋零得更快。在日本，能理解、同情他們的，也是同他們一樣老的一代。」三留說，「日本政府根本沒有誠意。他們想賴掉。他們想掩蓋事實。想忘掉自己的醜陋……」

三留說，年輕的日本人，對日本歷史中的過犯，更為冷漠。昭和時代結束。改元後的日本，又把昭和歷史的問題與責任抛得更遠了。

「弱小者應該團結起來對抗強者。今後的補償問題，全看台灣人自己的團結，要大膽出聲抗議。」三留說，「台灣的年輕一代，要出來接棒，你們在戰爭中，有死、有傷、有殘。除此以外，你們什麼壞事也沒幹過，理直氣壯，要抗爭到底！」

我沉默了。我想到台灣「年輕一代」對反日、反帝、反美的冷漠。

「富裕後的日本，不行了。像你的《人間》這樣的雜誌，如果在日本發行，一億兩千萬日本人口，頂多只能賣兩千五百本。你能在台灣辦《人間》，維持三年以上，而且銷數不斷增加，我看這是台灣年輕一代的希望……」

三留似乎獨語似地說。而我依舊吟味著我那一份複雜的沉默，沒有則聲。

「請努力下去吧！《人間》是難得的雜誌……」他說。

（三留理男採訪在東北「日本殘留孤兒」和東南亞原日本兵，分別以《棄民》和《望鄉》的書名由東京「東京書籍」社出版，成為日本年度暢銷書。）

初刊一九八九年五月《人間》第四十三期

關於「六四」天安門不幸事件的聲明[1]

以三千人死亡、數萬人受傷收場的大陸「六四」天安門不幸事件，已經使一九七九年以來基本上順利發展的、兩岸民族溝通、團結的良好形勢，遭到嚴重的打擊和破壞；使最近數星期來中共當局部分人士謀求和平化解人民內部矛盾的艱辛努力，功虧一簣，毀於一旦；也使長期以來千方百計破壞和反對中華民族在和平、民主條件下逐步恢復統一的內外各種勢力，無不額手稱快。對此，中國統一聯盟表示最深的遺憾，最沉痛的悲哀，並且對於中共當局終於走向殺傷大陸學生和公民的事態，表示嚴厲的譴責。

中國統一聯盟一貫認為，中國政治民主運動與民族統一運動是不可分割的。在「六四」天安門事件嚴厲地危及民族團結與和平發展的當前時刻，我們向海內外中國人民提出這些緊急呼籲，以利療傷止痛：

一、即刻召開人大常委會臨時會議，並邀請北京學生、市民和工人代表列席證言及備詢，著手準備新政府，以有效、公正地收拾事態。

二、立刻下令停止軍隊與學生、市民和工人的對抗，盡速停止戒嚴，搶救和治療在事件中受傷的學生與公民。

三、立刻著手組織一個包括海內外無黨、公正、專業人士，對「六四」天安門事件進行客觀、公正的調查與研究，限期公布事件真相，並依調查結果，在公開、公平、公正原則下，依法處置各級負責人員。

四、即時採取有效措施，對在事件中不幸死難的學生與公民優予撫恤、安葬，對受傷、殘廢公民妥加治療和賠償，並對「六四」不幸事件做出公正的政治結論，保證不對涉事學生及廣泛公民採取政治報復措施。

值此民族團結面臨重大危機的時刻，中國統一聯盟將化悲痛為力量，同擔全民族的不幸與苦難。「六四」天安門不幸事件，只有使我們更加具體地認識到：中國政治與社會的民主化與自由化，是分斷民族再團結與統一不可缺少的條件。今後，中國統一聯盟，將忍辱負重，堅定站在兩岸中國人民——而不是黨派與政權的立場，和兩岸人民一道，為民族和平、民主的統一而更加努力工作。

一九八九年六月

中國統一聯盟主席陳映真暨全體執行委員
一九八九年六月五日

初刊一九八九年七月《中華雜誌》第二十七卷總三一二期

1 本篇為「天安門大慘案」專號文章。

韓國民眾的反對文化 1

從四月九日到二十三日，我們到韓國做了為期兩週的訪問採訪，一共會見了韓國民主運動中政治、工運、學運、報紙、宗教、文學、藝術、戲劇、電影、環保和學術等十幾個戰線的團體組織，和二十位以上現場運動的領導人、學者、宗教人士和文藝工作者以及新聞工作者，為《人間》讀者製作了這個除了日本以外，在世界其他社會幾乎從來沒有做過的、關於當代韓國民主運動的全向度（all-dimension）報告。

在台灣的大眾媒體中，關於韓國的民主運動，只拾取西方新聞社的餘唾，報導韓國「激進」的學生運動和八七年後半升高的重工業工人的同盟罷工，卻對於運動的戰後歷史、思想和文化的深層背景與脈絡一貫無知和忽視。今年初，有台灣留美自由派學者，公然妄論韓國學生的反美、民族統一運動「過激」和不切實際，就集中地表現在意識上和思想上，台灣傳播和言論人、言論機關長期受到冷戰邏輯和美國西方傳播霸權的支配和限制，從而長期對亞洲、第三世界政治、社會、生活與文化的歧視。

我們絕無意鼓勵機械、盲目地模仿韓國反對運動的理論與實踐。但是，理解到韓國的戰後，在美蘇霸權對立下使民族分斷敵對，美日政治、經濟、軍事、文化的強大支配，民族間冷戰對峙為藉口所建立的反共國安體制之高度的政治，以及這政治下付出巨大的社會成本的成長……這些國際地緣政治環境和國內的發展與問題，殆與台灣有極大的共同性。我們認為，認真、深入地理解韓國戰後民族·民主運動的歷史與內容，應當有很大的參考和研究、反思的價值。

韓國民主化運動，至少在以下這些方面，引起我們的注目：

首先，當前韓國群眾性民主化運動，是在韓國戰後資本主義以其成功地越過石油的危機、成功地爭取重化工業發展的勝利、和最近世界資本主義在亞太地區重新分工編組的時代，以向大陸、蘇聯、東歐和東南亞奮力輸出其資本而艱苦挺進下的繁榮背景中，持續深化和擴大的。這和第三世界國家民生凋敝下的運動，和資本主義國家民主運動在七〇年以後經濟持續的成長後的潰滅，有值得注目的不同，應該研究。

其次，韓國民族·民主運動有悠久的歷史，承繼二十世紀初「三一運動」以降的抗日民族獨立運動、六〇年「四一九」學生革命、六五年的反對《韓日和約》運動、七〇年代的人權運動、八〇年光州慘案後的反美統一運動以至於今，和七〇年前後西方進步知識分子民主運動的短暫「曇花一現」式的運動有所不同。

再次，當前韓國的民主運動的向度（dimensions）深廣，擴及神學、文藝、社會學、哲學和文化，並皆有其嚴肅認真的韓民族主體性思維與實踐的結果，很值得亞洲民族·民主主義知識分子重視和研究。

最後，韓國民主運動在思想啟蒙、文藝創作和現場運動相結合的方向上，不斷地擴大它的群眾參與的幅度。思維與實踐的不斷提高與普及，正在從實質上鞏固和擴大著運動的廣泛群眾性的力量。

這次訪問最大的缺憾，是因為時間的限制，每天排滿了無法調整的行事，不能離開漢城到農業地區的農運中心去採訪韓國的農民運動。盼望在將來適當的時機，補完這個缺憾。當然，相當多數的企業界、自由主義知識分子、文化人和作家、買辦階級知識分子、體制系反共教會，甚至因八八年在國會取得多數席位而體制化的兩金反對黨部分人士，對於當前學生、現場運動家、工運、農運和民族文藝／文化運動，持有光譜遼闊的不同意見。隨著運動的深化，最廣義「進步」、「保守」陣營的攤牌，看來是勢所必至，無法避免了。

當台灣的反對運動正充滿某種焦慮和徬徨，當大陸百萬學生和市民的反腐敗民主改革運動充滿熱情和悲壯的期望，卻同時未見冷澈、深刻的思想、批判和全面的啟蒙運動，在冷戰因兩霸的疲憊而急速鬆弛、亞太地區新的經濟和政治重組的時代，韓國充滿活力和民眾創造力的民族・民主運動，正要求我們和全亞洲和平、民族解放和民主主義運動的注目、研究、分析和學習。
我們以這個「激盪中的韓國民主運動」特集向偉大的韓國人民致最深的敬意。
我們也以這個特集，獻給海峽兩岸的民主改造運動。

初刊一九八九年六月《人間》第四十四期

1 本篇為《人間》雜誌第四十四期「發行人的話」。

悲傷中的悲傷

寫給大陸學潮中的愛國學生們

——反貪汙、反獨裁，爭取民主、自由和人權，固為大陸學運正當而勇敢的要求，但對於當前大陸獨裁、腐敗的構造缺乏較深刻的分析與批判，則運動的動力與方向，是令人憂慮的……——

為了在《人間》雜誌上報導八七年「六一〇」以後韓國民主運動的發展，今年的四月九日，我來到春天的漢城市。在遠山上，在幾個大學校園裡，各種各樣的樹正惺忪地吐出新芽。遠遠望去，竟是一片粉粉的、迷濛而又盎然的春意。然而，韓國的民主運動的形勢，卻因盧泰愚政府利用文益煥牧師訪問北韓的事件逐步上緊政治螺旋釘，而日復一日地嚴峻起來。

兩個現場

我懷著無比的驚詫、激動、感嘆，和對於韓國人民油然的敬意，在漢城市奔波採訪。白天裡，我和韓國民主運動的政治、學生、工人、文藝、文化和學術等組織和現場運動家們傾談，晚上回到陳舊廉價的旅館泡熱水，消退一天的疲乏，看美軍在韓英語電視台的新聞節目。在四月十六日前後，我看見北京各大學生悼念胡耀邦故總書記而展開的一連串要求政治民主化、自由化，打倒腐敗官僚的示威報導。二十三日我飛往美國的舊金山，為了參加一項名為「一九八九年中國文化研討會」的會議。

四月二十六日，我按照規定，到達極為美麗的帕麗納斯海邊，一個被松樹林包圍的別墅報到。在那兒，我一口氣碰到許多我已經認識、以及新認識的大陸記者、編輯、文學家、理論家、電影導演、電影教育者和文藝批評家。

北京的學潮，早已經成為這些新舊朋友們最熱切的話題。

我和大陸朋友一塊，以焦慮的心情讀著美國的華文報紙，聽他們轉述一些「小道消息」。有人直接打電話回北京問狀況，然後向大夥傳達「最新消息」。第二天，大夥要求主人搬來一台電視機，看美國新聞節目裡的北京學潮，讓英文好的留學生當場翻譯解釋。

議論不但是紛紛然，而且有時甚至於是激昂的。

就在幾天前，我還在漢城採訪激盪中的韓國。那時候，我有一種清楚的、「同情的局外人」

的感覺，卻心安理得。然則，在這時候，對於北京的學潮，切身之感與距離之感，與我竟是同樣的真實！我為自己的這種感覺大為震驚。

終四天的「研討會」，我不斷為這令我震驚的感覺求索解釋。看著大陸來的朋友們論議風發，我偶而也漫然地想——北京的學生們，自己在祖國的現場做了決定，採取了行動，為自己實踐承擔不能預知的後果。在幾千里外的異國美麗的海岸，眼前這一切慷慨的議論，初固令人動容，但繼之則有荒疏之感。

真正的發言權，只歸於在鬥爭現場上的人們。台灣三十年民主化運動歷史也做出了這個的總結。在鎮壓的巨臂所不可及的地方「為正義發言」，是多麼的無力。——立刻束裝回國吧。不是回去領導運動，而是同學生和民眾一起思索與行動……

我在心裡默默地對一室議論勃發的同胞說。

四十年來的民族分斷，使中國分成了兩個現場。不論我多麼的吃驚，我已經具體的屬於台灣這個現場吧。兩個現場的民主化改革的鬥爭，究竟是各不相干的鬥爭，還是克服民族分裂的歷史不可分割的鬥爭，就繫於兩岸民主變革運動的思維與實踐之是否縱深化和全局化了。開完了四天的研討會，這種感受也變得愈為鮮明了。

台灣的民主運動

研討會的組織人知道我從漢城來，臨時要我做一個比較台灣、南韓與中國大陸民主・人權運動的報告。

台灣的民主化運動，具體地說，即反對國民黨黨政的運動，和戰後美國對台政策有密切的關係。

二次大戰之後，隨著美蘇兩個霸權的對立，隨著國共內戰的形式快速的逆轉，美國採取了把台灣改造成一個親美、反共、與中國分立的亞太反共軍事基地的國家。在這個全球戰略的指導下，美國支持五〇年代初對於台灣反帝民族運動的滅絕性撲殺，在軍事、經濟上鞏固和發展台灣，並且細密而深具遠見地展開台灣文化界、知識界的全面美國化改造。

美國反共基地國家台灣的形成，正是以海峽的軍事對立為藉口下，高度獨裁的「反共安全體制」國家的形成。獨裁產生反抗。恰好是為了貫徹「塑造一個親美・反共、從而與中國分立的台灣」的政策，美國用它的另一隻手毫不躊躇地支持台灣的「民主・人權」運動。國民黨和他的反對派便同樣具備了親美、反共、與中國分立等三個特質，只在政權的問題上，兩者有激烈而徹底的不同意見。

為了它的國家利益，美國在台灣支持和創造了一個高度獨裁的體制，卻同時享受了台灣反獨裁民主運動對它不渝的忠誠與讚美。

因此，截至目前的台灣民主運動，基本上是親美、反共、主張中國永久分立的反國民黨運動。

韓國的民主運動

韓國的戰後和台灣的戰後，有許多明顯的共同點。然而，反對美國支持的軍事獨裁的韓國民主運動，尤其是一九八〇年五月的光州慘案之後，高舉了反對美國帝國主義及其專制僕從的旗幟，進行激昂的民主、民族運動。

因此，反對軍事獨裁統治的韓國民主運動，和帶著鮮明的反對外國支配、要求民族自由化、統一的反美民族運動，是不能分開的。一九八〇年以後，韓國人民的民主化運動中，在社會學、文藝、學生、工人、農民和宗教等廣泛的戰線上，展開了全面反省與清算戰後美國對韓國支配的工作（參見本期《人間》雜誌「現地報告：激盪中的韓國民主運動」系列）。

如果台灣的民主化運動，是和國民黨爭奪領導建一個親美、反共、並且與中國永久分立的台灣的運動，那麼，南韓的民主運動恰恰是一個反美、「脫冷戰」（即超越五〇年以來美蘇冷戰對峙的邏輯）、和重建民族自主統一的運動。

西化新論

我的極為概括性的比較報告，似乎贏得了聽眾的相當程度的鼓勵。但是由於時間的限制，我沒能對於我最陌生的大陸民主化運動表達個人的一些觀察。然而，帕麗納斯的研討會本身，卻生動地補充了我對於當前大陸知識分子關於中國大陸民主化運動的觀點的體會。

或許因為會議的性質原就是要從漫談中發展出比較清晰的主題，許多人的發言都比較不切合討論的提綱，所以我也沒法寫下筆記，許多發言的內容，已不復記憶。然而，在一些討論中，大陸知識分子的發言與反應，卻讓我難以忘懷。

談到中國的政治和文化和中國經濟上的落後的關係，以及如何「吸取東西方精華」，中國傳統和「毛時代」的政治文化有無可以去蕪存菁的東西，意見自然是紛雜的。但總結起來，有人認為中國民族、中國文化中醜惡落伍的東西太多，出路只有無條件地西化一途；有人認為中國的儒教文化畢竟產生了「四小龍」的現代化，足見中國落後是共產黨沒搞好，辜負了中國文化中積極的部分。至於「毛時代」的政治文化，自然是一無是處。

「無條件西化」論，其實就是「全盤西化」論，在中國，這是古老的論爭，如果在今日提出而無新意，除非把過去的言論重複一次，實無從討論。而「儒教文化」與「四小龍」的資本主義化的正面關聯問題，三〇年代的中國社會史論戰時反而有許多的論證，以「儒教文化」中許多反「奇技淫巧」、反商業資本而重土地資本、和恥於「言利」而重「言義」的思想，來說明中國社會漫長的停滯性。

事實上，「四小龍」的發展，離開戰後的美國亞洲政策，離開六〇年代的資本主義體系的再分工，使「四小龍」對美日經濟垂直從屬化，離開反共獨裁下的資本超額剝削與積累，就不能有比較科學的理解。而大陸的知識分子對四九年的革命和在七〇年代中後結束的「毛時代」絕對、全面的否定，使少數洋漢學家稱奇，不斷反問：「總不能說，中國的傳統什麼意義都沒有；總不能說，三十年毛時代的東西沒有一點兒正面的東西留下來……」

士大夫和「臭老九」

漢學家們問中國知識分子：為什麼一向受尊敬的士大夫淪落成了「臭老九」？有一位大陸知識分子回答得很好。他說在「士」被列為「四民之首」的古代體制下，士大夫受尊敬，有政治支配的因素。其他的朋友則大多集中說明解放前因為對國民黨和社會的絕望，知識分子把一切希望寄託在中共。等中共打走了美國和國民黨，有敬佩之心，也有自覺「知識分子不行」的反省。及至於知道「上了當」、「受了騙」，已無力反抗……

在「舊社會」，士大夫和農民的關係，一般地是緊張的。士大夫之上焉者，是各封建統治階級的後備軍；其下焉者附庸於橫行鄉黨的豪門，以「知識」為利爪，仗勢魚肉農民。當然，更下焉者，才加入農民蜂起的隊伍。問題是：如果革命的過程，即中國的知識分子對「士」與農民之間在歷史上的緊張關係有所反省，自覺地做知識分子民眾化的改造，即使後來發現中共是個「大騙子」，也不應該連帶否定知識分子向勤勞的民眾認同和自我改造的價值。知識分子自貶成歧視性的「臭老九」當然不對，但若必欲使知識分子恢復到現代「受尊敬的士大夫」，似乎也不對。

漢學家、記者、外交官

中國人對於「西方學者、記者、外交官」對當代中國問題的論述怎麼評價？對於這個問題，很多人說洋人的論述不夠深入、角度不對，介紹到西方的書和人也有問題，應該介紹某些人、某些書。有一兩位漢學者的反應是，他們按照自己的需要和研究結果，把自己認為最有利於理解中國的東西交給西方人，不能凡事依中國的觀點和需要去研究。「中國研究」，是為二次大戰期間美國為攻掠日本占領下的東亞、讓美國勢力乘勢進入亞洲太平洋地區的大戰略服務的。二次大戰之後，包括「漢學」在內的「東方學」，基本上也是為美國東西反共圍堵的軍事與政治做服務。西方記者，大體上，也不免為白人中心的通訊社和「傳播帝國主義」服務。至於西方的外交官，更是理所當然地為自己的國家利益服務。大陸的知識界，似乎對此理解不足，在發言上，感覺不到即使是隱藏的批判性和主體性。

四月二十九日下午的討論，對於使我理解大陸上部分批評體制的知識分子的思想和他們對世界的看法，有很具體的教育作用。

關心中國的各界外國人士，怎樣幫助中國的改革、民主化和人權化，並且怎樣才沒有干涉他國內政之嫌？

人權外交與國家利益

主持討論的麥克．奧森柏格先說了一小段話：美國的人權政治，基本上是為美國的「國家利益」服務的。美國關切中國的民主與人權，但也同樣關切中國的政治穩定、社會的有效控制與秩序。人權政策，不是浪漫的情感，要實事求是。幾天來中國朋友談很多愛國主義。美國也要談她的愛國主義。二次大戰以後，美國對外涉入太多。如今，美國的財政、貿易、生產都出了毛病。現在美國也該想，哪些事她該管，哪些事她該袖手？

這些話是叫人難以下嚥，但屏神凝聽，不免暗暗叫好。這話出於擔任過最講「人權外交」的卡特政府的顧問的奧森柏格之口，對於過分的美化美國「人權外交」或「政策」的朋友們而言，具有其雄辯的教育性！但是中國朋友的反應，可以「怨聲載道」形之。他們說美國豈可把具有「普遍性理想」的人權和現實的國家利益扯在一塊？美國有義務運用她的「影響力」，促進中國的民主和人權。有一兩位甚至清楚地向奧森柏格發言表示「憤怒」和「抗議」！

一九六八年我在台北被捕，在座的安格爾先生和聶華苓女士具體關切過案情的發展。一九七五年，我在獄中忽然收到來自大阪「國際特赦組織」的慰問郵包。一九七九年我二度被捕，安格爾先生和聶華苓以及許多北美的朋友對當局表示過關切。在座的人可能很少人像我一樣對國際人權組織懷著難忘的感謝。但我衷心同意奧森柏格的發言，特別是因為他不曾把美國的人權政策理想化、美化和神聖化。只要想一想以色列對巴勒斯坦人民的壓迫、南非殘暴的種族主義和亞非拉地區凶殘的獨裁政體全是美國在撐腰，問題即可思過半矣。再者，美國境內少數民族的問題、窮人問題和飢民問題，其實不也是嚴重的人權問題嗎？

韓國著名詩人金芝河幾度被朴正熙處死刑，卒皆能在國際人權輿論下倖獲釋放。有日本人權救援組織去探望被釋回的金芝河，金曰：「我個人十分感謝你們的聲援。但韓國的鬥爭，是韓國人自己的決定，自己的行動，自己負責其後果。據我所知，日本不公不義之事亦多，君等何不戮力於自己國內的鬥爭呢？」

「其實，中國朋友心目中的民主和人權，現實上，在任何地方都找不到的。即使在美國也沒有！」會後，我在走廊上無意間聽到兩位外國漢學家對一位搞編輯工作的中國朋友這樣說。他們語意懇切，使在一旁無意間「偷聽」的我，感觸益深。

保守的「改革派」

從反中共竄政，把美國過度理想化和美化，對中國的發展與落後沒有全球的、結構性的理解力，對於社會主義評價過低……等這些思想的質素看來，如果這些大陸朋友在台灣，肯定是國民黨和台獨或者民進黨的支持者；而如果他們在韓國，肯定和當前韓國的民主化運動站在堅定的對立面。

大陸知識分子的保守化和美國化，在目前留美的大陸留學生中表現尤為顯著。這次會議上有兩位大陸留學生就極力主張美國的學界、傳播界，應該用其影響力促成大陸民主化。回到台灣以後，從報上知道其中的一位出席了索拉茲參議員的聽證會，建議美國以科技轉移為手段，為大陸民主施加壓力。這和韓國民主運動中的知識分子的「美國觀」，是何等強烈的對比！

知識分子的美國化改造

以「台灣經驗」和其他第三世界國家的經驗看來，當前大陸學生大批到美國留學，大量的作家、編輯、報人、電影人、科技人士在各種美國基金會的交換和訪問的計畫下，四處激烈湧向美國和西歐時，匯率和待遇上的高差距，物質、研究和生活環境巨大的落差，正在廣泛、深入、精確地進行一場極有效率的中國知識分子美國化改造運動。而這美國化改造運動的對面，恰恰是對自己民族、民族文化、歷史的程度不同的怨恨、輕蔑和否定。美國在第三世界國家中，一貫大量塑造以第一世界的觀點和白人價值為中心去評斷自己民族和歷史社會的「精英資產階級知識分子」。最近，對民族主義及愛國主義的愚妄批評就是一個生動的例子。

一九三〇年以後，留學美歐的自由主義知識分子，隨著中國的革命浪潮而從中國的知識與政治生活中消失。一九五〇年，親美自由知識分子在反共、親美的台灣刻意被培植起來，卻分別去支持同為親美・反共的國民黨和在野的勢力。一九七〇年以來，鄧體制下的大陸重新派遣留學生赴美。二十年後，經過美國意識形態洗禮的高級知識分子就可能占據大陸各分野的領導地位。今天，美國只要以五〇年代和六〇年代軍事包圍中國的巨大經費的幾十萬分之一，以留學、基金、交換和訪問等計畫，就能夠有效地達成它在五〇年代和六〇年代所難於達到的目的。

美國的舊金山帕麗納斯海濱的經驗，於我是極其深刻而難忘的。我具體地認識了產生《河殤》這種作品的大陸「改革派」知識分子的思想生態：對中國的發展或落後，沒有地球規模的結構觀點；對戰後的資本主義體系發展以及其與中國的關係，沒有起碼的認識；對第三世界有意無意的忽視甚至輕視；對於美國、日本和西歐的理想化、美化和自卑；對四九年中國巨大的變革和社會主義、乃至各種進步知識的過低評價甚至於無知，不只是今日大陸「反體制」、「改革派」知識分子的特點，究其實，恐怕也是整個大陸共黨的特質吧。

於是有一個「怪想」不可抗拒地襲來：如果在政權不干涉下的民主辯論和群眾參與的自由討論中，我難道不可能贊成「反右」和「反對資產主義階級自由化」嗎？當然，中國共產黨不分什麼「保守派」與「改革派」，毫無疑問都應該為這複雜而令人震驚的中國思想界的保守化和墮落化，負起無從旁貸的巨大責任！

悲傷中的悲傷

帶著這樣的經驗回到台北，又在電視螢光幕上看見北京和大陸各城市的大學生、市民和工人們壯大的絕食示威，心中有極為複雜的激動。絕食已經造成二千名學生虛弱住院，萬一發生真正飢餓致死的事件，後果何堪想像！

然而，有誰具體分析過「開放改革」體制下中國社會矛盾的本質呢？有誰，像我所認識的幾位香港年輕好學的經濟學家，從大陸經營「權力下放」下，黨官僚政治權力與事業經營權的結合，造成農業和工業部門的失調、基礎工業部門與新興消費品輕工業部門的失調、內地和沿海地區的格差擴大、中國工業部門對外國生產設備和半成品的嚴重依賴化，以及官僚對原料、商品流通過程的干涉、奪占……去把握嚴重的通貨膨脹、對外從屬化和官商勾結倒賣的腐敗結構呢？有誰去分析過這個龐大「官僚獨占的、半封建、半社會主義社會」對世界資本主義體系之新殖民主義式的結構依賴的形成過程，以及在這過程中呈現出來的、新的榨取和階級支配的關係呢？

歷史和全中國在等待著對於這些問題的思維、分析和解答；落後國家社會主義革命運動，也在等待對這些問題的思維、分析與解答。而在中國大陸當前黨和批評黨的知識分子，顯然都已失去了思維、分析和解答這些問題的能力。在遠遠沒有這些思維、分析與解答之前，同學們竟懷著單純卻毫無政治和知識實體的虛渺口號與「理想」，虛弱以死，甚至引燃一場毫無進步實質的大亂，三度浩劫之餘，徒然讓新的一批特權化、買辦化和美國化的知識分子，繼續喋喋不休地咒罵自己的民族、歌頌西方的進步與偉大……這是何等的悲哀中的悲哀呢？

初刊一九八九年六月《人間》第四十四期

民族的報紙為民眾發言

《韓民族報》的精神與工作[1]

在獨裁成長下肥大的報紙工業中，報人要犧牲豐厚物質的引誘，為民族的獨立和政治的自由犧牲個人的利益。韓民族報同仁的薪水只有別人的三分之一，因此我們能堅強地戰鬥！

——任在慶（韓民族報副社長）

一九六〇年代，韓國在軍人出身的獨裁者朴正熙的鐵腕支配下，展開堅定反共、依附美日、和大力培養韓國戰後國家獨占資本的發展策略，造成十分嚴重的社會矛盾。大量的農民從破產的農村流入漢城和其他工業城市，以很低的工資和惡劣的條件，在無數的工廠中從事漫長而苛烈的勞動。七〇年代初，不堪長期被苛待的紡織業女工，在無數罷工、怠工、逮捕、解職的暗夜中反抗和呻吟。七〇年代初，成衣女工的男性領班全泰壹，為沉淪在血汗中的女工引火自焚，震撼了韓國文化、宗教、學生和全社會，引起深刻的反省和行動。韓國報人、評論家、文學家紛紛起來主張言論和思維的自由權利。

軍事獨裁壓抑言論

一九七四年十月間，一些韓國新聞從業員發表要求實踐新聞自由的宣言，對於壓抑新聞、資訊自由的朴正熙權力，以及與權力互相結合取利的報業財閥，提出批判與抗議。一九七五年三月，在政府巨大高壓下，韓國大報「東亞日報」和「朝鮮日報」，分別辭退了一百三十位和三十位記者、編輯和其他職別的言論工作者。這些被革職的以及仍然在職的記者和「言論人」，在同一年堅定成立了「東亞自由言論實踐會」，負隅頑抗。一九七八年，政府展開對「實踐會」的鎮壓，十名記者與編輯人被捕入獄。

一九七九年，朴正熙突然被刺身亡。韓國社會一時瀰漫著解放與對自由化、民主化的強烈憧憬。但一九八〇年五月，全斗煥將軍以血腥鎮壓光州民眾民主化運動，發動了軍事政變，奪取了政權，同時展開更大規模的對於報人、言論工作者的肅清，從全韓各報章、雜誌中清洗了一千餘名被認為思想和言論「有問題」的言論人。

一九八七年六月十日，不堪長期在軍政法西斯主義支配的韓國人民，首先是在學生的先行下，展開了一九六〇年四月十九日打倒李承晚體制以來最大規模的民主化群眾運動。六月底，民主運動在「打倒獨裁、撤廢護憲」的口號下，在全韓展開（參見《人間》第二十二期，一九八七年八月號）。六月二十九日，盧泰愚宣布了《六二九民主化宣言》，向國民承諾了包括釋放大部分政治犯、解除對報紙言論的禁抑和總統普選等大幅度民主化改革。

正是在這樣的背景下，韓國誕生了第一個真正屬於民眾的、言論立場獨立的報紙《韓民族報》（Hankyoreh Sin Mun）。

人民辦報

韓民族報的社長宋建鎬（Song Kunho），是朴、全軍事獨裁時代為言論自由鬥爭的老將，歷任「民主言論協議會」主席、「爭取民主憲法運動本部」的共同代表，並且在東亞日報社當過編輯部長，現年六十二歲。

據宋社長說，韓民族報在一九八七年八月十五日開始籌備。在沒有任何財閥支持下，他們採取了民眾創報的事業路線，以一萬韓圜（約為十五美元，即四百元台幣）為最低股限，向全韓民眾徵股。一九八七年十月一日公開向民眾募股後，至一九八八年二月十五日，募得五十億韓圓，約二億台幣。迨一九八八年《韓民族報》創刊，已募集資金一〇五億韓圓。「到今年五月十五日的募股目標是一五〇億韓圓。」宋社長說，「這些投資者，從市民、知識分子、文化人一直到廣泛的小生產者、勞動者都有。為了保障資本結構的民眾性，我們嚴格限制個人股數不得超過全部股數的百分之一。」統計上看來，每人平均股資只在十七至十八萬韓圓（二六〇美元上下）。「我們的資本構造，決定韓民族報的民眾所有制，可以防止來日報業發展後成為少數人擁有的報紙工業財閥，因特權化成為既得利益集團而背離民眾立場，終至於成為體制的一部分。」宋社長說。

因言論獲罪者的集合

在獨裁政治和戰後韓國資本主義發展的行程中，不少曾經為自由、獨立的報業奮鬥的報紙，發展成巨大的媒介工業。「它們雖然號稱是民辦報紙，實際上對體制一貫是小批評、大幫忙，成為韓國特權層的一部分，言論也大同小異，沒有獨立的、民眾的立場。」韓民族報的論說委員，在七五年被逐出報界的鄭基泰說，「除了獨裁政治，在資本主義尚在繼續發展的第三世界報紙，巨大廣告收入和特權化，是自由報業的威脅。」

韓民族報一五〇名現職記者之中，有四十名左右，全是言論鎮壓最苛烈的韓國一九七五年和一九八〇年以降從各報章雜誌中被清除、逮捕、入獄過，對韓國獨立自由言論工作絕望而四散的言論工作者。副社長任在慶、編委洪秀原、民權社會部記者吳相錫全是孤單而堅毅地走過韓國言論的暗夜的報人。「此外，約有七十個左右的同事，是不滿『民間大報』和權力妥協的立場，辭去原有待遇高出目前將近三倍的工作，『跳槽』投效到韓民族報來的。」社經記者尹浩植說。

民族自主和民眾民主

關於《韓民族報》的宗旨，宋建鎬社長特別強調了民族主義的立場。「在外國霸權的干涉下，韓民族南北分斷對立。幾十年來，南韓五屆共和政府利用南北對立的緊張，肆行軍事獨裁。」宋建鎬社長說，「排除外來勢力的干涉，完成韓民族的自主化統一，才能建設真正民主、統一和興旺的韓國。」

任在慶副社長進一步說明，作為一個言論公器，《韓民族報》沒有公開的標語、口號、和理念。他認為《韓民族報》是韓國民眾在當前韓國歷史脈絡上的時代產物。「我們不願意用特定的理念將本報定型化。但是，在當前，我們社裡全體同仁，面對當前韓國歷史的發展，一致認識到韓國民族自主和民主自由的迫切性。」任在慶認為，民族自主，是要排除外（來）勢（力），迅速完成韓民族的統一獨立，尤其要依靠韓民族和民眾自主的力量達成國家統一。「此外，批評軍事獨裁體制，建立韓民眾廣泛參與的民主，解決長期受到抑壓的人權問題，是《韓民族報》首要的關切。」他說。

尹浩植進一步補充，《韓民族報》沒有關於國家統一方案的特定主張。「但是我們反對政府獨占國家統一的議論，把不同的統一主張當作政治異己言論加以鎮壓。」他說，「我們也批判別的報社和政府同一調門的虛偽的統一論。因為韓國的特權層基本上是依靠民族分裂的現狀來獨占他們既得的權益。」

因為待遇低，所以能戰鬥！

對於當前歷史狀況下韓國言論人的原則，《韓民族報》有十分獨到的見解。任在慶指出，在韓國資本主義發展過程中肥大的「民間」大報，早已成為巨富，編輯和記者的平均薪給很高。「今天韓國工人的每月工資約在五百多美元，而言論工作者的薪水高達二千美元，過著舒適寬裕的生活，而妥協化、柔軟化。」他說，「今天，我們的言論人首先必須脫離特權、富裕的生活，才能保持獨立、自主和民眾的立場，對政府的劣政與報老闆的控制提出批判。」任在慶認為，處在巨大歷史轉換時代的言論工作者，一旦因厚祿和豐裕的生活而安住於現實，就不免於妥協、移志，放棄歷史交給言論人的責任。「高官厚祿和言論工作者的艱難歷史職分是絕對無法並存的。」他笑了起來，「真正的言論人，在當前的歷史階段，只有犧牲和奉獻。我們的記者，薪水只有八百美元，所以我們可以紮紮實實地戰鬥！」

版面和讀者構成

《韓民族報》的版面編輯構成表現了它的思想特質。

第一版：國內外政治綜合版；第二版是經濟消息，側重韓國經濟狀況；第三版是對重要政治和經濟發展的評析；第四版是國際消息，特別側重第三世界的消息和關於北韓的報導；第五版，是當日重大事件的分析與評論；第六版是其他報章、雜誌、電視言論的批判與分析，讀者來信和社論；第七版是文化版，包含音樂、戲劇、電影、學術、文學和藝術的報導、評論、批評與分析；第八版為婦女版，包括婦女地位、權利的報導與評論，以及婦女與教育、消費的消息與評論；第九版是體育消息和地方新聞；第十、十一版是社會新聞、社會教育、報導勞資關係及發展、警察暴力、社會不公平、校園動態、氣候、短評和時事漫畫；第十二版是休閒、娛樂、電視等。

這樣一個獨特、徹底(radical)的民眾報紙，八八年創刊以來不滿一年，已有四十五萬份銷行量。它的主要讀者群包括各級教育工作者、文藝、文化工作者、大學生、研究生、民主的宗教界人士、廣泛的民主市民、工人和農民和城市白領階級。「比起百萬份『大報』，我們還是中小報紙，但我們有強大的影響力。」宋建鎬社長說。四月間，當韓國政府以文益煥牧師訪問北韓為口實廣泛約談和逮捕民主人士時，我看見漢城市的《韓民族報》經常被搶購一空。

約談和拘留

由於現代系重工業體的罷工和文益煥牧師「非法」訪問北韓，四月的韓國充滿了八七年《六二九民主化宣言》以來最緊張的形勢。著名文化人李泳禧、李在五、白樂晴、詩人高銀等紛紛被當局約談，調查他們與文牧師訪北的關聯性。兼任韓民族報主筆的李泳禧教授和高銀並被拘留。四月二十日，韓民族報業務經理鄭泰基和編委會主任張潤煥三度拒絕韓國國家安全企畫廳的約談後被拘捕，於次日釋回。副社長任在慶亦在先此被約談數日後釋放。「我們照樣每天出報，同時在社內搞抗議聲援活動。」報社理事尹浩植說，「四月二十一日，『全國言論工會聯盟』包括四十三個言論機關的五百人，在漢城市新聞中心大樓為我們舉行聲援示威。」

有些自由派人士認為《韓民族報》黨派性太強，有失公正。自由派報人權寧彬就認為韓國統一問題應就既有的現實結果看問題。「承認南北分斷的現實，逐步發展南北接觸和對話。把韓國問題和美國扯在一塊，也沒有太大道理。」他說。

犧牲私利，為民喉舌

對於這樣的批評，任在慶副社長說，《韓民族報》是以一九六九年、一九七五年和一九八〇年獨裁政府三次大鎮壓言論的歷史為它的「前史」的。「那些企圖把民族分裂永久化而圖謀獨占利權的韓國軍部、外國霸權和獨占資本，和為這些勢力服務的人們，總是千方百計要維持現狀，視言論權有若私產。」方才從國安企畫廳釋放回來，立即奔回報社工作崗位上的任在慶說，「韓國獨立報人二十年反言論獨占鬥爭的結果，就是《韓民族報》。我尊重批評我們的意見。但他們那種言論，在韓國有太多的媒體可以表達，韓民族報不去湊這個熱鬧。我們有我們的歷史責任。我們不會放棄我們的立場。」

任在慶指出，目前政府正利用「文牧師訪北事件」把民主運動打成「左派」。「其實，這是民主與反民主、民族主義與反民族主義的鬥爭，不是什麼左右之爭。」

問他對於亞洲民主化運動中報人同僚的建言，任在慶說道：

以獨裁為經濟發展條件的亞洲，尤其是所謂「亞洲四小龍」的報人，要留心自己不知不覺間成為社會的特權階級。報人為了民族的獨立和自由，要自覺地放棄唾手可得的豐厚物質誘惑，犧牲私利，和民眾站在一道。否則，言論人不僅對社會進步沒有幫助，反而為害社會。古代耿介士大夫的嚴肅責任，要由今天的報人起來承擔……

初刊一九八九年六月《人間》第四十四期

1 本篇為「現地報告：激盪中的韓國民主運動」系列之一。

我們有韓國民族·民主運動的傳統

「全民聯」：韓國民眾民主化運動的司令部[1]

兩金在野黨的體制化和分裂；盧泰愚政府在韓國民族／民主變革中的極限性，使結合韓國反帝、反獨裁歷史傳統力量的「全民聯」，崛起於韓國民主運動的新時期，領導風雷交加的民主／民族運動……

四月十一日，來韓採訪的第二天，我在英文《韓國時報》的頭版上，看到韓國在野勢力共同戰線「全民聯」的共同代表李富榮被拘留偵訊的消息。

官方宣稱，李富榮被拘留的理由有三：（一）調查李富榮與文益煥牧師訪問北韓行動的關聯性；（二）調查李氏與當前現代系重工業體罷工的關聯性；（三）調查「全民聯」的其他非法行為。

四十七歲的李富榮，是韓國著名的民主運動活動家。他出身漢城大學政治系。七五年，在東亞日報任職時，曾以言論被捕。一九八四年，他出任抵抗團體「民統聯」（民族民主統一聯盟」)的事務部長。八五年，參與「民統聯」和「民族民主青年聯合」(「民青聯」)在仁川舉行的大示威。八八年，他被選為「全民聯」(「全國民族・民主運動聯合」)幾位共同代表之一。

勝利和極限

一九八七年，波瀾壯闊的韓國「六一〇」市民民主蜂起，迫使盧泰愚政權宣告民主化改革的宣言。人民粉碎了過去歷屆軍人政權以間接選舉獨占總統職位的惡政，取得了總統直接民選的權利。八八年，巨幅步民主化，使得反對派兩大派系金大中和金泳三嚴重分裂，在全韓人民深刻失望中，盧泰愚得以險勝當選總統。同年，改選國會，韓國出現了第一次「與小野大」(即執政黨「與黨」的議員少於在野黨)的局面，但是由於兩金分裂，國會對盧政府的制衡作用受到相當大的限制性。

因「民主選舉」而被吸收到韓國當前體制中，卻反而「無力化」的兩金反對構造，雖然滿足和軟化了一部分中產階級和自由主義知識分子，卻無法滿足走過三十年軍事獨裁下艱苦奮鬥歷史道路的在野民主勢力。今年元月二十一日，二百六十多個韓國各在野民主運動團體，合起來組織了一個民族民主運動的共同戰線，即為國際和台灣媒體形容為「激進」團體的「全國民族・民主運動聯合」，簡稱「全民聯」(Chuanminnyon)。

「全民聯」的主要組成團體有：「全國勞動運動團體協議會」、「漢城工會聯合」、「全國農民運動聯合本部」、「韓國女性團體聯合」、「自主民族統一國民會議」、「民主教育實踐協議會」、「基督教社會運動協議會」、「天主教社會運動協議會」、「民族自主統一佛教運動聯合會」和「漢城民族民主運動協議會」等。在仁川、在京畿南、北部、在江原、忠北、大田／忠南、大邱／慶北、釜山、全北、光州／全南和濟州等地，都有這些機關在當地的分支機關共同組成地方「全民聯」。因此，當全民聯以非體制化韓國真正在野勢力自居時，就不能等閒視之了。

李富榮被拘捕後的「全民聯」中央辦公室，貼滿了各種標語：「一切民主勢力團結起來！」「打倒民主運動的鎮壓者盧泰愚！」「解散鎮壓民主運動的公安合同(搜查)本部！」「釋放李在五和高銀同志！」辦公室裡的人忙著接電話、寫標語、開工作會議。每個人頭上都綁著寫有標語的白布條。

「『全民聯』的結成，使韓國在野民主化勢力更加鞏固和擴大。盧政權在這個時候以文牧師訪北事件打擊全民聯，說明反民主勢力在支配上遇見了極限性……」全民聯發言人，三十七歲的朴啟東溫和地說。他出身高麗大學政治外交系。早在一九七一年，他因觸犯朴正熙的「緊急處分令」被捕。八三年，他擔任「民青聯」宣傳部長和「民統聯」組織部長。八五年，在仁川示威事件中被捕。他的個子瘦高，皮膚暗黑，笑起來會露出一排抽重菸的人慣有的淡黃卻結實的牙齒，看來就像台北縣新莊、板橋一帶的年輕工人。「目前，越來越多的韓國人民，把真正的民主化和國家統一的事業，寄希望於全民聯。」他說。

全民聯崛起的條件

全民聯的政治分析認為，一九八七年「六一〇運動」(Yukship Uhndong)以後，盧政權懾於民眾力量的高漲，以《六二九民主宣言》做了戰略撤退。「但是面對在國民中快速提高的民主化期望，以盧政權為代表的獨裁、反民族和反民主勢力，即以美國為首的外來勢力、獨占資本財閥、軍部獨裁勢力和官僚階級，無法滿足這升高的期望。」朴啟東說。公開調查和平反一九八〇年的光州慘案，雖然在二、三月間舉行公開聽證會，引起全韓震撼，也終於不了了之；追查全斗煥第五共和政權的「非理」政治——貪贓、枉法、壓迫、特權等案件，也無法貫徹。盧泰愚在八八年七月七日發表聲明，改變把北朝鮮看成「反國家團體」的立場，承認北朝鮮為韓國民族共同體。但實際上，「這個宣言畢竟只是一紙宣言，和一九七二年七月《南北共同宣言》一樣，沒有實質意義」。朴啟東說，「政府一直堅持獨占與北方的政府對政府談判，獨占民族統一議論。」

此外，全斗煥以前留傳下來的壓迫性惡法如《社會安全法》、《國家保安法》、《反共法》和《勞動關係法》等，都還是政府的統治壓迫工具。「更重要的是，政府和美日外來勢力勾結的問題，根本無法解決。這個問題是使光州事件無法徹底擺平的關鍵所在。」朴啟東說。

這些關鍵問題的懸宕不決，使大部分國民認識了八七年「六一〇」以後的民主發展的極限性。金大中的「平和民主黨」和金泳三的「統一民主黨」過早的分裂，破壞了「野黨共助」(在野黨的互助與團結)形成強大反對勢力的國民期望。四月間，金泳三的統民黨在東海地區代議員補選中鬧出賄選醜聞，逼使金泳三公開向國民道歉。「在野勢力體制化以後，理想盡失，成了以選舉為目的的團體……」高麗大學的一位崔姓同學說，「全民聯的崛起，有具體條件。」

全民聯的宗旨是什麼呢？

民族矛盾和社會矛盾

全民聯首先要實現「民眾的民主主義」。他們主張民眾應該有權決定國家的重大政策。「目前，韓國人民表面上擁有選舉和被選舉權。但是，這對於廣泛社會中低層的民眾，都是虛假而無關的東西。」朴啟東說，「我們要把韓國民眾團結起來，以發展民眾參與的民主政治，形成和他們的具體存在相適應的政治勢力。」

其次，是追求民族的自主統一，克服在國際霸權干涉下的民族南北分裂。「但是我們理解到民主化與民族統一是分不開的。民族分裂對立的形勢，是統治者對人民實施獨裁的藉口；而創造民主自由的政治和社會，才能真正強化民族的團結。」朴啟東說。

這兩大宗旨的提起，來自全民聯對當前韓國社會的分析。「民眾的民主主義」，來自全民聯對當前韓國社會階級矛盾的把握。朴正熙—全斗煥軍事政府，以高壓政治、對外借款和對外隸從，全力發展巨大特權獨占資本主義，打下韓國重化工業的基礎。「苛酷的資本積累和集中的過程，帶來了一般資本主義社會無法避免的階級與分配的矛盾。」朴啟東說，「當前蔚山和其他重工業地帶的工人同盟罷工鬥爭，準確、生動地反映了這個矛盾。」

然而韓國民族南北分斷的矛盾，卻是比較獨特的矛盾。因為美蘇霸權的對峙與鬥爭，單一民族的韓民族被一分為二。「韓國的統治集團，是美日外來勢力、軍部獨裁體、獨占資本和官僚集團。他們現實上是依恃我們民族分裂對峙的緊張，來獨占韓國的政治和經濟利益，所以基本上要使民族分裂長期化。要求民族統一的韓國人民長期迫切願望，和反民族勢力的矛盾，形成韓國獨特的矛盾。」朴啟東說。而韓國民主運動便自然地帶著民族統一運動的歷史任務。歷史與社會的分析，規定了改變現狀的民主運動主體力量，是「廣泛的工人、農民和城市貧民。由他們進一步團結民族資產階級、良心的知識分子、宗教徒和中下層城市中產階級，形成愛國統一戰線」。朴啟東說，「全民聯結合了早自日帝時代以來反帝、反專制的統一獨立勢力的個人與團體。我們有歷史的正統性。」

打破極端化的反共意識形態支配

因此，全民聯反對政府「獨占南北交流的窗口」。全民聯主張民族統一言論的民主化和公開化。「這首先要求言論、信仰、良心、思想、創作、研究、集會與結社的自由化，保障人民參與南北對話與交流的充分權利。」光復以後，韓國獨裁政府利用南北對立，以極端化的反共意識形態作為高壓統治的手段，限制思想、學術、文化和創作的多樣化自由發展。朴啟東說，「開放思想自由，開放北韓資訊，是我們民族統一事業的必備條件。」

民眾主體的力量

從全民聯所代表的韓國在野勢力的綱領來看，全民聯公開、積極支持文益煥牧師訪北，支持現代系重工業工人罷工，就是理所當然的事了。「現代重工業罷工問題，反映了韓國社會分配問題的嚴重性。一九七五年的統計，工資在國民所得中的比率是四九%、資本所得是五一%；一九八五年的統計，前者下降為二七%而後者上升為七三%。」朴啟東說，「這生動說明韓國階級格差與矛盾的銳化。」關於文牧師訪北問題，朴啟東對於台灣立委胡秋原與自立晚報兩記者訪問大陸卻未曾遭到國民黨當局壓迫的事，感到欽佩和羨慕。「雙方的接觸與交流，對於恢復民族團結與善意，一定有很大的幫助。」朴啟東說，「我們支持與聲援文牧師，是希望人民的統一議論能活化起來，反對和打破政府對統一議論的包辦局面。」

在大漢城的一個小巷裡的全民聯中央辦公室，桌椅簡陋，看得出物質上的拮据。但在整個訪問過程中，記者看見它的忙碌、興旺，和一股堅毅不拔、勤勞奉獻的氣氛。正是這偏僻的辦公室，在指揮著不時在國際媒介上轟然出現的韓國重工業同盟罷工、學生悍獷的示威……。沒有「進步」知識分子的「理論的倨傲」，沒有「革命英雄」炫人的傳奇和風采，留給我的是一種民眾的樸質、誠懇、親切、不時露齒而笑……和全民聯具體推動著激盪的運動與實踐的事實。我終於切實地感受了韓國民眾三十年嚴酷鍛鍊下成長的厚實而堅強的力量……

初刊一九八九年六月《人間》第四十四期

1 本篇為「現地報告：激盪中的韓國民主運動」系列之二。

年輕又熱烈的無窮花

八〇年代的韓國學生運動[1]

> 在今日韓國，不論版畫上、繪畫上，常常看見象徵韓民族的「無窮花」。旅日韓國作家金石範說：「對於今天的韓國學生，我充滿了感激、敬佩和對於自己的羞愧。我們民族有這樣的青年學生，我這一代老人，可以安心地死去了……」年輕又熱烈的無窮花啊！你們用激動的青春、熱血和純粹的道德與實踐，為這僵死、腐敗、犬儒的「現代」，寫著不可思議的信念與愛的傳奇……

四月十二日，我按著約定的時間到漢陽大學。從大門開始，整個漢陽大學校園，處處都拉著、貼著標語。我的譯員忙著為我翻譯：

讓我們手拉著手，邁向一個嶄新、幸福的社會！

打倒鎮壓工人的軍部獨裁！

支持獨裁政權的、干涉我國內政的美國佬，滾回去！

公布光州慘案的真相！

處分光州慘案的罪魁！

在一個布告欄上，我看見一張顯然是血漬寫成的標語。我問翻譯的小全上面寫的什麼。他盯著早已氧化變黑的字，低聲地唸——

同學們！

讓我們為民眾的解放

奮勇前進！

我和小全走進學生中心，在一個小辦公室裡會見了「漢城地區大學生總聯合」(簡稱「漢城大聯合」)的臨時主席，工學院四年生任鍾皙。

任鍾皙中等以上身材，穿著牛仔褲、黑襯衫。大約是剛洗過的頭髮，乾淨、鬆蓬，不時掉下來遮住他看來聰明的前額。他生著兩道並不凌銳的劍眉，兩眼柔和、友善，不時帶著年輕的笑意。他的嘴唇算是薄的。笑起來露著整齊、白色的牙齒。

這樣的男孩，在台北大學校園裡到處可以撞見。只是他們多半可能忙著彈吉他、跳舞、「把馬子」……但眼前這個任鍾晳不但是等一個禮拜後真除「漢城大聯合」的主席，也是「全國大學生代表者協議會」的主席。一年多來風雲翻騰的全韓國學運，就是他——以及跟他一樣的、看來只是「鄰家少年」(the boy next door)的大學生幹部們策動和指揮的。

韓國學運的前史

一九七九年十月二十六日，朴正熙突然被暗殺身死。民主化和解放的氣氛一時蔓延。學生示威在韓國各地激化，釜山和馬山地區發生市民蜂起事件。當局宣布戒嚴。

十一月，「民主青年協議會」、「實踐自由主義協議會」等五個團體發表聲明，反對崔圭夏過渡體制。

十二月，各大學展開校園自治運動。一九八〇年五月，各地民主化運動急劇展開。

五月十七日，發生全斗煥為首的軍事政變。光州民眾崛起反抗。軍部在美駐軍當局許可下赴光州施行慘酷鎮壓，是為光州慘案。

在光州血腥虐殺中登場的全斗煥政權下，韓國民主運動一時墜入恐怖和絕望的深淵。但韓國學生沒有讓絕望和恐怖鎮懾過久。一九八一年十一月開始，韓國學生通過果敢的街頭示威，打破了沉滯的局面，繼而以放火燒釜山美國文化中心為契機，喚醒教會的關切。金大中和金泳三也敢然發表共同聲明。一九八〇年五月以來被鎮壓的運動，在學生英勇的先鋒戰鬥下，又從瓦礫中屹立。

從死亡和絕望中再起

離開慘酷的光州慘案只不過一年又四個月，韓國學生運動竟而能在致命的打擊下再起，是有原因的。

全斗煥政變粉碎了八〇年春天的運動之後，韓國學生運動的核心嚴厲地進行了反省和總結。這次嚴厲而深刻的總結，包含這兩個要點：

(一)向來的學生運動沒有明確掌握敵人的本質，沒有認識到「李承晚政權和美國的勾結，是韓國民族史不良循環的源頭；沒有認識到美國只把韓國當作保證它在東北亞利益的軍事堡壘，從而阻礙了韓國民族經濟的正常發展」(一九八一年漢城大學學生團體的宣言文)。學生透過光州慘案認識了作為美國反共防衛「基地國家」的韓國，是戰後持續不絕地出現獨裁政治的總根源。

(二)戰後學生運動沒有正確把握美國對韓國支配，而把獨裁勢力的外國奧援偏限在日本新帝國主義者，終於失去以工人和農民為首的廣泛群眾的支持，遠離了群眾。

全國性學運和統一機關的結成

一九八五年以後的韓國學生運動，正是在上述的嚴肅自我批判後更新了自己的認識和方向。而結成全國性學生運動的機關，強化學生運動與廣泛群眾的結合，以及運動之強調反美、民族自主化統一、民族主義，成為八〇年代韓國學生的三大特色。

一九八五年四月，學生組成了「全國學生總聯合」，是戰後第一個全國性學生組織，但在全斗煥日益苛化的鎮壓下逐漸難於發揮。八六年以後，全斗煥企圖將軍部獨裁移交盧泰愚持續統治，引起全國國民深刻不滿。這時漢城大學生出面組成「漢城地區大學生代表者協議會」，發動和指導了著名的一九八七年「六一〇」民主化運動，取得了輝煌的勝利。一九八八年五月，學生先宣布成立現在的「漢城地區大學生代表總聯合」；同年八月，宣布成立一個全國性統一的學生組織，即「全國大學生代表者協議會」，簡稱「全大協」。

「勞學連合」與當前的工運

一九八一年批判向來的學運脫離群眾，從而強化了學生運動與群眾利益聯繫的方向。一九八三年以後，逐漸有因為搞學運被退學、或正常畢業、或中途自動退學的大學生，隱瞞自己的學歷，以高中文憑到大工廠去謀職，一方面從每天的生活和勞動使自己勞動階級化，一方面使學生和工人在勞動現場中結合起來。這些全國為數以千餘人計的「學生工人」(學生出身的工人)，終於使韓國工人運動起了本質的變化；八五年的韓國工運，從前此的中小企業、女工為主體的罷工，向著巨大重工業、男性工人的工運發展。

一九八五年四月十六日，大宇車廠的富平工廠生產線工人共二千餘人，在「學生工人」洪永杓的領導下，以提高工資、糾彈御用工會的雙重口號，發動罷工，勝利贏得提高工資幾近所要求一七·八%，並組成了工人自己的民主工會。

「學生工人」在勞動現場和工人一道促成韓國重工業系統工人的組織化和意識化，在一九八七年秋季後更是「現代」、「大宇」等重工業部門引發了至今不熄的工人爭取公平分配的工運鬥爭。

反美主義與社會結構的分析

一九八五年五月二十三日到二十六日，「三民鬥委」（「民族．民主．民眾鬥爭委員會」）所屬學生共七十六人（男生五十六人，女生二十人），占據了漢城市美國文化中心，震驚了韓國社會和全球輿論。這也是八〇年光州慘案後，韓國學運對於戰後美國在韓的存在和韓國國家性質等問題，做了痛切反省、分析和自我批評後的結果。

占領美國文化中心的學生，要求美國承認對批准調動韓國軍隊到光州進行血腥鎮壓的責任，公開向韓國人民謝罪。美國在預料中拒絕了學生要求之後，學生宣告「素以為美國是韓國人民真誠的友邦，自由世界的守護神。如今我等已確知此一認識與事實間有相當距離」，而自動撤出文化中心。

學生占據美國文化中心的戰略，在於突破當時韓國媒體的萎縮自保，以此驚人的占據事件，使韓國內部及國際媒體不能不巨細靡遺地報導；一面也藉此教育國民，打破「美國是自由、民主、人權的本身和象徵」的虛構。

八〇年以後韓國學生運動的反美化，正在逐年增加它的文化和知識深度。八三、八四年以後，學生開始展開學習非主流派和進步派的社會科學，從而造成八〇年以後蓬勃展開的「出版文化運動」（即以合法、非法的方式大量翻譯和出版進步的哲學、歷史、社會科學和政治、經濟學的運動）。學生們先是從運動的指導理論的需要，經過初步研究，把戰後韓國國家機關的「美國基地」性格，看成韓國三十年獨裁體制和民主運動屢遭挫抑的根本原因。但理論的發展，更進一步要求著對於當前韓國社會經濟構造的分析與研究。一九八三年學生理論家進一步以「對外依賴的國家獨占資本主義」來規定七〇年代以後的社會發展。他們認為外國獨占資本對韓國的浸透，正在使韓國更深地對外依賴。另一方面，一九七三年以後的經濟發展策略，也迅速地促成韓國獨占資本主義的發展……

而這種在運動現場發展出來的思考和分析，不久就引起韓國年輕社會學者在一九八四年以後關於「韓國社會構造性格」的討論和爭論。

我們的前途是樂觀的！

因此，當任鍾哲分析韓國社會的矛盾時，他顯然是站在主張目前韓國社會是「殖民地／半資本主義」社會的一派。「我們當面的矛盾，是愛國勢力和賣國勢力的對立。」任鍾哲說，「前者包括工人、農民、都市貧民、愛國的青年、知識分子和城市民，而後者包括外來勢力、獨占資本財閥和軍部獨裁集團。」反美、反軍事獨裁，從而達成民族的自主、民主與統一，正是目前韓國學生運動的總的政治綱領。「盧泰愚正在把我們愛國與賣國雙方的鬥爭，歪曲為『左派』和『共黨分子』對『自由民主派』的鬥爭，意圖恐嚇和爭取我們的中產階級。」他說，「但『六一〇』運動以後，整個民主運動的主力已經掌握在愛國民眾的手中，而甚至體制化的在野黨，也失去了主導力。我們的運動發展很快。我們的積極成員占漢城區大學生的五%。我們在一年中增加了二%，等到我們的核心學生增加到十%，我們就可以改變祖國的命運。我們的前途是樂觀的。」

擠在小辦公室裡的任鍾皙和他的年輕戰友們於是笑了起來。

四月十四日，我在警察層層封鎖和戒備的延世大學中舉行的學生歡迎文益煥牧師訪問北韓歸來，同時抗議文牧師甫抵國門即被安全企畫部逮捕的大會上，看見幾天前看來溫和、認真，講話時老是帶著年輕的笑意的任鍾皙，立在主席台上發表演說時，豎著他那一雙劍眉，眼睛向著遠處炯炯逼視，時而高舉緊握著拳頭的右手，用富於頓挫的、激動而堅定的語氣滔滔陳詞，前後有若二人。

又幾日，我因事到漢城大學，看見學生們正在舉行一場聲援文益煥牧師的大會。在校園裡大會場正前方，學生拉開了長達九十一米、高可一人許的巨幅油畫連作，歷歷描繪早自十九世紀東學農民抗日起義、到日帝占領、美軍占領、朴正熙「維新」專制體制、光州慘案以迄今日的「六一〇」事件和「現代」重工業區的罷工。大會穿場在短講、歌唱、口號中進行，穿插著表現美國干涉、民眾痛苦和渴望祖國統一的舞蹈和舞劇。會場的右邊，同時舉行一項木刻作品展，細細流覽，像極了四〇年代中國版畫的思想和風格。

我在一張刻畫著一個年輕人伸直握拳的胳臂、怒目吶喊的作品前端詳良久。二十年前，我曾偷偷地看《中國版畫集》上的作品，受到很大的震撼，卻一直以為那是因為政治鬥爭火熱的年代的需要產生的作品。然而，這一次，我卻在凝視著眼前的韓國版畫作品時，具體地想起了日前主席台上的青年任鍾晳，第一回深刻地理解到在鬥爭的歷史中的一些進步的、民眾藝術作品的高度現實主義性格。

在韓國以外，許多媒體都把韓國學生運動看成「極少數」「過激派」青年的悲劇性、絕望性的運動。但歷史不久就要證明這是個可怕而又可笑的錯誤。韓國學生運動，以它不可思議的純粹、認真、用功和實踐，將成為不僅僅是韓國，而是現代世界另一個革命理想主義實踐的新的可能性，一個對於周邊資本主義一時的發展下知識分子的犬儒主義的有力的批判……

初刊一九八九年六月《人間》第四十四期

1　本篇為「現地報告：激盪中的韓國民主運動」系列之三。

尊嚴·幸福和希望的權利

韓國工人運動與「漢城工聯」[1]

我們要他們承認：我們也有作為人的尊嚴；讓他們看見：我們也有幸福的權利；讓他們知道：我們也不能沒有夢想、希望和未來……

——〈一個韓國工人運動家的手記〉

一九四五年日本戰敗，撤出韓國，美國在冷戰下占領南韓。韓戰以後，美國和李承晚聯手建立反共·法西斯·美國基地性國家，在獨裁體制下發展資本主義，抑壓低層的勞動民眾。美國軍政當局解散了「南朝鮮勞動黨」，建立御用的「大韓勞總」。一九六〇年「四一九學生革命」後，韓國一度出現過獨立的「全國勞協」。次年，朴正熙當政，「全國勞協」被鎮壓粉碎。

一九六二年開始，韓國以低米價、低工資、對美日結構性依賴、高度獨裁和剝削下奔向加工出口經濟開發。韓國輕工業加工出口產業下勞動者悲慘的生活，在一九七〇年工人全泰壹

(Jeon Tae-il)留下「工人也是人！」的悲憤吶喊，引火自焚而死的事件上集中地表現出來。

工人全泰壹自殺抗議事件以強烈的震幅，震動了韓國學生、知識分子和教會人士，使他們開始向著殘酷壓榨工人的幽暗構造張開眼睛，進一步參與工人的人權鬥爭。「於是若干零星的獨立工會誕生了。但一般而言，七〇年代的工運，受到工會主義和過於偏向經濟鬥爭的兩個錯誤所限制。」一九八八年三月宣告成立的「漢城工會聯合」的「爭議部」幹事，女工出身，經歷和領導過多次勞資爭議的全英美這樣說，「但是，一九七〇年代後半，學生以『工人夜校』和『農民夜校』的形式和民眾結合的運動，培養了立志深入工人和農民生活的青年。學生與工人的結合，改變了八〇年代工人運動的面貌。」

一九八〇年五月光州事件以前……

一九八〇年五月光州慘案之前，韓國工運和勞資爭議陡增為二一六八件，比七八年同期增加了二十倍。爭議的形式有罷工、占廠、示威和縱火。據研究韓國工運的梁官洙(Yang Kwansu)指出，八〇年五月以前的工人運動有這些特點：爭議超越七〇年代中小企業女工的構造，發展為較大企業的男工的爭議；在爭議方法上，敢於越出「合法」手段範圍；爭議性質局限於經濟要求，以及爭議單位以各問題企業和廠為界限，沒有超企業的地域性或同業性聯合。

五月十七日，全斗煥將軍在美國支持下發動政變，取得了政權，旋即在八〇年後半連續展開了兩次「淨化措施」，大量逮捕、強迫辭退工運幹部，粉碎自主工會；企業方面則趁機大舉非法辭退為工運活躍的工人，全韓工運一時潰敗。「我們總結了失敗的經驗，在於運動缺少了對韓國現狀和工人階級的處境、運動任務、運動方向和方法的科學的認識，從而犯了嚴重的工會主義與唯經濟爭議的錯誤，因此在組織上和運動上極為脆弱。」全英美說，一邊在頭上綁上紅色的帶子，準備下午去支援一個罷工現場。

「先鋒工作」和「準備論」

經過八〇年五月以後全面鎮壓工運的教訓，一九八一年開始，一些學生出身的工人和在歷次爭議中鍛鍊、成長、被革職的工人幹部，形成了非公開組織，提出以小組形式展開「先鋒鬥爭」，提出積蓄力量以待時機的「準備論」，主張把工人的經濟要求和政治要求「正確結合起來」。「小組工作」儘管有一些缺點，但是終於在漢城京仁地區工人中培養了一批意識化的、年輕的工運「新生代」。在全政權不許「非工人」、「第三者」介入工運的禁令下，他們在廠內發揮了作用。

一九八三年，全政權懍於高壓下學生力量的反彈，採取了一時的「寬和」政策。被抑壓的自主工會在八三年至八四年間有形式上的復活。「但是由於『小組工作』在工運中的政治和理論工作，脫離了勞動現場的具體現實，造成不可避免的主觀主義和冒進主義，招致八五年多數自主工會的敗北。」梁官洙寫道。

大宇汽車廠罷工和九老工業區聯合罷工

但對於戰後韓國工運史而言，一九八五年畢竟是劃時代的一年。

在學生出身工人的長期工作下，一九八五年四月，大宇汽車公司的工廠爆發了大規模工潮。在要求提高工資一八%和打倒廠內御用工會的口號下，工人取得了完全的勝利，並且結成大宇汽車廠工人自己的民主工會。

大宇罷工事件，震動了韓國政府和財界。事件過後，資方和政府開始干涉通過罷工爭議結成的大宇工人自主工會。但是干涉和鎮壓卻不意招來整個九老工業區五、六個企業、廠間其他工會和工人組織的反對，紛紛展開同情罷工、示威和圍廠抗議，共有九老工業區八個廠、三千多個工人和其他地區的兩個獨立工會參加。

九老工業區工人的聯盟鬥爭，招來一千多名工人被強制、非法解僱，工運幹部三十多人被捕。而這些大量被解僱工運幹部，和「學生工人」幹部立刻組成了「漢城工人運動聯合」(簡稱「漢工聯」)。梁官洙有這些分析：

「漢工聯」的組成過程，在使韓國工運頭一次超越個別企業、個別廠間，形成地區性同盟運動上，有劃時代意義，說明工人逐步從廠間本位主義脫皮，而邁向全體工人階級共同的政治與經濟利益的覺悟與行動。此外，「運動內部關於運動理論、思想和路線的建設，意識的普及化與提高化，組織工作的健全化，都有明顯的意義」，他寫道。但是，運動也總結了一些缺點，即運動的過度政治偏向，過度強調工人階級對民主民族運動的指導，缺少與其他民主勢力團結的認識與實踐。

全英美說，「一九八七年的六一〇運動中看不見工人。有人善意解釋，是因為工人被工廠勞動綁住了，無法參與。」全美英說，「其實，六一〇和八七年年底全韓聯爆式的群眾性勞工爭議中，『漢工聯』完全無法掌握，遠遠落在形勢後頭，暴露了漢勞聯沒有支應和掌握的能力和力量。」而這正「戲劇性地顯露了秘密的、小組形式的、『準備理論』的極限性」。

正是在對於「漢工聯」的總結基礎上，今日韓國工運為了因應成立全國性工運指導機關，形成具有統一的思想和政治認識的指揮系統和力爭在今後韓國民主化群眾運動的主導性的需要，一九八八年三月，成立了「漢城工會聯合」（簡稱「漢城工聯」），翻開了戰後韓國工運的新紀元。

向區域聯合的鬥爭前進！

「『漢城工聯』組成已經一年了。目前，我們的運動在質與量上有了長足的發展與進步。」全英美說，「經過八五年以來無數爭議的勝利與失敗的鍛鍊，我們的工人已能超越一個廠間、一個企業的本位主義，而發展了互相團結、互相支援的感情與認識。」

就在四月十四日，「漢城工聯」主席段炳浩被情治單位拘捕並宣告拘留。為此，漢城地區附近共四十個獨立工會宣布共同抗議罷工。「拘捕的罪名，是說段炳浩『非工人』，是勞資以外的『第三者』。他介入二月底開始的漢城地下鐵工人罷工，觸犯法令。」全英美說，「長期以來，我們工人反對政府以『非工人』、『第三者』的說法，分化民主勢力，鎮壓工人運動的聯合、組織與發展。從今天開始，漢城富川工業區五十個工會中有四十個已經開始抗議逮捕段炳浩，要求廢除禁止所謂『第三者』介入工運的違憲法令。」

全英美說，政府禁止「第三者」的「介入」，恰好說明八五年九老工業區工人超廠間地區性聯盟鬥爭的力量與發展。「我們的運動必須擺脫各廠間自利的、本位主義的限制，走向地區、同行業間的聯盟。」她說，「政府和資方怕的就是這個發展。難道政府、資方、官僚介入阻礙工運，他們就不是『第三者』嗎？」

漢城地下鐵工人罷工

出身貧農家庭，小學畢業以後就在印刷工廠當十年女工的全英美，在七〇年代末進了自主工會。一九八五年，她因為領導九老工業區各自主工會聯合罷工被捕，拘留一年。八八年六月，她應召到「漢城工聯」工作。

正是眼前這位看來和台灣新莊、板橋地區到處可以遇見的結實、純樸、勤勉、農村出身的女工一模一樣的全英美，她進入一個教會辦的工人夜校學習而覺醒。一九八四年，她在曉星資本的一個廠裡搞領導和組織了三月間的漢城地下鐵工人罷工事件。

長期以來，漢城地下鐵公司存在著工人和工程師、辦事員之間嚴重的差別待遇。一九八七年，地下鐵工人成立了自己的工會，向公司爭取員工間的平等合理待遇。「一年過去了，差別待遇情況沒有獲得改善。為了避免地鐵癱瘓，影響市民交通，我們採取包圍公司總部的方式抗議。」她說，「不料政府和資方聯手干涉，抓了我們的幹部。」工會向社會做了說明後，從三月十六日展開為時一週的罷工。

公司採取偽和的手段，和工會達成具體協議，答允消除工人和職員的差別待遇。「他們未實現任何一項協議，卻抓走了我們二十四個運動幹部，有六人現在還在逃亡中。」她說。政府勞動部長宣布罷工工人不發薪給。工會再度舉行示威抗議。

漢城地下鐵工會有成員六千人。每次行動，至少有二千人團結、堅定地參加。「因為地下鐵勞動分成三班輪流，」她笑著說，「工會十分注重組訓、教育和宣傳工作。過去的運動培養了前進的工人幹部，而他們又為我們教育和養成更多的幹部……」

鎮壓深刻地教育了我們……

四月中旬以後，「漢城工聯」中央的幹部不斷受到「安全聯合搜查總部」的約談、拘捕和拘留。「抓走一個，另一個立刻頂上去。」全英美笑著說，「我們早有估計，盧泰愚將以『消滅左傾親共組織』的欺人罪名，對包括『漢城工聯』在內的廣泛民主・民族運動肆行鎮壓和破壞。」她估計，大企業內的恐怖整肅、中小企業的偽裝倒閉是軍方獨裁和資方勢力的戰略。

「韓國工人歷經無數次毀滅性的打擊，也在血泊中無數次再起。」全英美說，「這些不斷重複的鎮壓教育我們工人，工人的解放，和自己在政治、文化的提高，思想與組織的統一，以及與其他民族·民主的群眾運動活潑的團結分不開的。工人的團結和最堅定的戰鬥，是根本動搖和瓦解韓國軍部、獨占資本和外來支配，實現韓國自主、民主、民族統一的保證。」

「漢城工聯」中央的辦公室在一棟陳舊的小公寓式建築的頂樓。全英美堅持送我到樓梯口。我看見她親切地站在頂樓的梯口，陽光照在她頭上豔紅色的帶子上。她略微躊躇，衝口用生硬的中國話說：「再見！」

我驚喜地問她，什麼時候學了中文？

她只是羞赧地搖搖頭。「我只會這一句。」翻譯的小全為我傳譯了她的回答。

「An-nyon Ho-se-o」我說，「再見。」

她睜大眼睛，開朗地笑了。

初刊一九八九年六月《人間》第四十四期

1　本篇為「現地報告：激盪中的韓國民主運動」系列之四。

因為在民眾中有真理……

韓國社會構成體性質的論戰和韓國社科界的英姿[1]

一九七〇年代，被執政權逐出校園數年後重新復職的韓完相教授說：「直到這次我被逐出校園和民眾生活以後，我才知道我對韓國民眾與社會毫無認識。而我竟在留美回來後，在大學教了十幾年的社會學！」留學德國回韓僅兩年的崔淙旭教授說：「揚棄親美、保守的社會學，建設能認識與克服當前韓國社會構造矛盾的新的、民眾的、分斷時代的社會學……」漢城聖心女大的李時載教授說：「來自民眾和生活的學問和語言，才真實有力。因為在民眾中有真理……」

一九八〇年五月光州慘案發生，不但震駭了韓國人民，也使韓國民主運動現場的知識分子和活動家，受到很大的震動。他們開始痛切反省和思考：美國在韓國的存在，在韓國歷史和社會中有什麼意義？美國操縱下的韓國「國家」（state），到底是什麼性質……？

韓國民主運動圈，初步得出軍事獨裁政權下的韓國，不是一般獨立的國家，而是為美國遠東反共戰略服務的「美國基地國家」。

但運動圈中的這些疑問的波紋，很快地波及韓國的社會學界。「光州事件發生，我是在西德留學的客中，從電視機上看到的。」目前在漢城國民大學文學國史系任教的崔淙旭教授說，「當時在德國學社會科學和哲學的我，痛切地反省了我迢迢來歐洲求學的目的。我得到了這結論：韓國的人文科學者，應該把自己知識的專業和認識當前韓國社會與歷史的矛盾，以及克服這矛盾所做的實踐，緊密聯繫起來……」

美國社會學的支配

把社會學自覺地和克服祖國社會矛盾的實踐聯繫起來——這樣的提法，其實也觸及戰後一切美國附庸社會中社會學的美國化改造的問題。崔淙旭教授就指出，在美國干涉下南北分立後的南韓社會，迅速地編入了美國為首的戰後資本主義世界體系。「因此，戰後不久，大批留美學生回韓，占據了韓國社會各分野中的領導地位。在社會學領域也不例外。」他說，「戰後韓國社會學知識和理論，也長期受到親美、保守派功能論社會學的支配，對於理解和克服我們社會的具體矛盾，毫無貢獻。」

一直到七〇年代後半，韓國社會學界才有人開始對社會學界長期親美問題抱著懷疑的態度。他們開始指責，冷戰反共邏輯不當地阻止了馬克思主義的社會學在韓國學術界的研究。光州事件發生以後，人民和學界開始提出這疑問：美國在韓國存在的本質是什麼？「民主運動圈的社會學界都不約而同地產生了這樣的問題意識，急切地要求著解答，」崔教授說，「從而擴大了我們社會學研究和運動理論的視野。」

尋找構造矛盾和變革的知識

不少學運出身，有過運動現場經歷的年輕的社會學者，開始對傾向於歌頌美國干涉和政府主導下的經濟成長的「現代化」理論，展開批判，而援引依賴理論或其他激進的社會學，重新研究韓國戰後資本主義的發展。一九二七年，中國的國民黨右翼發動血腥政變，清除異己，摧毀了北伐革命，倖存的革命知識分子痛定思痛，開始重新摸索革命的理論與知識，而展開了著名的「中國社會史論戰」。「韓國社會構成性質論爭的背景，與此十分相似。光州慘案要求我們對韓國社會性質有總體的、一元的新認識。」崔淙旭說，「只有當我們把韓國社會的構造和矛盾弄明白，我們才能科學地規定當前民主變革運動的方向，找到推動變革的主導勢力和協同勢力，標出主要的反變革勢力，即變革的對象，最後整理出不同階段的運動論……」

對於像崔淙旭這樣的韓國社會學家，社會學的任務，在於認識和克服當前韓國社會的構造性矛盾。「透過這次從一九八四年顯著展開的社會構造論爭過程，新的韓國社會學得以進一步科學化，為韓國民主運動中反外(來)勢(力)、民族的民主統一和爭取民眾性的民主，做出貢獻。」崔淙旭教授說。他並且指出，由於問題的提出與學問的爭論與調查研究方興未艾，參與論爭的年輕社會學者的論文還不夠多，許多問題也許還在「試論」、「初稿」的階段，「但民主運動圈和學界已受到他們強大的影響，他們也受到運動現場和社會學界最熱情的支持聲援」，崔教授說，「在韓國，留學歐美、回國取得社會學界權威的時代，已經要結束了。現在，韓國社會學界老的、保守一派，與年輕的、戰鬥的一派，壁壘分明。這基本上開始清算和克服帕森斯和韋伯等保守主義英美社會科學在韓國的長期支配……」

從PDR對CDR的爭論開始

以朴玄埰為代表的一派，認為當前韓國社會是「國家獨占資本主義」的社會。南北對立下的緊張形勢，為反共防共而「富國強兵」的發展，使國家在財政、金融、勞資關係、公共建設和經濟建設的開展……等廣泛的範圍內做強悍有力的介入。因此，社會矛盾的焦點，在內外獨占資本對廣泛被壓迫民眾的支配；運動的主導力量是工人階級、農民與貧民；運動的性質是打倒獨占資本主義的反帝、反(軍部)法西斯的「人民民主革命」(people's democratic revolution，簡稱PDR)。

另李大根一派學者則以依賴理論和資本主義世界體系論，規定韓國是「邊陲資本主義社會」。他們認為，資本主義和前資本主義生產方式的結合與並存，因對於帝國主義中央資本主義的依賴化，使社會矛盾發生外在民族矛盾與資本主義內部階級矛盾相錯雜而複雜化，是包括韓國在內的第三世界資本主義社會的特質。他們強調邊陲的發展，不可能進入中央的發展階段，從而推論：世界資本主義體系必須從體系的「邊境」發生，即「邊境革命」論。

強調「非正式部門」在邊陲資本主義社會內在結構中的重要性，這一派系學者特別重視城市貧民、工人和農民在社會變革運動中的主導性。社會矛盾的性質是(軍部)法西斯對一般民眾的支配，變革的性質，則是反法西斯的「市民民主主義革命」(civil democratic revolution，簡作CDR)。

「國家獨占資本主義社會論」受到的批判，主要是指責他們把先進資本主義向國家獨占資本主義發展的特點與條件，機械地應用到韓國社會，忽略了韓國資本主義的畸型、跛腳的性格。

「邊陲資本主義社會論」所招來的批判，是過分側重對外的依賴造成的民族矛盾，而過小評價內在的一般資本與工資工人間的階級矛盾。

目前的社會構成體性質論爭

這樣的論爭，逐漸補充和修改而發展為「依賴的國家獨占資本主義社會論」、「國際獨占資本主義社會論」和「殖民地官僚獨占資本主義社會論」三派間的爭論。一九八七年以來，韓國社會構成性質論爭，基本上分為這兩系的爭論：即「殖民地半資本主義社會論」和「新殖民地國家獨占資本主義社會論」。兩派之間的對立，以最概括的說法來說，前者強調美國軍事政治對韓國的直接而深入的支配，以及廣泛自耕農社會的「半資本主義」─半封建的性格。社會變革論，則為反帝的民族革命（national democratic revolution，簡稱ＮＤＲ）。後者仍然強調韓國自身資本主義的國家獨占性發展，把美國對韓支配，看成與舊殖民地不一樣的、透過經濟手段的支配。

「但是這兩派的共同點，在於承認美日獨占資本對韓國社會的統治性。」崔教授說，「前者注重民族矛盾，後者強調階級矛盾，但都把變革運動的主導勢力擺在工人、農民和城市貧民，從而主張與廣泛進步的市民、知識分子、學生和愛國的宗教徒結成最廣泛的聯合戰線。『反外勢、民族自主、民主化統一』，幾乎是當前運動的統一口號了。」

發展「民族分裂時代的社會學」

崔教授指出，韓國社會構成體性格的討論與研究，不應該忽視韓國受到美國戰略利益支配下民族分斷的現實。「社會學的任務，不唯認識和克服南韓社會矛盾，也在於最終克服民族分斷。」他說，「當代韓國社會學應該帶有當代民族歷史的印證：即民族分裂時代的社會學……」

漢城大學的韓完相教授特別強調世界冷戰對立時代的終結。「冷戰歷史的結束，已不是今天任何霸權所可抵抗與挽回的。美國從亞太地區退出它的霸權支配是個必然的趨勢。在韓國，南北頑固的對峙只有弱化而不是強化……」他說，「社會學應該為民族史的新發展有所準備。」

這次採訪中最先向我介紹了韓國社會構成體性質論爭的聖心女子大學教授李時載特別強調了社會學者有意識的實踐之重要：

「八七年的『六一〇』運動，幾天前的文益煥牧師和作家黃皙暎訪問北韓，一個運動和事件，很快就把社會學的理論和議論抛到具體形勢後頭去。」他笑著說。他認為，待遇、生活一般地豐裕的大學教授，必須走出教室，側身運動的現場，「把多餘的錢捐出去，在民眾中發展和思想學問……否則，光是腦袋的『進步』，很快就會蛻化變質哩。」李時載用食指輕敲著自己的腦袋，這樣說。

當前韓國社會構成體性質的論爭，已經把韓民族的分斷、民眾的處境問題變成了無法忽視的知識問題。「隨著研究、調查、論爭的發展，這新的社會學一定會更進一步發展下去，克服韓國反共、保守的社會學體制，在學院中取得應有的地位。」崔淙旭教授說，「韓國社會學界保守和進步、親美與自主兩派的鬥爭勢不可免。但是我們有這信心，自主的、民眾的、韓國分斷時代的社會學，一定會取得主導的地位。」

在民眾中有真理

崔淙旭教授在課餘參加在漢城市已發展了三、四十所的「民族大學」的講座，教哲學和社會學。「知識和理論要從現場和實踐中來，也得回到現場和實踐中去。」他說。李時載教授則正在聖心女大籌組「教授協議會」，成為大學中教授的民主自治體，參與校政民主化改革。他也正和另外一些朋友籌辦一份大學附近社區的地方小報……「在參與和實踐中，我知道了在民眾中潛藏著真理的道理。」他說，「光是書齋裡出來的思惟和語言，是無力的。只有從具體的生活與鬥爭中出來的學問和語言才有力量，才接近真理……」崔淙旭則擔任「韓國哲學研究會」的共同代表之一。「韓國人文科學者普遍和高度的意識化的覺醒，要感謝八七年的『六一〇』運動開拓出來的民主化空間。」他說，「如果不和生活實踐取得密切聯繫，學者總是要掉在歷史腳步之後哩……」

我聽著小全的口譯，在筆記本上奮力疾書，但心思卻不時飄回台灣的社會學界。有誰能在這採訪的過程中，不為自己感到羞慚和悲傷呢？

初刊一九八九年六月《人間》第四十四期

1 本篇為「現地報告：激盪中的韓國民主運動」系列之五。

韓國文學的戰後

在「不斷革命」中豐富和發展的韓國現代文學 1

五〇年代「人民民主主義」文學運動及其肅清；六〇年代「參與文學」和「純粹文學」的爭論；七〇年代「民眾文學」、「民族文學」的提起；八〇年代工農階級文學的出現與討論，以及陣營內部第二次民族文學論爭，和文學性的提高和普及的論爭，在韓國戰後資本主義基本上持續發展、大眾消費主義在資本國際化、自由化擴張下，具體、深入、實踐地在韓國民族·民主運動中昂揚潑辣地發展著！

一九四五年日本戰敗，韓國從日帝的桎梏下獲得解放。從四五年到四八年大韓民國成立，韓國文學家的中心任務，是「為建設人民民主主義的國家而努力」。韓國民族文學派的年輕一代銳利的文學評論家，現任「民族文學作家協會」下部機關「青年文學人委員會」總務長金明仁（Kim Myon-in）在談及戰後的韓國文學發展史時，劈頭就這樣說。

韓國當代文學的「前史」

金明仁說，在日據時代，從事左翼民族解放運動「科普」（Comintern的無產階級文學組織）系的韓國文學作家們認為，從殖民地解放後的韓國，即不應附從資本社會。「因此，他們主張一面發展民族積累、一面養成民眾力量，最終建設社會主義主義霸權而發展資本主義國家，也因為民族資本積累的不足而無法建設社會主義國家。」金明仁說，「而為達此目的的路線與方向，就是人民的民主主義的國家建設。這種思想和當時東歐的『人民陣線』，和毛澤東的『人民民主主義』極為相似。」

二次大戰後美軍以聯盟軍名義進占韓國，隨著美蘇霸權的冷戰對立升高，美國的占領政策，側重為其反蘇反共戰略利益服務，無心協助韓人建設自主統一的國家。在美國軍政時代，美國當局強烈鎮壓韓國民族解放勢力，優容親日保守政客，組成右翼反共政權，全面殘酷清除戰後在南韓迅速發展的各地人民「委員會」和「人民共和國」運動。「在文學方面，當時的『朝鮮文學家同盟』因被美方誣為左傾赤色組織而加以鎮壓，作家被捕、被處決、向北逃亡或潛入地下，境遇悲慘。」金明仁說。

但是，在歷史上，他們留下了政治所無法抹殺的作品：詩人和評論家林和的詩集《玄海》，小說家兼批評家金南天的小說《大河》，小說家韓雪野的長篇《雪野》，和小說家箕永的《故鄉》，等等。

反共・虛無・西化的文學

韓戰以後，民族的對立、離散和社會經濟的殘破和荒廢到達了極限。政治上和社會上，充滿著極端反共、保守和虛無的氣氛。「這時候的作品充斥著反共意識形態，西洋文學頹廢、個人主義、形式主義的東西。」金明仁說，「存在主義的虛無一面，在韓戰後的韓國文學中以奇特的版本蔓延起來。」一般而言，金明仁認為五〇年代的韓國西化文學，水平不高。「西洋的東西，也有人道主義的和其他進步的成分。但是當時的韓國文學界恰恰吸收了西洋文學的糟粕。」金明仁說，「這和韓戰後的韓國極端保守化和反共化有關。」

「純粹論」與「參與論」的論爭

一九六〇年，「四一九」學生革命推翻了腐敗無能的李氏政府。學生對民主自由主義的單純嚮往和熱烈的愛國主義，打動了當時的作家。一九六四年開始，韓國文壇展開了一場「純粹文學」對「參與文學」的論戰。前者認為文學就是文學，不應該考慮任何政治的需要和歷史使命；而後者認為，好的文學家，應該為祖國的民主與自由做出貢獻。「現在看來，討論的雙方，認識上比較單純、甚至幼稚。參與派還沒有提出文學為民眾、為民族的問題。」金明仁說，「但歷史地看，參與論者畢竟是七〇年代民族文學論的濫觴。」參與論的代表有詩人金洙暎、金宇鍾與申東華，純粹派則有李御寧等。參與派的題材，很多是表現四一九以後知識分子從虛無、迷惘中覺醒與亢奮的故事。

七〇年代：民族文學的提起

一九七〇年，不斷激化的社會深刻而複雜的矛盾，使韓國作家向社會低層民眾的生活與存在張大了眼睛。七〇年代中期以後，主要以「創作與批評」社和「文學與知性」社為中心，展開了關於文學作家的如何實踐創作與思想自由，和關於民族文學的理論與創作的討論。

「民族文學的提起，概括而言，是對應當前韓國民族危機的文學。」金明仁說，「韓民族的危機，在於民族在外國霸權支配下南北分裂，是建立在民族對立關係上的軍事獨裁、獨占資本和買辦階級的統治。」而另一個優秀的評論家白樂晴則從反帝、反封建的文學傳統，重新定位韓國的民俗文學，並且深刻地提出一九四五年後韓民族主體性所受到嚴厲的挑戰，從而要求重新評價和認識光復前以來的反帝、民族主義文學的傳統。

談到韓國民族文學與民眾文學的關聯時，金明仁指出，民族文學是最上部的概念。「而民眾文學，則屬主體概念。民族的主體，是構成一民族的民眾。」他說，「民眾文學，是描寫、並且形象地表現韓國民眾的生活與現實的文學吧。」至於八〇年代中期以後的工人文學、農民文學和城市文學等等，則全是民眾文學組成的部分。

工人文學運動

一九八〇年以後，韓國工人運動有質與量上的巨大發展。韓國民主·民族運動，也呈現出更廣泛的群眾路線的性格。「八〇年代的韓國文學也發生質的和構造的變化。」金明仁說，「七〇年代，文學作家幾乎完全是中產階級知識分子的出身。八〇年代，卻出現了幾個工人和平民出身的作家和詩人。」近幾年的評論指出，七〇年代的民族文學有強烈的小市民傳統。評論家以為七〇年代的韓國民眾文學，是中產階級所寫的、反映民眾生活與要求的作品，而不是工人和農民自己以其主體性寫自己的作品。「一九八〇年代，確實也出現了工農作家個人和集體性創作，有一定成績。」金明仁說，「像朴勞解的詩，就是例子。」

一九八七年，在民族運動的陣營內部，展開了關於當前韓國民族問題的爭論，參加這場論爭的有白樂晴、金明仁和黃正煥等人。「一九八〇年以後，韓國的工人運動進入了一個新的階段。一九八七年『六一〇』以後，到了九月以後，韓國重化工業區大廠、大企業展開持久而廣泛的罷工。」金明仁說，「在社會科學方面，也有關於韓國社會構成體性格的論爭，在社會變革理論探索的各派中，都愈來愈強調民眾，即工人、農民和城市貧民的先鋒和領導作用。這種客觀上的社會變化和思想上的要求，使工人和他們的鬥爭受到文學家和批評家的重視。」

八〇年代的韓國文學中，民眾，特別是現代產業工人階級的生活、要求和地位，韓民族所面對的問題與危機成為中心題材。在反「外勢」（外來的勢力）、反軍部法西斯獨裁的民族·民主運動中，文學應該為什麼人、由什麼人、以及如何形象地表現民眾和民族問題的題材，成為這次「民族文學論爭」的重點。

「在目前，比較重要的論題有三。一是維持小資產階級作家對民族文學創作和理論的領導權；另一派則特別強調由工人階級、農人出身的作家領導民眾文學運動；第三方面主張為民族解放的鬥爭，結成廣泛的統一戰線，而強調民眾聯合的民族文學。」金明仁說。

白樂晴教授說由於運動的發展，有年輕人起來強調文學的階級性。「爭論在於階級性應該在文學領域中怎麼提，提到什麼高度才正確。但不論如何，爭論各派都同意，文學作品和理論應該由廣泛的工人、農民來談，來參與，來創作和討論。但比較激進的人批評向來的民眾文學中沒有真正民眾(工人)出身的人參與和創作，而採取否定的態度，他們主張工人階級在文學的霸權。」他說，「另外則有人以為作品是不是工人出身的作家寫的並不重要。重要的是作品有沒有民眾性——或者工人階級的意識性。我主張對文學的問題要以科學的、辯證的方法，而不是形式的方法去認識。」

白樂晴說，「以階級出身論、階級性論這些看似激進的語言發言，其實也是一種形而上的方法論的結果，論斷之專斷、盲目、排他，是自然的事。」

普及和提高

白樂晴，這政治上最嚴苛的七〇年代就奮勇提出民族文學論的文學評論家，在年輕人高呼文學的革命性、工具性和階級性的時代，冷靜而熱情地提出民族・民眾文學的藝術性。「中國革命文學早就提出過提高與普及的辯證的關係。」他笑著說，「年輕一代的作家，有時恐怕要冷靜下來，先把自己的作品提高到七〇年代就搞創作鬥爭的高銀、黃晳暎的水平。」他極力稱讚最近出版的黃晳暎的新長篇，描寫韓國軍人以聯合國軍之名到越南打仗的《武器的陰影》。「藝術性和思想性的關係，也要辯證地看待。」他安詳地說。

白樂晴和金明仁都對於八〇年代出現的工人作家以一定的肯定評價。鄭火盡的小說《像鐵漿一樣》，韓白的小說《和同志在一起》，方玄石的小說《清晨出征》，金限水的小說《成長》和工人詩人朴勞解的許多詩集，都已受到文學批評界熱情的關切與支持。「對這些值得驕傲的工人作家與他們的作品，要做同志的支持，包括冷靜、充滿同志立場的批評，為了使工人文學更好、影響力更大的目的而批評。」白樂晴說，「吹毛求疵、階級偏見和盲目稱揚，全不是正確的態度。」

韓國的社會構成體性質的論戰，讓人想起三〇年代中國的「社會史論戰」；而韓國民族文學論戰也讓人想起當時中國的「文藝自由論戰」。中國的這些論戰，是在社會解體、國事蜩唐的時代，而韓國的論戰卻是在韓國資本主義頑強挺進，西方資本主義先進國的文化「革命」已經完全崩潰煙散的時代。在資本主義基本上還在發展的韓國，這廣泛涉及學生、知識分子、作家、社會、社會運動和工人的強勁的實踐，究竟代表著什麼意義？這難道不是全球革命思想和運動大退潮、大虛無時代令人深思的問題嗎？

初刊一九八九年六月《人間》第四十四期

1　本篇為「現地報告：激盪中的韓國民主運動」系列之六。

耶穌在窮人中興起新教會

訪問韓國民眾神學的創始者安炳茂博士[1]

離開羅馬對以色列的支配，離開窮人、罪人、娼妓、盲人和痲瘋病人，離開耶穌和民眾不斷的遇合，以及遇合所觸發的豐富的事件，基督的福音就無從理解。

——安炳茂（韓國神學家）

從歷史和民族的構成體——民眾以及他們生活、實踐的「現場」、「遇合」、「事件」、「反主客論」和「神的宣教」……諸概念試圖建立民眾的、民族合一實踐的神學。

韓國在七〇年代中後的民眾運動中發展出來的「民眾神學」（Minjung Theology），有兩個系統：聖經神學系的安炳茂博士和系統神學系的徐南同教授。

四月二十日，我在漢城僻靜的一個住宅區的安家公館，會見了白髮、慈和的安炳茂（An Pyonmu）博士。話題是從韓國的教會史開始的。安炳茂博士也明快地指出向來韓國教會的西方中心，甚至是帝國主義的立場和傳統。他也提到教會在「東學農民蜂起事件」、「三一獨立運動」中，沒有支持愛國的教徒和民眾，也提到在日據時代，「教會和敵人勾結、傷害耶穌」的歷史。「直到一九六九年，韓國教會對自己歷史上的西方中心立場，沒有悔改與反省。」安炳茂說。

一九六五年，美國為了將韓國編入復興戰後日本資本主義，在東亞建立以日本為主軸的反共堡壘，誘使朴正熙與日本「恢復國交」，結束日韓間的戰爭狀態。日韓建交，立刻引起韓國學生、民眾和愛國知識人強烈的反對。「這時候，韓國天主教與基督教都挺身出來反對日韓『正常化』。這是戰後韓國教會第一次干涉了生活。」安炳茂說，「但風潮過後，教會又恢復往時安於現實的故態。」

全泰壹自焚和韓國教會

朴正熙強行訂立《日韓雙邊和約》以後，以對日借款方式，引進大筆資金，投向少數幾家特權獨占資本，發展資本主義的現代化。這一方面使韓國經濟對美日資本主義世界體系的依賴及從屬加深，也造成深刻而尖銳的社會矛盾。廣泛的工人和農民，在韓國獨占資本的積累與集中的運動過程中不斷地貧困化。

一九七〇年，一位基督徒紡織工業工頭全泰壹，眼看著廣泛的紡織女工在惡劣的條件下，日以繼夜地在超低工資下受盡剝削，感到無限的痛心與憤怒。「全泰壹曾經向漢城最大的永樂教會投訴求援，卻沒有人回應；他向社會呼籲，也沒有人理睬。」安炳茂博士說，「他終於留下遺書，引火自焚，留下向社會同胞淒楚的抗議：『工人也是人，讓工人過像人的生活！』」

全泰壹為血汗作坊的女工自焚請命的事件，像利刃一樣刺進學生、教會、學者和文化人的良心。成千上萬的紡織女工，伸直蒼白卻堅定的拳頭起來罷工。學生運動痛切自我批判，決定了走向群眾的運動路線；社會學者發憤要重新理解韓國社會矛盾的現實。「在教會，湧現了為過去的冷漠懊悔，起而關懷城市貧民、工人和農民的神職人員。」安博士說，「一九七一年，『全國基督教會議』（ＮＣＣ）發表聲明，決心為貧民和弱者而為基督挺身。」

背上十字架，起來……

神學者和神職人員，在變本加厲的七〇年代朴正熙高壓統治時代，確實善盡了先知的職能。一九七六年三月，包括安炳茂博士在內的基督教、天主教神學者與神職人，和金大中、尹譜善等在野政治家，思想界的咸錫宪等，發表糾彈獨裁、蹂躪人權的政治和不公正的分配，呼籲民主改革的宣言，被政府逮捕入獄。許許多多神父和牧師，為人權運動前仆後繼。一九七九年，全國十一名大學教授因思想言論被驅出校園，「其中包括四名基督徒教授。我也在那一年被逐出神學教壇」，他說。

被逐出學園的安炳茂教授，批判地繼承了他留德國學習神學時認識的、反納粹時代的德國「告白神學」。「但是，光是在信仰上拒絕獨裁政治是不夠的。基督徒應該進一步在生活與實踐上和被迫害者在一起。」安炳茂先生說，「於是我和幾個基督教的同仁，組成一個『加利利教會』，專門接納和幫助政治上被迫害、拘捕者的家屬。」

對於安炳茂博士而言，加利利代表基督當年與貧困者、被侮辱者共同生活和實踐的現場。

安博士和今天因訪問北韓被捕的文益煥牧師以及其他基督徒建設的加利利教會，受到朴正熙政府的嚴密封鎖和監控。「政府只讓政治受難者家屬參加我們的教會，嚴格禁止學生和其他激進分子參加。」他說，「這是第一次，我們在基督的教會，宣講解放、正義、愛情和支持被壓迫者的耶穌。」

從此以後，韓國的教會在大逼迫、大患難中，撤除了教會的籬牆，在祖國民主化、人權化的國民運動中，和民眾、和社會打成一片，同擔基督的苦難，同享基督的勝利。而安博士著名的民眾神學，也在這苦難與實踐中逐漸成形……

民眾的神學

僅僅在兩個多小時的時間，即使透過日語直接請益，當然不可能把握安炳茂教授的民眾神學體系。則目前為止，安炳茂博士的神學著作與論文，基本上還沒有比較完整的日譯或英譯，因此也一時無法從參考資料中補充匆促間採訪的不足。以下的箚記，只就以我能理解的範圍加以最概括的整理，自然無法成為一個完整的邏輯體系，唯浮光掠影聊為參照。未經安博士過目，當然一切錯誤和誤解的責任，都由我來負責。

「我的民眾神學，毫無疑問，全泰壹的殉死，是決定性的影響。」安炳茂清晰地說道。一九七五年，他第一次公開以「民族．民主．民眾的教會」為題，發表演講，頭一次發表了他民眾神學的思維。

他指出，戰後的韓國史，是政府不斷以民族之名踐踏民眾的歷史。教會也從不以民族構成體的核心——民眾作為主要的關切。他主張神學應在民眾的脈絡(context)，而不是西方中心的、帝國主義中心的視野中展開。

在民眾神學中，有幾個比較重要的概念：

「現場」。神學不在書齋冥想中發展，而是在各種不同的生活、勞動和實踐的「現場」中發生。今日韓國的大「現場」和各個不同局面，各個地方的「現場」都是具體信仰和實踐的重要「脈絡」。

對於安博士，神學者、神職者與信眾的「主─客」關係是錯誤的。信仰和實踐，是在一定現場、一定脈絡中民眾共同體的產物。「主耶穌和聖經上連名字都沒有的卑微的民眾的遇合（encountering），發生啟發人心、驚心動魄的事件（events），創立了新的教會。而神學、信仰和實踐，也全在這永不間斷的『現場』、『遇合』和『事件』中發展和擴大……」他說。耶穌上加利利，磔刑、受釘以死……全是一件又一件啟發豐富的事件。「全泰壹的捨身死諫、朴鍾晢被拷問致死的真相被揭露……全是『事件』。」他說，「因此有人又稱民眾神學為『事件神學』……」

神的宣教

安炳茂說，在宣教史中，認為唯獨組織的教會是宣教的機關和動力是錯的。「神自己的宣教，超乎人的小智。」他說。在從來沒有人提及耶穌、稱頌上帝的地方和歷史中，依然有神自己的宣教（mission of God）。他說，「在從來不知道基督的亞非內地，在宣稱無神的十億人的中國大陸，說沒有神的臨在和祂自己的宣教，是重大的不信吧。」

幾十年來，無數的基督徒和非基督徒的學生、工人和窮人，為正義勇敢的捨身殉義。「但教會的神職者和信徒的殉教者卻一個也沒有。」他說，「能說上帝只在教會而不在那些殉義的人的一邊嗎？」基督徒勞動者全泰壹的死，喚醒了一個民眾的時代；朴鍾晢被拷打致死，引燃了波瀾壯闊的「六一〇」運動，使獨裁者第一次在民眾面前做出戰略的退卻。「死亡、絕望、終滅，卻俄頃而興起全新的相信、希望、和大愛的歷史潮流，激起一整個時代運動的漩渦。」安炳茂博士說，「我在這歷史的脈絡、運動的現場和層出不窮的事件中，體會了二千年前耶穌的復活！」而這一切，正又彰顯了神在民眾中的、祂自己的宣教。

去年底開始，年輕的傳道人和牧師在韓國各地，尤其在工人、農人和窮人中，建設和開展幾十個「民眾教會」。他們要在民眾的生活和實踐中建設民眾自己的教會。「我們尋找從民眾和生活實踐中來的信仰，也把這信仰再度回饋到民眾中去。」安炳茂說。

民眾的統一論

安炳茂博士對於他長年的信友和戰友文益煥牧師的被捕，深以為是韓國的羞恥。他認為文益煥牧師逮捕事件，再次揭發了八七年《六二九民主化聲明》的虛偽性。「盧泰愚的第六共和，和全斗煥第五共和沒有實質的差別。」他說，「軍事政府，外國勢力和獨占特權資本，根本上是依靠南北對立的現狀獨占其權利的。」然而，安炳茂博士認為，世界冷戰構造的解體化，韓國民族自主、民主和統一運動上的擴大和覺醒，「以盧泰愚為代表的韓國反民族勢力，再也無法像過去那麼恣意順心」。他說，「韓民族的統一，也需要在民眾的水平上，從南北民眾交流，即互相『遇合』，從而在『遇合』中發生豐富的『事件』，並且在『事件』中發展民族統合造成的新的韓國。」安炳茂教授也期望，在民眾史中不斷完成的民眾神學，是將來合一以後的新韓國的神學之希望……

初刊一九八九年六月《人間》第四十四期

1 本篇為「現地報告：激盪中的韓國民主運動」系列之七。

我來……乃是要叫人紛爭

新的韓國天主教會在「紛爭」中胎動[1]

七〇年代的韓國天主教會，在反獨裁、維護人權與尊嚴的工作上，做過顯著而巨大的貢獻。但是，由於教會史的和階級的極限性，八〇年代的天主教會，開始向保守的中間層傾斜。然而，一個年輕的、在民眾中生活與實踐的、新的韓國天主教會，正在艱難、虔誠地形成……

一九八七年六月，我不期然撞進了在「六一〇」運動中鼎沸的漢城。正是在韓國天主教「正義與和平委員會」的熱情協助下，我認識了「高隆本神父會」、認識了著名的詩人高銀和文字理論家白樂晴，也得以廣泛地和當時的學生運動領袖見面。天主教明洞聖堂保護和照拂被警察圍堵的學生的景況，以及我參加的那一次金壽煥主教主持的彌撒，至今難以忘懷。

但這次的採訪卻遇到了困難。我向西江大學耶穌會提出訪問要求，結果被當事人禮貌而堅定地回絕。譯員小全為我接洽了幾個單位，也被回絕。四月二十二日，在無計可施之餘，我抱著碰運氣的心情，撞到明洞聖堂鄰近的「正義與和平委員會」辦公室。一個年輕的天主教平信徒接待了我。他安靜，卻極有條理的告訴我在激盪的試煉中的、韓國天主教會的故事……

他專注地聽著我述說八七年六月在明洞聖堂的經驗。「六一〇恰好是一道分水嶺哩。」他說，「六一〇以後，特別是去年實現了直接選舉總統，國會出現在野黨席位超出執政黨以後，我們的教會，明顯地，保守化了……」

巴黎國外傳道會

他說，今日韓國天主教會上部指導層的保守化，「有階級的、歷史的關係。先從歷史發展來看一下」，他溫和地說。

天主教對中國和韓國的布教，都來自天主教「巴黎國外傳道會」。這個傳道會，工作上過於偏重布教，而缺乏對布教地的人、社會和文化的關切。「三一獨立運動的鬥爭中，有許多天主教農民、知識分子冒死參加這個抗日獨立運動，但當時在韓的法國神父嚴禁教徒參與這項愛國運動。」他說。

一九〇六年，韓國愛國志士、天主教徒安重根陰圖刺殺日本改革擴張主義重臣伊藤博文。謀刺失敗，當時韓國天主教當局嚴厲指責了安重根，甚至把他逐出教籍。「在日據時代，韓國天主教不惜違背戒律，推行參拜神社，以保持與日帝當局的良好關係。」他說，「但是，對於這一段光復前的教會史，一直到今天，我們的教會沒有反省，沒有懺悔……」

教會與反共親美的政治

一九四五年八月，日本戰敗，韓國獨立。在北韓，天主教會恢復了遼闊土地的所有權，成為巨大的地主。北方的社會主義共和國成立，推動土地改革，天主教不予合作，並加以反抗，遭到北方人民和政府的鎮壓與懲罰。這時許多主教、神父和信徒紛紛南避。「而這些南來避共的主教和神父，在南韓美國軍政當局的支持下，成為今日韓國天主教高階層指導體制的核心人物。」他說。

從人的脈絡與政治關係來看，大邱地區天主教系統因與朴正熙合作而壯大。現在大邱教區的大主教李孝祥，是南韓國會主席李文熙的父親。李孝祥大主教，在日政時代是親日反民族分子。一九四五年，在美軍政當局支持下參加南韓高層政治。其他如張勉總理也是。

現在漢城教區主教盧基南，和美當局關係優渥，李孝祥、張勉都是透過盧基南引薦美方，當上李承晚政權的高官。

「戰後，不僅僅在韓國，在全亞洲和第三世界，美國霸權主義無不利用、誘致新教和天主教有力人士，來宣導和擴大美國的政策與利益。」他語氣溫和地說，「形成當地基督教與美國勢力的獨特的結合體。」許多人以基督教為接近美國占領勢力、干身廟堂的進階，而美援救濟物資，因為透過教會發放，而有助於擴大新舊基督教的社會勢力。「至今，有不少教會人士，因為美國軍事力量『保證』韓國基督教會免於受到共產主義迫害，而親媚美國勢力。」他說。

因此，實際上當一九八〇年五月光州慘案發生，韓國民主運動在血泊中認識了美國的霸權的一面，發出比較「激進」的反美、自主、統一的主張，天主教會就開始後退了。

信徒的精英中產階級結構

隨著韓國經濟和社會矛盾同時發展，由於天主教優厚的知識文化傳統，也由於七〇年代天主教在人權問題上所做過的勇敢、先知性的貢獻，戰後韓國天主教會吸引了大量中產以上精英資產階級。在韓國政府高官中，也有不少天主教徒。例如現任總理姜英勳，就是從越南避共來韓的天主教徒。「我們不是階級決定論者。但是，我們相信，教會應該注意，不使信徒的階級構成，不知不覺之間使布教的使命受到階級盲點的影響。」他說，「教會的中產階級精英化，使教會在工人、農民、城市貧民、愛國市民和學生，越來越強烈地提出美軍駐在、財富再分配，祖國和民族的自主、民主統一的要求前躊躇不前，甚至走到敵對的一方，扭曲和遮蔽了耶穌基督的原意……」

在上下階級關係森嚴的韓國天主教會，由於「上層」的保守化，使整個教會在一九八八年以後，迅速地向保守的、中產階級的一方退陣。然而，見證並且參與了七〇年代教會艱難地為反對獨裁、衛護人權的鬥爭而成長的年輕一代神父、司祭、天主教學生和農民，卻默默地進行著深刻的反省、改造和信仰的實踐。一九八八年，年輕一代天主教神職者和信徒組織了「天主教正義具現聯合」，由一九八〇年以後，捨身奉獻於人權衛護鬥爭卓有貢獻的「天主教正義與和平委員會」、「平信徒司祭職協議會」的人員所組成。

另外一個年輕教會的形成……

一九八六年和八七年，思想上和信仰上快速地滑向保守化的主教會議，把過去賦予「正義與和平委員會」和「平信徒司祭協議會」的決策自主權收回，並且直接干預兩個組織，排除運動積極的神職者與平信徒。這些被主教會議排除的人，出來默默然組成「天主教實現正義聯合」。

「『正義實現聯合』正吸引著越來越多的、尋求實踐的信仰的天主教徒加入。當前韓國最大的一個平信徒組織，在韓國農民運動占八〇％力量的『天主教農民會』越來越積極地加入『正義實現聯合』。」他說，「一九八六年三月，主教會議命令『正義實現聯合』停止一切活動，引起天主教農民的震驚與反感。」「同年五月，一個最大的天主教學生組織，在六一〇運動中領導漢城地區的運動的『明洞聖堂青年聯合』，也遭主教會議命令停止一切活動。」

他說，當主教團拒絕了我們，我們只有更深地，直接向天主尋求領導。「我們沒有向主教團抗議，沒有發出惡聲。廣泛的天主教民眾向我們伸來信賴與虔信的手。」他的眼眶微微地紅了，沉默了一會，他說，「一九七五年組織的、在衛護人權的工作上奉獻至大的神職者團體『天主教正義具現司祭團』，至今不蒙主教團承認。八八年，主教團竟宣布司祭團為『非法組織』。」而司祭團只是以悲傷卻堅定的沉默回答。他們更加努力地工作著……

耶穌的確活著……讚美祂！

「教會從事韓國民主化改革運動，在信仰上，是為了要在韓國恢復主耶穌的原心和原意。」他說，「韓國天主教中央，在很短的時間內，就必須在主耶穌面前做重大的選擇……」

「在教會上層不斷阻難下，在信仰上……」我有些詞窮了，「你，還能相信天主嗎？」

他深深地望著我。「相信，」他說。他的年輕的眼眶又閃過迅速的紅潮，「因為，我們在困難中見證了耶穌，祂活著……的確活著，讚美祂！」

他說，恢復耶穌的原心，指的是恢復耶穌在異族（羅馬帝國）支配下的以色列，和窮人、和被侮辱者一起生活和實踐的教會；指的是耶穌所宣示的，從一切精神和物質（制度）的壓迫中獲致解放的生活。「主耶穌要人從心靈、物質的貧困和壓迫中獲得解放，才能使人當初被造時的尊嚴體現出來。」他說，「就目前韓國而言，民族的分斷對立，是政治上和經濟上壓迫的根源。教會應該以新的亮光，重新注目韓民族的對峙與離散……」

我緊緊地握著他那瘦削的手，向他道謝，並說出我內心的感動。他則一再為了不願意公開他的姓名向我求取諒解。忽然間，一句聖經上的話語閃進了我的思維，久久不去，並且產生奇特而清楚的某種新的意涵：

你們以為我來，是要叫地上太平嗎？
我告訴你們：不是，乃是要叫人紛爭……

——〈路加〉XII，51

初刊一九八九年六月《人間》第四十四期

1　本篇為「現地報告：激盪中的韓國民主運動」系列之八。

在戰鬥中成長的韓國民族劇場 1

訪問漢城Hanmadang藝術劇場柳寅澤。Madang Kutt（直譯「農村土庭劇」）在傳統的Madang Nori（農民劇）和Talchum（面具劇）中受孕成胎，在七〇年代學生反對朴正熙獨裁鬥爭中成長，在一九八〇年反全斗煥體制中鍛鍊、擴大，在金芝河、黃晳暎和群眾作家的再創造中收穫了豐富、多樣而生動的劇場藝術性……

四月十六日，我到「Hanmadang藝術劇場」去看以韓國民族劇（Madang Kutt）形式演出的《米國・美國・未國》。「米國」是日帝時代對美國的稱法，「美國」則為今日的用法。至於「未國」則有貶意。而這三種對美國的稱法，在韓語中都一樣是mi-kuk。

Yankee Go Home!

從劇名上一看就知道這是一齣反美的戲。開場前約十分鐘，大約只二十多坪大的小劇場三面，坐滿了約莫一百五十個幾乎全是學生和青年的觀眾。這時劇團有人出來站在場中央，開始教唱一首新編的抗議歌謠。拼音文的韓語，使我聽懂了副歌結束時的口號：Yankee Go Home!（「美國佬，滾回去！」）

教唱畢，燈光暗，而後微明。有一個人把紙糊的、在屋頂上升著美國旗的白色房子點上火。忽然從觀眾席走道上竄出兩個青年，呼喊急促、高亢的口號，並向席上撒傳單。後倉促離場。火光由熾而滅。燈光復明。劇中人上場……

故事是以一九八二年三月韓國學生縱火釜山美國文化中心，點燃戰後學生運動第一把反美火焰的時代為背景的吧……我這樣想著。十分可惜的是我的韓語一竅不通，但知道上場的中心人物和背景在農村。農民、農村村里官員、妖嬈的官太太、反美學生……不斷地上場。從劇場觀眾的凝神、爆笑和掌聲，可以感受到戲的緊湊、集中和成功。演畢，在熱烈掌聲中，演員出來答謝，然後全場重唱開場時教唱過的抗議歌……我想到台灣朝野四十年對美國的諂媚，不禁眼熱喉哽。

歷史意識

我從三樓的劇場出來，立刻到二樓的Hanmadang藝術劇場辦公室去見領導民族劇場運動的、年輕的柳寅澤（Yoo Inntaek）先生。

「可惜聽不懂，可是印象太深刻了。」我說，「不知道韓國農民劇怎麼演變成今天的形式和內容……」

柳寅澤安靜地抽著菸。「這怕得從戰後談起吧。」他略微羞澀地笑著說。

對，從六〇年代開始。我打開筆記本準備筆記。來韓採訪，問起問題，對方總要從六〇年代訴說從頭。我凝視著年輕的柳寅澤，心想：一九六〇年，他還沒生下來吧？

韓國民主運動之重視歷史，之富於歷史意識，應該是他們運動力量的重大源頭。

在七〇年代的鬥爭中成長

日帝時代，韓國的傳統戲曲，連同其他韓國傳統文化，受到日帝全面壓抑，幾乎絕跡。

一九四五年光復，美軍進占韓國，帶來西方「現代主義」的東西，傳統戲劇如面具舞劇（「大同

Nori」、「Punmuru Nori」等）也無法復活。一九六〇年，學生起來打倒李承晚腐敗政治，這是大學生逐漸重建民族性的重要開端。

一九六一年，朴正熙建立軍事獨裁體制，並以培養特權獨占資本，壓抑社會低層發展經濟。一九七〇年工人全泰壹自焚抗議事件象徵韓國社會矛盾的嚴重化。一九七〇年代，民主化反抗運動，在大學生主導下，真是風起雲湧。一九七〇年「鄭婦事件」（與政府高官多人關係密切之應召女郎鄭氏被暗殺）；七一年十月朴政府發表「衛戍令」鎮壓學運；七四年四月，政府炮製「民青學聯事件」，拘捕學生一千二百多人，二〇三人被起訴；七五年宣布「緊急處分令第九號」，鎮壓學運和民主化運動；七五年十二月學生反對緊急令「大示威」；七九年失業女工包圍政新民黨本部……

「七〇年代後半，文學界頂著極大的政治壓力，勇敢地展開民族文學和民眾文學的理論建設和爭論，並且在百般壓迫下，進行爭取創作、言論和思想自由的鬥爭。」柳寅澤說，「就在這個時期，大學生找到了Madang Kutt這個韓國農民劇場的民族形式。」

面具舞劇和Madang Kutt

八八年我在台灣見到韓國優秀的作家黃晳暎。他說Madang Kutt這個民族戲劇形式，是從傳統面具舞加以「現代化」而來，也受到傳統農民劇（Madang Nori）的影響。Madang Kutt吸收傳統民俗劇場的形式，而賦予當前的問題為內容，是在七〇年代校園中的民族劇場復興運動的延長線上，為民主運動結合起來的傳統劇場藝術之現代化的繼承。「大學生在校園劇團中發展Madang Kutt，研究、復活和再生傳統農民劇場的結果。Madang Kutt強烈的民族特色，震撼了學生、文藝界和戲劇界。」柳寅澤說，「六〇年代以來的現代派、實驗派為之失色。在學生的先鋒實踐下，Madang Kutt擴大成為沛乎莫之能禦的民族劇場運動。」

七〇年代韓國民族運動，大約分為兩支隊伍：假面劇和農民劇。

面具舞劇（Talchum），也是韓國重要的民族舞劇形式。以各種材料做成的面具造型美學，有一種奔放淋漓的荒誕、幽默和濃厚的人味。

面具舞劇是在李朝後期發達起來的民眾舞劇，是生動表現兩班階級和人民的矛盾的諷刺劇，以極端誇大、打諢、變形將社會中的階級角色性格形象化。一般面具舞劇的角色，有統治階級「兩班」（yang-pan階級即士大夫、貴族、僧侶、武夫、商賈），刁慧的僕人，一對愚騃、樂天的農民夫妻，吃葷嗜酒好色的和尚，等等。李朝時代威權不可一世的兩班階級在戲中成為被嘲咒的對象：迂腐、愚蠢、無知，受到僕人或馬夫百般戲弄，不但深刻地表現當時農民對支配階級的憤怒與嘲笑，也成為戲中令人不斷捧腹的「笑料」。舞俑狂躍、華美，對白機智、充滿狂野豐富的生命力，使七〇年代韓國學生運動家為之傾倒。

這面具舞劇很快地被帶到農村和工廠現場，由學生戲劇活動家和現場工人、農民推陳出新，重新創作，當場演出，諷刺當時的時局和政治，在民眾中獲致十分強烈普遍的回響。

另一派是一直在年輕戲劇界發展的話劇運動。這一派素來比較受到西方現代主義和各種實驗主義的影響。但是當他們接觸了面具舞劇後，吸收這種民族劇場的形式，拿掉面具和舞蹈，發展成Madang Kutt。

「Madang Kutt不但有鮮明的民族形式，也有強烈的當代生活內容。它有很強的群眾性，由群眾發展、創作，在群眾劇場(庭院、農地、工廠、街道、廣場)演出，」柳寅澤說，「演員、觀眾打成一片，富有現場性、祭典性和戰鬥性。」

從民眾中來，到民眾中去

在朴正熙統治下苛酷的七〇年代，Madang Kutt成為民主化運動的利器。學生化整為零，到農村、工廠的現場組織民眾，共同演出以反對獨裁、反對獨占、要求民主自由統一的戲。「我們造過這個運動，把全新的民眾劇場向社會底層普及，和群眾一塊兒演，一道寫新的劇本；另一方面，學生演員、導演和劇運家也在生活與勞動現場上真正理解了工人和農民，改造了自己。」柳寅澤說，「這是七〇年代後半的事了。在政府全面禁止下，我們的運動不得不地下化、機動化。那是劇場的游擊鬥爭啊。」他笑了起來。七〇年代後半？那時這個柳寅澤才多大呢？我沉默地自問。

普及了以後，要努力提高藝術性……

一九八七年「六一〇」運動以後，Madang Kutt和一切抗議文化／文藝運動已經全面公開化、合法化。「盧泰愚政權甚至公開承認Madang Kutt及其他民眾藝術為韓國藝術表現形式的一部分。」韓國民族藝術總聯合政策室長，才三十出頭的朴仁培（Park Inbae）說，「去年春天，柳寅澤組織了第一屆Hanmadang節，演出新創作之Madang Kutt。」今年的Hanmadang節才開始不久。方才樓上的演員就是Madang Kutt戲劇節的一部分。Madang Kutt運動，就如方才看過的《米國．美國．未國！》，有十分強烈的政治內涵：反外來勢力（美國）；反對法西斯軍政獨裁；要求政治民主化；反對民族分裂，追求民眾自主的統一……「我們也自覺到藝術、技巧的提高的問題很重要。因此，有很多作家參加Madang Kutt的寫作，成績斐然。」柳寅澤說。

七〇年代初，著名詩人金芝河寫《Jim-oh鬼》、《金冠的耶穌》。一九七六年，集體創作《東一紡織廠》，寫東一紡織公司女工罷工鬥爭的故事。同年，有金民基的《工廠的燈光》，寫的也是勞資矛盾的問題。一九八〇年，黃晳暎發表《鍾山閣的老鷹》（譯名不確定），是他著名的歷史小說《張吉山》片段的戲劇化……「這些優秀的作品，對於Madang Kutt的進一步發展和藝術化，對於我們當前民族、民主和民眾運動，都做出了巨大、難以忘懷的貢獻……」

樓上傳來年輕、愉悅的喊聲：

Yankee, Go Home!

Yankee, Go Home...

初刊一九八九年六月《人間》第四十四期

1 本篇為「現地報告：激盪中的韓國民主運動」系列之九。

為一切人的平等與自由的美術

韓國民族美術運動的理論與實踐[1]

無批判地繼承了日帝時代的殖民美術，戰後韓國超現實主義美學和獨裁政治維持了三十年的蜜月。在風雷激越的八〇年代，二十幾歲的一代畫家輩出。他們開始清算新舊殖民地美術的殘餘，在民族傳統美術富裕的母體上，創造地發展民族・民主美術運動；在運動現場、在學園、廠間和農村，生氣勃勃地戰鬥、學習和創作……

戰後的韓國美術界，和台灣美術界有許多共同的問題和現象。這是因為台灣和韓國的戰後史，因為在戰後國際關係的力學構造下處境相同，有太多互相雷同的地方。但不同的地方，在八〇年代以降，韓國美術界恢復了遠比台灣更為深刻的反省力。

殖民地美術的殘餘

在日據時代，台灣和韓國一樣，受到日帝向殖民地引進「帝展」系的西畫和東洋畫。「帝展」系統偏重表現技巧，加上帝展的權威和尊榮，使殖民地畫家長期專注於西畫技巧，而扼止了畫家對於殖民地生活、現實和矛盾的思維與表現。東洋畫也以優美的線條、婉約的色彩、高貴閒逸的境界，把畫家引向純粹主義和唯美主義，使殖民地畫家巧妙地慴服於殖民地統治系統。

「在韓國，日帝時代有過『科普』系無產階級畫派，以社會主義的現實主義從事繪畫的反抗。但是在三〇年代就被日本警察當局鎮壓而潰滅。」韓國民族美術運動的美術批評家郭大沅（Kwak Daewon）說，「日本戰敗，韓國畫壇一度有左右派的對立，但是經過麥克阿瑟的美國占領軍政當局的逮捕和審訊，左翼民族藝術家不久也告絕跡。」

肅清與美國超現實主義

美國一方面鎮壓戰後韓國左翼民族美術勢力，一方面很快從紐約引進所謂現代派和超現實主義的畫風。另一方面，韓國政府也延續日帝時代「帝展」的遺緒，每年開辦國家級的展覽，以名利來籠絡畫家，使他們遠離政治和生活。「因此，戰後韓國在尚未徹底清算日本殖民主義藝術殘留的同時，很快又成為歐美現代主義藝術傾銷氾濫的地方，毫無批判和反省地追隨西洋亞流藝術，長久喪失藝術上的民族主體性。」郭大沅說。

一直到激盪的八〇年代，韓國美術界與獨裁體制維持了漫長的蜜月時期。「現代主義、超現實主義的形式美學、個人主義，脫離韓國民族面臨具體危機，蔑視民眾生活，實際上美化了獨裁政治下嚴重的社會矛盾。」郭大沅說，「而畫家得到的報酬，是代表國家到西歐去交流、賣畫。」

六〇年代，文學界「純粹論」與「參與論」的論爭，基本上不曾影響美術界。七〇年代民族・民眾文學的提起，韓國美術界的反應是冷漠的。「七〇年代，有過極少數的畫家，批判了現代主義藝術的形式美學，從事現實主義的創作。」郭大沅說，「但水平並不高，影響不大，沒能反映七〇年代韓國社會深刻的矛盾。」

戰後美術制度的批判

韓國民族・民主運動，在歷經前仆後繼艱難的鍛鍊，在一九八〇年光州事變後以增大的幅度廣泛而深入地展開。經過三十年的沉睡，韓國美術界開始了反省和自我批評，開始重新對自己質問藝術的本質、藝術在民族危機時代中的任務、表現內容和表現方式等這些基本的問題。

年輕的美術工作者，首先開始從戰後美術體制著手反省。他們批判體制的、官方的「大韓民國美術大展」，而另創各種具有鮮明主題意識的展覽。例如八六年的「光復四十年．歷史展」，是以繪畫作品回顧一九四五年以後的民族史，並且在韓國重要城市巡迴展出。「此外，八〇年代以後，年輕的畫家紛紛成立小團體，在比較小、比較大眾性的畫廊或學校、工廠和運動現場和民眾劇場中密集展出，影響很大。」郭大沅說。

民族美學和藝術觀的重建

其次，年輕的畫家努力重建新的、民族．民眾的美學和藝術觀。他們批判數十年附從西歐繪畫流派的錯誤，尋找能為民眾所喜愛、接受和使用，能夠給予民族共同體以一體感的美術情感。「他們在探索一種使民族長期分斷所帶來的感情、氣質、意識再歸同質的民族美學與美感，尋求能超越冷戰的邏輯、創造民族團結的感情的美術。」「現實與發言」畫會就認為：「我們注意到美術已經從生活的全體脈絡中被切斷了……如果美術從生活和社會中來，在生活與社會中才能發揮機能，美術就必須回到民族與生活的現場中去。」對於今日許多青年畫家而言，美術是民族分裂這樣一個不正常歷史中歪扭的人性重新復歸人性的工具。

在民族．民眾美術的表現方式問題上，今日的畫家在揚棄了日帝和西歐餘唾之後，努力恢復韓國傳統民族美感與美的意識。「他們廣泛地從民俗畫、古壁畫、巫俗畫、宗教畫、各種農民祭典中的裝飾畫、面具和刺繡圖案等，去尋找民族的線條、形象、顏色和透視等，再加以創造性的發展。」郭大沅說，「我們的畫家熱烈地發現：我們有豐富的傳統美術作為我們發展民族美術的母體。而民眾美術，正是我們民族美術最豐裕的內容。而蘊藏在民俗美術中的美感和美學，正是喚起斷裂民族心靈中共感共鳴的橋梁。」

民眾性的美術教育運動

在美術教育上，今日韓國民族美術工作者，在體制校園外，活潑地展開爭奪美術教育權的運動。他們批判體制美術偏重技巧、忽視表現內容的錯誤，要求美術工作者除美術專業外還要學歷史、哲學、政治經濟學和新的美學。「我們鼓勵學員到生活與勞動現場去觀察、參與和生活。」郭大沅說，「在課業上，我們把一向『不登大雅』的漫畫、民畫、連環畫、版畫和宣傳畫也當作正課，在民間的民眾美術班中教育學員。」

面對新的時代，美術傳達方式與傳達通路也擺脫傳統密室創作、密閉展出的道路。運動中的傳單、小冊子的插畫和封面、民族美術作品的月曆、運動性的招貼和農村中的壁畫，都是嶄新的表現流通方式。「此外，民族美術也和民族戲劇小劇場運動相結合。最近，年輕學生和畫家常常以巨幅連作，表現我們民族史中的苦難、鬥爭、挫折與勝利，輪番在合適的群眾運動場合中當作背景、當作布景、當作聯合展出而呈現。」郭大沅說。

探索新的美術傳播通路

八七年以後，進步的小畫會如雨後春筍，在全韓各地湧現。著名的集團有「壬戌年」、「現實與發言」、「土馬」、「土地」、「實踐」、「時代精神」和「漢城美術共同體」等等。「這些畫會的畫家，平均只有二十歲出頭。他們以豐富的作品、密集機動的展出，來對應政府對他們的檢查、逮捕、沒收作品等鎮壓手段。」郭大沅說，「戰後的韓國畫家，從來沒有人像他們那麼處境艱難，也沒有人像他們那麼勇敢、那麼奉獻。」他認為，這些壓迫，只有使畫家更努力、更有力量畫出真正偉大的、富有歷史和時代意義的大作品。

一九八八年十一月，這些民族．民主美術運動家成立了自己的組織：「民族美術協議會」，郭大沅是協議會的重要成員之一。「我們要推展繪畫的啟蒙運動，激勵好作品的產生，在批評上找到優秀的民族美術作品。」他說，「在思想上，我們將更嚴肅地探求當代韓國現實主義美學，探索美術表現手段，美術性的本質、表現技巧，以及為何、為誰而美術的這一連串問題。」

郭大沅隨手翻開一個新成立的畫會的說明小冊。標題上寫著：

為一切人的自由與平等的美術……

初刊一九八九年六月《人間》第四十四期

1　本篇為「現地報告：激盪中的韓國民主運動」系列之十。

韓國民族電影運動的起步1

一九八七年「六一〇」民主化運動以後，韓國電影才得以從體制的思想檢查中剝離，向著表現「民眾健康生活」的、自主的、改革的道路，摸索民主電影的新的美學和新的語言……

二十九歲的孔水昌（Kang Suchang）是當前韓國「民主電影」運動的重要人物之一。一九八八年，他和其他的二十多歲一代的導演和劇本作家，以集體創作方式拍成了八厘米的《理想之國》，以一九八〇年五月光州慘案的背景，描寫了一個年輕的知識分子，經由實踐反省、自我的批評，進一步認識到美國在韓存在對於韓民族的獨立發展所造成的危害過程。《理想之國》雖然無法在韓國的一般商業影業公開放映，卻能在一年多以來的時間中，在各大學院校社團、工會、民主運動和市民運動組織中巡迴公映，收取捐款。我也趕在天主教西江大學的放映會中，看到了這部動人心弦的影片。

五〇年代興旺的時代

電影的發展，這乍看與政治最無緣的表現形式，尤其在亞洲幾個「專制成長」的社會，受到政治的制約最大。韓國戰後電影史的發展，和台灣一樣，是最為典型的實例。

從一九四五到六〇年代末期，是韓國電影最為旺盛和興旺的時代。「因為那時電影幾乎是人民唯一的娛樂。戰前以來比較優秀的現實主義作家和文化人投入電影工業，所以在題材上，以表現當時民眾的生活，特別是韓戰前後社會殘破下底層民眾的生活為主。」孔水昌說，「回想起來，雖然政治上不能有尖銳的批判，卻是我們電影史上最為自主化的時代。」

回到美國占領軍和朴政權高壓時代，何以電影沒有像同時期韓國藝術和文學受到美軍政和朴正熙獨裁的鎮壓，孔水昌認為，當時作品在思想上，自發地、被迫地集中在反共統一和反共意識形態，基本上沒有直接冒犯當時的思想禁區。「只是導演肯認真地觀察和描寫人民的生活，留下一些真誠動人的作品。」孔水昌說：「《走火》和《馬夫》是其中著名的例子。」戰後美國電影的影響呢？「當然很大，很大，但主要還在技巧上的影響。當時韓國社會的具體生活和電影作家對於現實主義的主體性的把握，沒有讓我們過早陷入好萊塢主義。」他說。

最容易受到資本與政治制約的表現方式

六〇年代後半導入韓國生活的電視，到七〇年代急速地擴大了對於精神生活的影響，使韓國電影事業明顯而快速地走下坡。據孔水昌說，這一時期的韓國電影，在朴正熙野心勃勃的「現代化」政策下，基本上淪為政府的宣傳工具，特別為政府的「新生活運動」的推展充當宣傳員。「比較有意識的電影人，在政治高壓和得不到經濟支援的情況下黯然退出電影製作圈。」六〇年代末、七〇年代初，導演李滿然拍《七個女俘虜》，因為這部描寫韓戰的電影沒有按照「北韓萬惡」的邏輯，而對北韓軍官做了符合人性的描寫，電影被禁，人也被捕。

七〇年代中後期在韓國展開的民眾文學、民族文學的理論、實踐與抗爭，何以對於電影不曾發生影響？

「電影基本上是巨大的資本主義工業和市場商品，因此基本上有體制的性格。劇本作家、導演比小說家更易受到資本和政治的制約。」孔水昌說：「我們有《反共法》、《國安法》和其他各種思想和政治檢查的法規與體制……台灣有這些限制嗎？」

我苦笑了。

「這些具體限制，使七〇年代的韓國電影落在當時進步的文學論爭之後一大截。」他說，

「正是在這個時期，韓國電影出現了一大堆訴諸色情、官能和低俗趣味的、愚蠢的好萊塢式的東西。」

著名的電影導演申相玉，就因為拍了一些稍具批判性的電影，在朴政府百般壓迫下破產，避居國外。

一九七九年，朴正熙被刺身死。「一時間解放、自由的樂觀主義瀰漫於韓國社會。」孔水昌說，「當時的電影圈也極思有所表現。」但是一九八〇年五月，全斗煥在美國支持下，以光州慘案為牲祭，發動軍事政變，取得政權。韓國電影又陷入頹廢和消費主義的泥沼。「在強大的檢查和干涉下，八〇年代初的韓國電影再度精緻地官能化和虛無化……」他說。

「民族電影人委員會」

一九八七年，學生和國民對全斗煥軍政體制的不滿達到飽和。著名的「六一〇」民主化鬥爭，迫使繼起的盧泰愚第六共和發表《六二九民主化宣言》。人民的力量第一次迫使政權在一定程度上固著了民主化的要求。思想、文化、知識和藝術的自主化趨勢快速地蔓延，韓國電影在戰後第一次相對性地擺脫了政治的強大干涉。一九八八年，一批年輕的電影人宣布結成「民族電影人委員會」，「邁開了韓國電影與體制意識形態自主發展的步伐，重新探索新時代電影美學，以便將當下韓國民族和民眾健康的生活，透過電影，做形象的表現。」孔水昌說。

孔水昌所說的「民眾的健康的生活」，究何所指？

「在現階段，『民眾』指涉當代韓國工人、農民和城市貧民。」他說，「這是因為這三種韓國社會最低層的民眾，最能在追求歷史和社會變革，經國家自主化、民族統一和政治民主化的改造運動中獲得解放的主體力量。」而描寫這三種人在追求「人間性的生活」(即「真正像一個人的生活」)所做的努力、生活和鬥爭，「不予歪曲，形象地表現出民眾共同體的意識和他們純粹的感情」，即「民眾的健康的生活」之謂。

韓國文化人和知識人的「理論化」，恰恰和台灣一般文化人之理論貧困，形成鮮明的對比。即使眼前這位還不滿三十歲的孔水昌給我的感受也是如此。

超越《理想之國》的幻覺……

「民族電影人委員會」的成員，大多是年不滿三十歲的電影青年。以《理想之國》為例，兼攝影、剪接和劇本於一身的孔水昌之外，共同導演張允賢才二十四歲、張東紅二十六歲、李銀二十九歲。進步青年某，在光州從事工人夜校的教育工作。光州事件後，他為慘烈、絕望的戰爭所驚懾，棄械逃亡，到美軍基地所在的某村，投靠從事淫媒、美金黑市買賣和販毒的少時友人。在土娼寮匿居躲避偵警耳目的一段時間中，他具體而又象徵性地認識了美國介入韓國戰後歷史對於民族發展的重大殘害。電影最後的鏡頭，是飄揚著星條旗的漢城美國新聞中心「理想之國」(暗喻韓人向來對美國的美化)的真正實體終於透過光州經驗揭露了出來。

韓國文藝界的批評是：藝術性有待進一步提高；內容太過集中於韓國經濟社會的分析，而過少描寫光州事件的本身。但評論界都同意：《理想之國》的發表，是戰後韓國電影史上「劃時代的作品，有重大意義」。

「目前，製作資本是重大困難。但電影界進步友人，和透過非商業性『另一種』(alternative)流通行程回收所得，勉強可以支應。」孔水昌說，「此外，我們也採用成本比較低廉的錄影帶拍紀錄片。」

紀錄影帶《上溪洞》，描寫漢城貧民區上溪洞的貧民，為了世運會期間「妨礙」市容觀瞻，被政府強制驅遷、流離失所的情況。《我們絕對不是兩個》、《從白頭山到漢拏山的祖國》，記錄一九八八年南韓學生展開南北學生對談、南北學生共同舉行運動會的強烈愛國的、民族統一運動的鬥爭情況。「錄影帶的創作，在技巧上有一定的極限，」他說，「但是它成本低，可以廣泛複製，在第三世界的改造運動中，是一種理想的戰鬥工具……。」

初刊一九八九年六月《人間》第四十四期

1 本篇為「現地報告：激盪中的韓國民主運動」系列之十一。

為教育民主挺進

漫長的戰後史中，韓國中小學教師在獨裁政治的控制下，忍抑教育者的良心，充當權力和國體思想的宣傳員。如今，經歷誣陷、辭退、逮捕的煉獄，四萬中小學教師在「全教協」旗幟下，英挺地前進！為教育的民主，為祖國的民主，奉獻韓國中小學教育者的心力……

反對軍事獨裁的韓國教育民主化運動，由於獨特的歷史傳統，都長年集中在大學生的運動中。比較批判的、抵抗的教師，也清一色以大學教授居多。從小學到高中，教師們被層層疊疊的保安監督系統所控制。

但是，一九八七年夏天，由小學、初中和高中教師將近四萬人結成的「全國教師協會」（簡稱「全教協」），打破了中小學民主教師運動的沉滯和落後局面。

作為政權宣傳機器的教育

全教協主席，漢城市信義高中的老師洪秀浩說，一九四五年韓國光復之後，中小學教育在國家強力干涉及支配下，完全失去了自主性和民主性。「教育成了國家政治宣傳的工具，為權力和體制宣導國家理念。」洪秀浩說。韓國國家控制教師的手段，是言論思想檢查、依思想行為聘僱或解僱，學校行政當局對教師的高度專制和控制……和台灣如出一轍。一九六〇年，「四一九」學生倒李承晚革命，使中小學教師開始反省，組織了「教師工會」，準備展開民主教師運動的步子。「不料一九六一年朴正熙發動五一六政變取得政權以後，『教師工會』遭到殘酷的鎮壓。」洪秀浩說，「韓國的中小學教育，自此陷入漫長的絕望和黑暗的歷史。」

反抗·誣陷·鎮壓

一九七九年朴正熙被刺而死，一時全韓瀰漫著民主自由的期望，運動蜂起。雖然八〇年五月光州事變後，全斗煥展開嚴酷的獨裁鎮壓，但民眾對軍事政府的壓迫已到忍無可忍的地步，而中小學教運也在嚴酷鎮壓下繼續挺進。

一九八四年，群山發生了所謂「五松會」案，政府把一個單純的中學教師讀書會羅織成共黨間諜案。八五年，幾個中學教師編刊雜誌《民眾教育》，宣揚良心的、民主的教育。但全斗煥政府為它戴上「赤色組織」的帽子，一口氣逮捕了二十多個中小學教師。

一九八六年，中小學教運採取合法與非法結合的方法努力擴展，並公開發表了《教育民主化宣言》。「至此，個別的、散在各地域的、零散的教師運動，有了統一的、整體的方向與視野。」洪秀浩說，「六一〇運動後，盧泰愚發表《六二九民主化宣言》，我們感到組織一個公開、合法的全國性組織的時機已經成熟。」而「全教協」便宣告誕生。

七分之一的教師參加了「全教協」

「即使在《六二九民主化宣言》後，政府對中小學教師運動擴大的組織，百般威嚇與阻撓。」洪秀浩回憶說。現在，熱情沖天的民主教師，在短短一年不到的時間，「全教協」在韓國全境十五個城市、道都設立了支部；在市郡地區有兩百多個支部，並廣泛組織「平教師協議會」作為「全教協」的下級組織。「全體中小學教師統計在二十七萬人，我們已經組織了其中的七分之一。」洪秀浩說，「我們計畫要把全教協改組成教師的工會，進一步保證自己的權利，開發教育自主化和民主化的工作。」

一直到今天，政府和公安部門視全教協為「赤色組織」。四月間，政府安全機關突擊搜查了幾個全教協的支部，聲稱搜獲明確證據，足以證明全教協在「赤化」韓國教育。

「事實上，有一些國語文教師組成了『國文教育者組織』，自己編印了一本初中一年級國文教科書的《教師手冊》。」洪秀浩說，「他們只是要刪除政府對國語文教育的干涉和獨占。依我看，那是一本豐富、富有民主教育精神的國語文教師手冊。政府扣紅帽子，完全是羅織入罪的手段。」

民主的教育．民主的祖國

洪秀浩教了十五年的書。「我走過漫長的教育的黑暗時代。」他說，「在那時代，我常常問自己，學校這個東西，在這樣的時代，還有什麼必要？在被扭曲的教育系統中當教師，讓教育者的良心經常抽打著你……」

全教協的宗旨，是要團結教師，發展民族的、民主的、人的教育。全教協認為，沒有政治上的民主化，教育上的民主是不可能的。沒有民主教育，社會和政治的民主也不可能。「教育的民主化運動，其實就是當前我們民族、民主、民眾運動的重要基礎……」洪秀浩說。

在晚上十時許的全教協中央辦公室，有許多人在開會，有人在寫文章、編出版品，充滿著熱切、興旺的氣氛。「他們全是下課後就來工作的老師。我們都熱愛教育。有些人因為參加教育民主運動被迫辭職。」洪秀浩說，「他們可以找別的工作，但他們不。他們到全教協來工作……」

初刊一九八九年六月《人間》第四十四期

1 本篇為「現地報告：激盪中的韓國民主運動」系列之十二。

韓國公害運動的視野 1

關於公害和汙染的歷史，台灣和韓國「分享」許多共同經驗：專制主義，對美日的構造從屬性，獨占性巨大資本的特權汙染，以及中小企業廠商的剝削性汙染，資本、地方勢力和地方官僚之汙染聯合體，廣泛知識分子的御用化和非民眾化……但是，韓國反公害運動在汙染論和運動論上，似比台灣者略勝一籌。

韓國的社會運動，從開始就不斷激化。但是反公害運動卻一直要到八〇年代才開始邁開腳步。一九八五年十二月，由漢城若干大學的環保社團的學生和畢業生組成了「韓國反公害聯合」。在韓國工業公害史上，八五年也是一個重要的年分。因為蔚山重化工業區爆發了一宗規模很大的工業公害事件。重工業地帶的蔚山、溫山地區，每區民眾一千人左右罹患了一種不知名、原因不明的「怪病」。「由於蔚山、溫山是重化工業地帶，推測應是非鐵金屬中毒引起的病變。」目前領導著「韓國反公害聯合」的、年輕的朴相喆說，「我們的症狀調查，發現『怪病』的症狀和日本在六〇年代的『痛痛病』很近似，有鎘類重金屬中毒的可能。」此外，據朴相喆指出，蔚山、溫山兩地居民，尤其是小兒，都罹患某種皮膚病。「小學每五十個小朋友中，就有二十六人罹患那種皮膚病。」他說。

「怪病」和「遷村」

韓國甫成立的「反公害聯合」立刻到蔚山和溫山現場去調查，並將調查所得整理後向受害社區及社會公布。蔚山地區人民也起來抗議，展開韓國較大的一次反公害鬥爭。「反公害聯合的調查資料，促成了這一次反公害住民運動。」朴相喆說：「但是，當時政府對這重大公害事件不重視、不承認、不負責、不救濟的態度，也是激怒被害地區人民崛起的重要原因。」

居民起來示威以後，政府做了一個禮拜草率的調查，結論是蔚山居民的怪病，與當地工業無關！居民聞訊，示威益烈。政府終於被迫著手將受害地區集體遷村。「這是一次涉及四萬人、經費一千二百億韓幣（約為五十二億一千多萬台幣）的大規模遷村行動。」朴相喆說，「一千二百億韓元中當地企業只出一三二億，其餘由國民的稅收支付。」每戶分到的「補助」費約為一千到一千五百萬韓元，約為台幣四十三萬。「原來農民因農業凋敝，平時多有負債。這些賠款，在遷村前總得先還債，『補助』金根本也不敷在別地購買新屋。」朴相喆說，「村民流離失所，家破人亡。」

這個故事聽來多麼熟悉。在台灣，最近的一次是二重疏洪道計畫下洲後村的遷村。雖然韓台兩例遷村的原因完全不同，但是無法在被迫遷入的商業區生活，村民失去了土地，失去了工作，失去了謀生能力。遷村計畫的草菅人命與無知，使村民失去了社區文化和歷史生態與人的繁榮，加上賠償不足，一切從頭來過，不少人悒悒而死，少數人自殺身亡。韓國蔚山、溫山農民遷村的故事背後驚人的黑暗，正在不斷呈現。

歷史上頭一個公害訴訟

八五年後半到八六年初，漢城市郊工業區東豆川地方河流嚴重汙染，全東豆川地區無可飲之水。「韓國反公害汙染聯盟和東豆川的青年共同展開反對工業汙染河流，要求飲水清潔的運動。」朴相喆說，「結果，政府提早遷移當地水源蓄水池的工程。」

八八年一月，漢城一個煤礦區在一般居民中發現「塵肺」（一稱「黑肺」）。反公害聯盟立刻到礦區進行調查，發現八十七個受檢人中有五個罹患塵肺。他們又在漢城附近其他工業區進行調查，發現一八九個受檢人中有九人罹患塵肺。反公害聯盟和受害人團結起來向法院提出公害訴訟。「這是韓國有史以來第一個公害訴訟，」朴相喆說，「更重要的是，我們贏了這場訴訟。政府第一次承認了工業汙染對於人的加害。」

礦區被害住民要求政府給予九千一百萬韓元（約四百萬台幣）的賠償。政府只願意付給一千二百萬韓元（台幣約五十二萬）。原告不服，正在上訴中。「其他塵肺被害人則直接控告汙染企業，要求政府居間調停，索取更為合理的賠償。」朴相喆說。

高度機密化的核電危害

從一九八八年底開始，韓國反公害運動開始向核電的方向擴大。「根據國際上監視跨國企業行為著名雜誌MNC Monitor的資料，韓國核能發電設備是在美國強大政治壓力下，與韓國獨占資本勾結，由美對韓輸出，危害著嚴重的安全性問題。」朴相喆說。然而，在獨裁軍事政治下，人民完全無法獲得韓國核電現狀的資料。有關核電七〇年代後半設廠運轉以來的危害與加害，一直被高度機密化。

一九八八年，傳出某核電廠職司輻射安全的工程師因癌症猝死。死者的家屬稱死者生前曾透露被當局隱瞞真相的重大輻射洩漏事件。死者即此洩漏事件犧牲者之一。不久，又傳出一個核電工人因癌死亡。「Wolsong核電廠發現廠地下陷，附近水產畸型化；Uljin核電因嚴重故障宣布停機一年檢修，檢修費高達一千億韓元（台幣約四十億）。」朴相喆說，「接著又傳出Wolsong核電廠有七噸重水外洩……」但朴相喆說，政府的「原子力產業會議」是擁核派的官員和科學家的組織，完全沒有威信。今年初，政府又擬組織一個「原子力國民監視委員會」，卻堅拒民間反公害、反核電組織的代表參加。「在民間反核電反公害運動的反對下，『監視委員會』的組成，竟不了了之。」他說。

對於往往被湮滅的大量核電工人被曝案例，在韓國，即使在反公害運動中，至今未引起應有的注意。「我們在最近聯合十一個反核、反公害團體，組成了一個『全國驅逐核電運動本部』（原名『全國核電追放運動本部』）。但是，由於運動未臻於成熟，這運動至今沒有高能物理和其他範疇的科技專家參與。」朴相喆說，「因此，在反核理論、調查研究和宣傳上，我們力量不足……」

在目前，韓國有核電三座、七個機組，即一九七八年建設的古里核能電廠，有第一、二、七、八，四個機組；一九八五年建設的Young Kwang核電廠，第五、六兩個機組（韓人忌「四」之數，因「四」與「死」諧音，故無第四機組）；一九八一年建設的Wolsong核電廠的第三機組。「目前，政府在Wolsong積極籌建第九、第十兩個機組。」朴相喆說，「除了Uljin核電廠是加拿大重水型核電機組外，其餘均是西屋–貝泰的產品。」

構造性汙染下的亞洲

朴相喆指出，七〇年代以後，美日將嚴重汙染而無經濟前途的工業向韓國和台灣地區「輸出」，使重化、造船、非鐵金屬工業在「新興工業化地區」大肆氾濫。此外，韓國獨占性大企業所造成的水汙染，占全韓工業水汙染的九〇%。「中小企業因資金本利潤率不足，無法投資防治汙染設備，但是，獨占性特權大企業的汙染責任還是最主要的。」朴相喆說。至於向遼闊農村地帶擴張的工業化和城市化，由於資本家、地方、官僚、政客和地方精英資產階級所聯合進行的汙染構造，則韓國[2]

以獨裁和對外依賴為經濟發展條件的韓國，與台灣同樣存在政府和資方、外國勢力敵視反公害運動，防治公害法令不備，防治公害預算和人力單薄，御用知識分子為公害做作業問題。但韓國反公害運動，對於第三世界公害的地球的、構造的因素，有較深入的把握。

「韓國公害與核電問題的根源，在於韓國社會的對外從屬性（即依賴性）與非民族性（即失去民族主體性）。因此，反公害、反核電運動，是我們當前民族．民主運動的一個環節。」朴相喆說，「只有和工人、農人、市民和教師的解放運動緊密團結時，韓國的反公害、反核電運動才有堅實的發展基礎。」

但朴相喆是充分理解各種社會運動的「辯證的獨自性」。「尤其是反公害運動，獨立性非常重要。」他說，「各不同地區、各不同公害議題，應該以當地人民和運動家為主體，以地方人民共同體為單位，展開鬥爭……」

初刊一九八九年六月《人間》第四十四期

1 本篇為「現地報告：激盪中的韓國民主運動」系列之十三。

2 原刊排版闕漏，在此截斷，次頁另啟新段。

陳映真全集（卷十一）

THE COMPLETE WRITINGS OF CHEN YINGZHEN (VOLUME 11)

作者 陳映真
全集策畫 亞際書院・亞太／文化研究室
策畫主持人 陳光興、林麗雲
執行主編 宋玉雯
執行編輯 楊雅婷
版型設計 黃瑪琍
排版／印刷 中原造像股份有限公司

出版者 人間出版社
發行人 呂正惠
社長 陳麗娜
總編輯 林一明
地址 108台北市萬華區長泰街五十九巷七號
電話 886-2-2337-0566
傳真 886-2-2337-7447
郵政劃撥 11746473・人間出版社
電郵 renjianpublic@gmail.com

初版一刷 二〇一七年十一月
定價 一萬二千元（全套不分售）
ISBN 978-986-95141-3-2

國家圖書館出版品預行編目（CIP）資料

陳映真全集／陳映真作. -- 初版. -- 臺北市：
人間, 2017.11
23冊；14.8 ×21 公分

ISBN 978-986-95141-3-2（全套：精裝）

848.6 106017100